新典社選書 124

源氏物語　女性たちの愛と哀

原　槙子　著

新　典　社

目次

はじめに……7

第一章　光源氏を産んだ女性《ひと》・桐壺更衣……11

第二章　光源氏に影響を与えた女性論……27

「帚木」巻「雨夜の品定め」から

1　頭中将の女性論……30

2　左馬頭の弁――中流の女……33

3　左馬頭の弁――理想の妻……34

4　左馬頭の体験談……35

(1)　嫉妬深い女……35

(2)　浮気な女……36

5　頭中将の体験談 ―― 控え目な女……36
6　式部丞の体験談 ―― 博士の娘……38
7　左馬頭による女性論のまとめ……39

第三章　光源氏が愛した女たち……41

1　葵の上 ―― 初めての妻……41
2　空蟬 ―― 源氏をふった人妻……64
3　軒端荻 ―― 身代わりにされた女……77
4　六条御息所 ―― 源氏を愛しすぎた女……84
（1）斎王について……84
（2）源氏物語に登場する斎王……86
5　鬚黒大将のもとの北の方 ―― 紫の上の異母姉の不幸……103
6　夕顔 ―― はかなく命絶えた、控え目な女……112
7　藤壺・輝く日の宮 ―― 永遠の恋人……124
8　朧月夜の君（有明の女君・朧月夜尚侍）―― 春の宵に出会った人……148
9　秋好中宮（斎宮女御）―― 源氏の養女……170
（1）前坊の姫君の卜定から退下、そして入内まで……172

（2）秋好中宮（斎宮女御）の人物造型……182
（3）斎宮女御から秋好中宮へ……189
10　紫の上――源氏が最も愛した女性《ひと》……201
11　玉鬘――放浪の姫君……260
12　明石の君――住吉神の加護を受けた女性《ひと》……279
13　女三の宮――源氏の正妻……305
おわりに……323

はじめに

『源氏物語』は平安中期の長編物語で、現在残る物語は五十四帖（巻）に及びます。作者は紫式部ですが、あまりに大部な読み応えのある物語であるだけに、複数作者説などもあります。『源氏物語』がいつごろ書かれた物語であるか、正確にはわかっていませんが、一〇〇八年頃には物語の一部が流布していたと思われます。『紫式部日記』には「源氏の物語人に読ませ給ひつつ」と書かれ、また『更級日記』には「この源氏の物語、一の巻よりしてみな見せ給へ」と書かれていて、当初は「源氏の物語」と、「の」を入れて呼ばれたようです。

『源氏物語』は、天皇の御子でありながら「源」姓を賜って臣籍におろされた美しい皇子光源氏の物語です。この光源氏を廻って、大勢の人々が登場して、様々な物語を紡いでいきます。そこには、手の届かない人への憧れあり、親子の情愛あり、恋あり、友情あり、嫉妬あり、物の怪の暗躍あり、政治の駆け引きありと、様々な人間模様が描かれています。『源氏物語』を読む人の、それぞれの年代によって感動や思い入れが異なり、何度読んでも飽きることがなく、話に深みが増してゆくこのような物語は他に類を見ません。

登場人物の数も、主役、脇役と大変に多く、「作中人物索引」などでざっと数えても五〇〇人を超えます。その相関図を描くだけでも膨大な人間関係になっています。主人公である光源氏の誕生にまつわる話から始まり、光源氏の波乱に満ちた恋と生涯が語られています。光源氏が舞台から退場すると、光源氏の子ども、そして孫の物語がまた華やかに展開していきます。『源氏物語』の構造をみてみますと、大きく、三部に分けられます。簡単にまとめてみますと次のようになります。

第一部　たぐいまれな美貌と才能を持つ主人公光源氏が、多くの女性たちに出会い、その女性たちに恋をして、女性たちと関係を持ちながら悩み、苦悩しながらも次第に栄華を極めていくその姿と、それにまつわる様々な話が語られていきます。

「桐壺」巻～「藤裏葉」巻の三十三帖

第二部　栄華の極みの中で生じる苦悩の世界が描かれます。女三の宮の降嫁などがあり、最愛の妻である紫の上を失意におとし、そのあげくに紫の上を失います。また女三の宮と柏木との密通などがあって、栄華は光源氏の世界の内側から崩れていきます。そして光源氏をも苦悩と悲しみに導いてゆきます。

「若菜上」巻～「幻」巻の八帖

第三部　光源氏没後の物語です。光源氏の正妻女三の宮と柏木との不義の子でありながら、源氏の子として育てられた薫大将や、光源氏の孫にあたる匂宮などが中心となって、宇治に住む大君や中の君、浮舟などとの恋愛が描かれ、不安と苦悩に満ちた世界が醸し出されています。

「匂宮」巻～「夢浮橋」巻の十三帖

この『源氏物語』は流布し始めた初期の段階から、宮廷や貴族社会の中で評判になっていたようで、平安末期の大歌人藤原俊成は「源氏見ざる歌よみは遺恨のことなり」と、和歌を詠む人は『源氏物語』を読んでいなければいけないと語っています。このように、『源氏物語』が、和歌を始めとする日本文学へ与えた影響は計り知れません。また、能・狂言・香道、後には塗り物や茶道、また遊女の名を源氏名と呼ぶような風習にまで取り入れられ、日本文化史における影響も多大なものがあります。

『源氏物語』に大勢の女性たちが登場することは前に触れましたが、本書では、その女性たちがどのような役割で物語に登場し、そして物語世界の中でどう生きたのか、女性たちの愛と哀しみを追っていきたいと思います。

また、一人の人物について語ることは、その人とその人をとりまく他の人々との関係性を解き明かすことです。どの女性たちも源氏と複雑にからみあいかかわりあって、そのかかわりあいが縦糸、横糸となって縦横に話を織りなしています。そのためにどうしても同じ出来事について何度も重複して語らざるを得ませんでした。本書をお読みになる皆様は、また同じ事が、とは思わずにその各章の主人公の立ち位置をお考え下さってお読み頂けたら幸いです。

また、物語をわかりやすくするために、所々で登場人物の年齢を記していますが、当時と現代では年齢の数え方が異なります。当時は出生時を一歳と数えます。そこを加味してお読み下さい。

なお、所々に『源氏物語』の原文を引用してありますが、それは『新編日本古典文学全集』（小学館）によっています。また、『斎宮女御集』は『新編国歌大観（第三巻）』（角川書店）、『村上御集』は『私歌集大成（第一巻）』（明治書院）、『拾遺和歌集』『後拾遺和歌集』は『新日本古典文学大系』（岩波書店）によっています。

第一章　光源氏を産んだ女性《ひと》・桐壺更衣

『源氏物語』の冒頭は次のように書かれています。

いづれの御時にか、女御《にようご》、更衣《かうい》あまたさぶらひたまひける中に、いとやむごとなき際《きは》にはあらぬが、すぐれて時めきたまふありけり。はじめより我はと思ひ上がりたまへる御方々、めざましきものにおとしめそねみたまふ。同じほど、それより下臈《げらふ》の更衣たちはましてやすからず。朝夕の宮仕へにつけても人の心のみ動かし、恨みを負ふつもりにやありけん、いとあつしくなりゆき、もの心細げに里がちなるを、いよいよあかずあはれなるものに思ほして、人の譏《そし》りをもえ憚《はばか》らせたまはず、世の例《ためし》にもなりぬべき御もてなしなり。

（どの天皇の御代であったのか、天皇のお妃である女御や更衣が、大勢お仕えしていらっしゃった中に、それほどすばらしい身分とはいえないお方で、特別に帝のご寵愛をこうむっていらっしゃるお方がいました。入内の初めから我こそは帝のご寵愛を得ようと思い上がっていらっしゃる女御方は、この更衣を目障りな者としてさげすんだり憎んだりなさる。同じくらいの身分、それより低い身分の更衣たちはましてお心穏やかではいられません。朝夕の宮仕えにつけても、お妃方の心を動揺させ恨みを受けることがつもりつもったためであったのだろうか、大層病気がちになってゆき、なんとなく心細そうに里に下がりがちであるのを、帝はいよいよ不憫な者とお思いになって、人々の非難も遠慮なさることがおできにならず、世間の語りぐさにもきっとなってしまいそうな、更衣に対する帝のご待遇でした。）

これが有名な『源氏物語』の冒頭部分ですが、声に出して読んでみて下さい。きっと『源氏物語』の世界に誘《いざな》われることでしょう。

天皇の後を継ぐべき皇統を絶やさないために、古代から天皇は多くの妃を据えていました。『源氏物語』に比較的近い時代の天皇の後宮を調べてみると次のようにまとめられます。

天皇	天皇の在位	后妃数	皇子女数	内源氏数
嵯峨天皇	八〇九～八二三	二九	四四	二七
淳和天皇	八二三～八三三	一二	一三	一
仁明天皇	八三三～八五〇	一四	二三	六
文徳天皇	八五〇～八五八	一六	二三	九
清和天皇	八五八～八七六	二六	一九	五
陽成天皇	八七六～八八四	六	九	三
光孝天皇	八八四～八八七	二〇	二二	四
宇多天皇	八八七～八九七	一四	一八	
醍醐天皇	八九七～九三〇	一九	三五	六
村上天皇	九四六～九六七	一二	二〇	

妃数・皇子女数・源氏数などは『平安時代史事典』参考

歴代の天皇の後宮では、このように沢山の后妃が暮らしていました。『源氏物語』の後宮で大勢の后妃が天皇の寵愛を得ようと競い合っていたのもうなずけます。女御・更衣以外に、尚侍《ないしのかみ》として宮中に入り、後に妃になっていくかたちもありますが、尚侍についてはもう少し後でお話ししたいと思います。この女御・更衣という后妃たちの地位は、実は父親の身分によって決まります。父親が太政大臣・左大臣・右大臣などである場合は、娘は女御として入内します。父親が大納言または中納言である場合は、娘は更衣として入内します。そして父親が出世していったり、妃が皇子女を産んだりすることで、更衣が女御になり、女御から中宮に選ばれたりしていきます。

この『源氏物語』の主人公光源氏の母親は、「父の大納言は亡くなりて」とあって、本来なら宮中での娘の生活を後見すべき父親がいない状態で、更衣として宮中での生活が始まりました。宮中には宮仕えの当初から、「私こそ帝のご寵愛を受けられるわ。」と自信をもっておられる方々も多く、帝から特別に寵愛を受けるこの更衣を、目障りなものとしてさげすんだり、妬んだりする方が多くいたのでした。それでも、身分の高い女御たちは家柄や地位への自尊心と自負心があるので、まだ我慢ができましたが、この更衣と同じくらいの身分である他の更衣たちは、気持ちがおさまらないのでした。

更衣の母は、旧家出身の教養のある人で、両親が揃っていて世間の評判も高いお妃方にもひどくは劣らないように、一生懸命更衣の後見をしていましたが、儀式などの、何か改まったことがある時は、やはり心細そうな様子でした。やがて、更衣は病気がちになって、里に下がることが多くなっていきます。帝はそういう更衣をいよいよ不憫でいとしいものとお思いになって寵愛なさいます。次第に宮中のお妃や女房ばかりか、公的な官職にある上達部や殿上人たちまでもが、「困ったものだ。」と、正視に耐えないほどの更衣への帝のご寵愛ぶりでした。

御局は桐壺なり。あまたの御方々を過ぎさせたまひて隙なき御前渡りに、人の御心を尽くしたまふもげにことわりと見えたり。参上りたまふにも、あまりうちしきるをりをりは、打橋、渡殿のここかしこの道にあやしきわざをしつつ、御送り迎への人の衣の裾たへがたくまさなきこともあり、また、ある時には、え避らぬ馬道の戸を鎖しこめ、こなたかなた心を合はせてはしたなめわづらはせたまふ時も多かり。事にふれて、数知らず苦しきことのみまされば、いといたう思ひわびたるをいとどあはれと御覧じて、後涼殿にもとよりさぶらひたまふ更衣の曹司をほかに移させたまひて上局に賜す。その恨みましてやらむ方なし。

この原文を要約しながら説明を加えていきましょう。

宮中での後見がないこの更衣のお部屋は、後宮の東北のはずれともいえる淑景舎《しげいしゃ》でした。そこは前庭に桐の木を植えていたので、桐壺とも呼ばれました。その御殿がこの更衣のお部屋だったので、この更衣は桐壺の更衣と呼ばれました。この御殿は、天皇の日常の御殿である清涼殿からは、最も遠い所に位置していました。

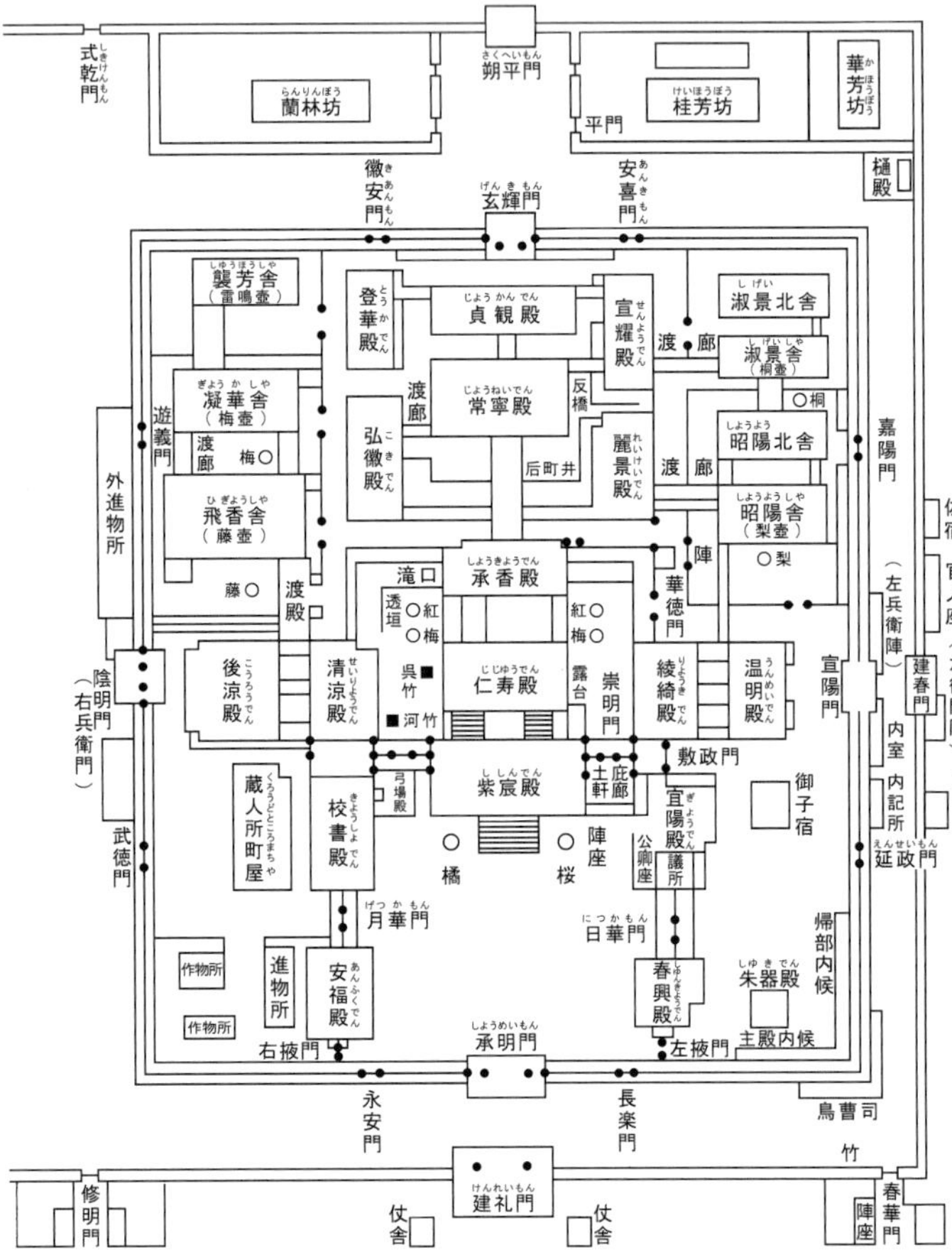

内裏図

七殿	承香殿	常寧殿	貞観殿
	麗景殿	宣耀殿	弘徽殿
	登華殿		

五舎	昭陽舎	淑景舎
	飛香舎	凝華舎
	襲芳舎	

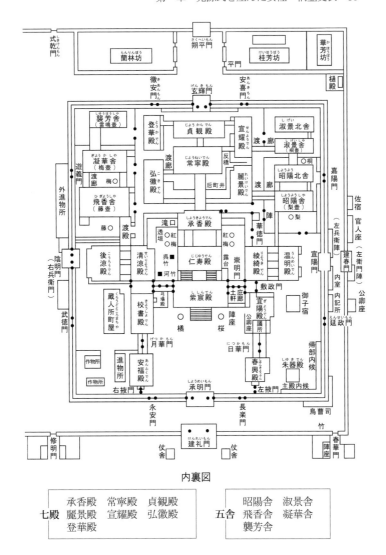

「内裏図」を参照して頂きたいのですが、承香殿・常寧殿・貞観殿・麗景殿・宣耀殿・弘徽殿・登華殿の七殿と、昭陽舎・淑景舎・飛香舎・凝華舎・襲芳舎の五舎を、中宮（皇后）や妃などが住む、後宮といいます。

帝が桐壺の更衣の所にいらっしゃるには、これらの女御や更衣が住む沢山の御殿の前を素通りしていかなければなりません。御殿と御殿とは渡り廊下で結ばれていますので、帝がたびたび桐壺更衣のもとにでかけていくことは、皆に知られてしまいます。自分の所に帝がおいでになるかと思っていると、自分の部屋を素通りして行かれてしまう女御・更衣方はおもしろくないことこのうえもありません。でも、帝に文句を言えるわけがありません。

更衣が帝に呼ばれて清涼殿に行く時、それも行くことが度重なると、いつもなら競争と嫉妬で仲が悪いお妃同士が手を結んで、「あやしきわざをしつつ、御送り迎への人の衣の裾たへがたくまさなきこと」をしたようです。この「あやしきわざ」が何をさすのかは書かれていませんが、送り迎えの女房たちの、もちろんその女房たちの主人である桐壺の更衣をねらってのことでしょうが、衣装の裾を耐えられないくらい汚してしまうことがあったというのですから、たぶん汚物などをまき散らしておいたのでしょう。お上品な女房たちがずいぶんひどいことをしたものです。お妃自らがすることはあり得ませんが、お妃の気持ちを忖度した、その妃に仕えている女房たちのしわざなのでしょう。当時はおまるを使用していたので、簡単に汚物などを集められたのです。桐壺の更衣一行は帝の所に行くのですから、十二単を着用し、裾に広がりのある正装です。汚いものが撒き散らかされた廊下を通らねばならなかった時、どんなに辛かったことでしょう。

さらに、いじめはそれだけではなく、帝のもとに行くためには、どうしても通らなければならない馬道（建物の中に通された板敷きの廊下）の中程に更衣一行が差しかかった折に、他の后妃に仕える女房たちが示し合わせて、向こう側とこちら側の戸を閉めて更衣一行を閉じ込めて、更衣を困らせることが何度もありました。当時の身分ある女人が大声で助けを求めることなど恥ずかしくてできませんから、この行為はずいぶんひどいいじめですね。更衣が辛そうにしているのを帝はご覧になり、いよいよ更衣を「不憫な者」とお思いになって、帝の御座所のある清涼殿のすぐ西隣の後涼殿で、もとから仕えていた、ある更衣の部屋を他にお移しになって、そこを桐壺更衣の控えの間としてお与えになりました。部屋を桐壺更衣に与えるために取り上げられた更衣の恨みは他の方々にも増して深いものでし

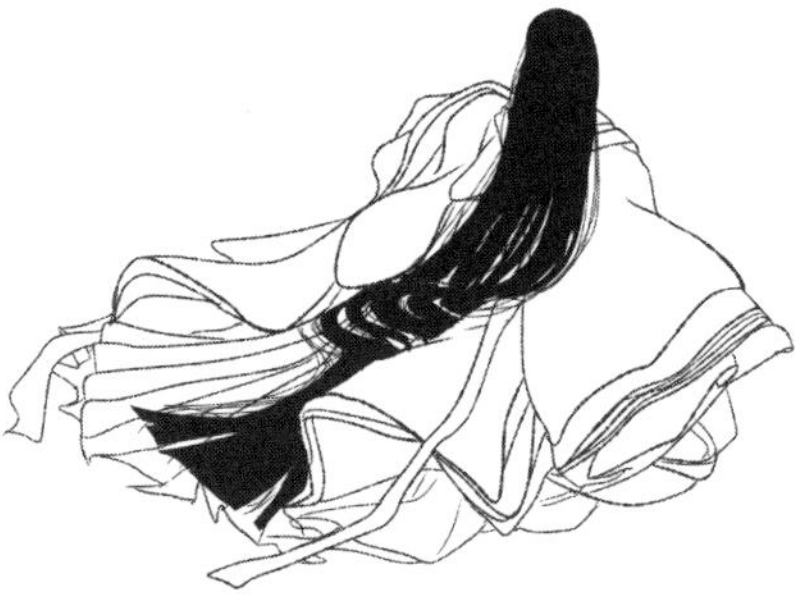

十二単

た。桐壺更衣にとって、帝の愛情はもったいないものの、その帝の寵愛が深いものであればあるほど、宮中での日々がますます辛くなっていくのでした。

帝とこの桐壺更衣とは前世からの御宿縁が深かったのでしょうか、世にまたとなく美しい御子が二人の間に生まれました。これが『源氏物語』の主人公光源氏です。帝はこの児《ちご》をご自身の大切な秘蔵っ子としてご寵愛なさいました。

桐壺更衣は、故大納言と北の方との間に生まれた姫君で、入内の初めから並みの女官のように、帝のおそばに控えて雑事などのおそば勤めをするような身分の方ではありませんでした。

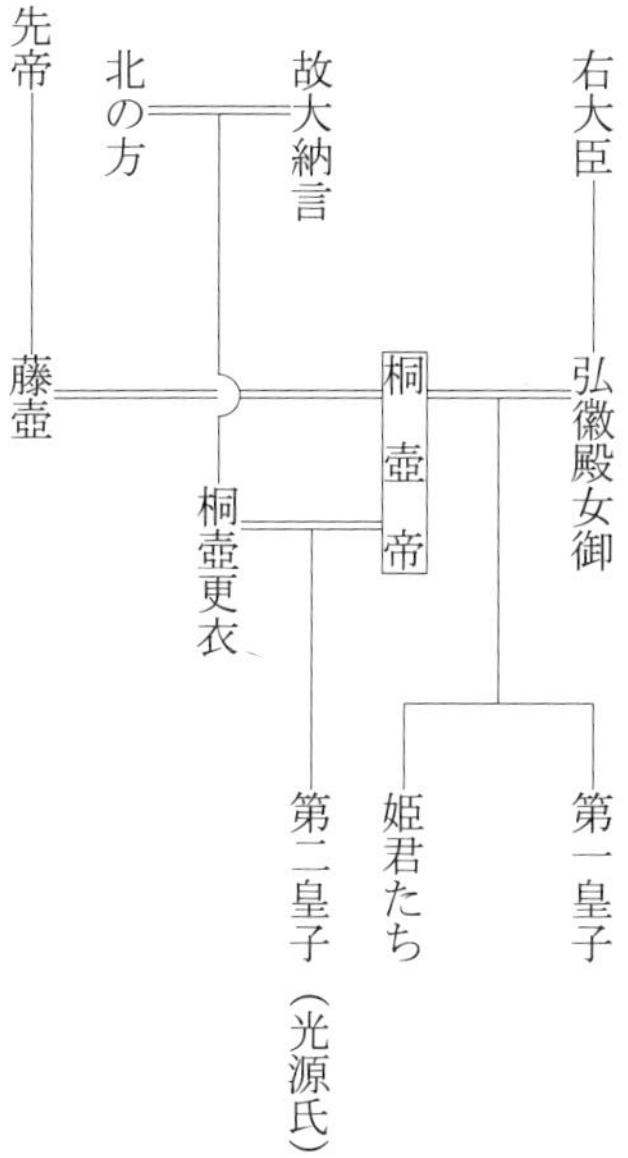

帝があまりに更衣を愛して、ある時には、更衣と共にお寝過ごしになった翌朝、そのまま引き続いて更衣をお側にお置きになるなど、いつもお側からお離しにならないので、桐壺更衣は自然と身分の軽い女房のように見えてしまいました。

この当時の女御や更衣といった身分

のお妃は、帝に召されて、清涼殿で帝と共に夜を過ごしても、朝早く自分の御殿に帰るのが当たり前でした。それが、桐壺更衣のことは、帝がお離しにならなかったのです。でも、この皇子がお生まれになってからは、桐壺更衣に対して、帝は特別な配慮を持ってお扱いなさるようになったので、第一皇子の母君で、他の女御方より先に入内し、皇女たちなどもお産みになっている弘徽殿女御は、「悪くするとこの若宮が、東宮（皇太子）にお立ちになるかも知れない。」とお疑いになるのでした。これは恐ろしいことです。今までは、単なる帝の寵愛を得るための争いであったり、嫉妬であったりという、後宮内の女同士の争いにとどまっていたものが、光皇子が生まれ、帝がこの光皇子を寵愛する事で、皇位継承についての不安を弘徽殿女御が抱いてしまったのです。弘徽殿女御は時の右大臣の娘であり、娘の不安は右大臣も看過できないものになっていきます。

若宮が三歳になった時、御袴着の儀式が一の皇子がなさったのに劣らない立派さで執り行われます。それ以降、更衣に対するいじめがなくなったのか、依然として更衣にとって辛い日々であったのかは物語には具体的に書かれていません。でも皇子が三歳になったその夏、御息所（桐壺更衣）はちょっとした病気にかかられて、養生のために、里に下がろうとなさるけれど、帝は決してお暇をお許しになりません。そして「もう少し、このまま宮中で様子を見なさい。」

とおっしゃっているうちに、病気は日に日に重くなって、更衣はひどく衰弱なさったのでした。とうとう更衣の母君が泣きながら帝にお願いして、更衣は里に下がることになりますが、いよいよ宮中を出ようとすると、帝は更衣と別れがたくて、またお放しになりません。その桐壺更衣がいよいよ宮中を出る時、帝と別れる際に詠んだのが次の歌です。

かぎりとて別るる道の悲しきにいかまほしきは命なりけり

（これが最期と、別れなければならない死出の道を思いますと悲しく、行きたいのは命ある道でございます。もっと生きていたいのです。）

こうして、もう自分は生きて宮中に戻ることはあるまいと、予感しつつ出ていく桐壺更衣はどんな思いだったのでしょうか。まだ三歳の光皇子と、自分を懸命に支えてくれた年老いた母親を残し、そして過度な寵愛をそそいでくれた帝と別れ、病重く実家に戻っていく。宮中は聖なる所であって、穢れが忌避されるので、内裏の中で死ぬことができるのは、天皇ただ一人でした。妃たちも、病重くいよいよ危ない時は里に帰り、里で生を終えるのが普通でした。

手放す帝も、里に帰っていく更衣も、これが今生の別れとお互いに知っていての別れでした。

そのようにして里に帰った更衣は、その夜中を過ぎる頃に息を引き取ります。

生前正四位上であった桐壺更衣の死後、「更衣のために何かしてやりたい。」という帝の切なる思いから、従三位という位が追贈されます。それでも帝は更衣のことが忘れられず、悲しみに悶々とした日々を送ります。

父の手厚い後見もないまま、ただ帝の寵愛だけを頼りに生きる。皮肉なことに寵愛が増せば増すほど、人々の憎しみを買い、陰湿ないじめに苦しめられて、幼い息子とも死に別れていく。この桐壺更衣の人生はどうだったのでしょう。

歴史上においても、帝の愛情に苦しめられたお妃方は多く存在しています。有名な所では、村上天皇の皇后で、お妃方の中でも最初に入内し、御子たちもいらして、帝もこの方の諫めだけは無視することができなかったという藤原安子があげられます。

村上天皇には沢山のお妃がいますが、その中でも美貌で名高く、帝の寵愛を一身に集めていた宣耀殿の女御芳子という方がいました。安子は、その芳子と清涼殿の上の御局で隣り合わせた時、安子はふすまに穴を開けてのぞき込み、嫉妬に駆られて穴からかわらけの破片を投げつけたという話が『大鏡』によって伝わっています。もちろん、安子本人ではなく命じられた女房がやったことなのでしょうが、絶大な権力者である皇后安子でも嫉妬はおさえきれなかったのでしょう。

また、村上天皇のお話でもう一人あげたいと思います。それは女御の一人ですが、斎宮女御徽子女王という方がおられます。この徽子女王は、醍醐天皇の皇子重明親王と太政大臣藤原忠平（貞信公）の娘との間に生まれました。承平六年（九三六）八歳で朱雀天皇の御代の斎宮に卜定《ぼくじょう》されて、十歳で伊勢に参向しました。その後、七年間という長い年月を、斎宮として神への奉仕の生活を送りました。そして、母の喪によって退下して京に帰って来ました。「母の喪」によってということは、八歳という幼さで斎宮に卜定されて以来、母と共に住むこともなく神に仕え、また京と伊勢とは遠く離れていることから、母には会えないまま暮らしていたのです。そしてその母の死によって、斎宮の任を解かれて京に帰って来ました。帰ってまもなく、十九歳の時に、徽子女王は村上天皇のもとに入内しました。

入内の初めは帝の徽子女王への寵愛は非常に厚く、

まゐりたまひてまたの日

思へどもなほぞあやしきあふことのなかりしむかしいかでへつらん

（あなたと会うことがなかった昔はどうして過ごせていたのだろう。不思議なことよ。）

御かへし

むかしともいまともいさやおもほえずおぼつかなさはゆめにやあるらん

（昔とも、今ともさあどうでしょう。はっきりしないことはまるで夢のようです。）

このような歌を天皇と取り交わしています。徽子女王は入内して女御になったので、斎宮女御と呼ばれました。歌人としても名高く、三十六歌仙の一人で家集に『斎宮女御集』などがあります。それに、和歌以外にも琴や書にすぐれていました。それでも沢山のお妃がいる中では、徽子女王も村上天皇の寵愛を独占することは難しく、次第に村上天皇への愛情で苦しむ歌が多くなっていきます。時には、帝が参内を促しても、すねて里に籠もったりするなど、徽子の歌には全身で帝の愛を求める叫びが表れています。やがて、父の重明親王が亡くなって、徽子の後見がいなくなり、そして重明親王の妻の一人であり、徽子の継母にあたる登子が尚侍《ないしのかみ》として入内して、村上天皇の寵愛を独り占めするようになります。以来いよいよ徽子女王の苦悩は深まったようです。宮中の妃たちは、桐壺更衣のように異常ともいえる過度な寵愛を受けても苦しみが多く、またそうでなくとも苦しみが多かったといえるようです。後に、徽子女王は娘の規子内親王がかつての自分と同様に斎宮に卜定されると、母子で伊勢に共に旅立ちます。普通は、母が斎王《さいおう》に同行することはなく、これは特別な例といえます。『源氏物語』の六条御息所がやはり娘（後の秋好中宮）と共に伊勢に下りますが、徽子女王も六条御息所も共に、愛情に悩み苦しんだあげくに伊勢に下るという点などの様々な類似によって、斎宮女御徽子女王が六条御息所造型の準拠ではないかといえるゆえんです。

それにしても、女性の最高位にいる皇后や、女御といった地位高き妃が、夫の愛を独占できない苦しみや悲しみの中で、嫉妬したり絶望している姿は『源氏物語』の女性とも共通して哀しいものを感じます。

（参考）村上天皇の後宮（『平安時代史事典』）

皇后　藤原安子　　更衣　源　計子　　尚侍　藤原登子
女御　藤原述子　　更衣　藤原脩子
女御　徽子女王　　更衣　藤原祐姫
女御　荘子女王　　更衣　藤原正妃
女御　藤原芳子　　更衣　藤原某女

第二章　光源氏に影響を与えた女性論

「帚木」巻「雨夜の品定め」から

「帚木」の巻は、「桐壺」の巻の次に位置する巻です。「桐壺」の巻では、光源氏誕生に関わる、母桐壺更衣と帝との恋、その桐壺更衣の死が語られ、そして、母桐壺更衣と瓜二つといわれる藤壺への、光源氏のどうにもならない恋の思いが語られていました。源氏は、元服の夜に、帝と左大臣の計らいで、添臥《そいぶし》として、桐壺帝の妹である大宮と左大臣との間に生まれた娘葵の上と初めての結婚をします。しかし、元服後に離された藤壺への思いを忘れられない源氏は、葵の上との結婚生活はしっくりこないまま、それでも絶え絶えに結婚生活を続けています。左大臣家では、そうした光源氏を多少不満に思いながらも、装束のことなどを含めて一生懸命源氏のお世話をするのでした。「帚木」の巻では、光源氏は十七歳、中将になっています。中将というのは、近衛府の次官で従四位下です。若年の中将は前途有望な貴公子です。桐壺帝に寵

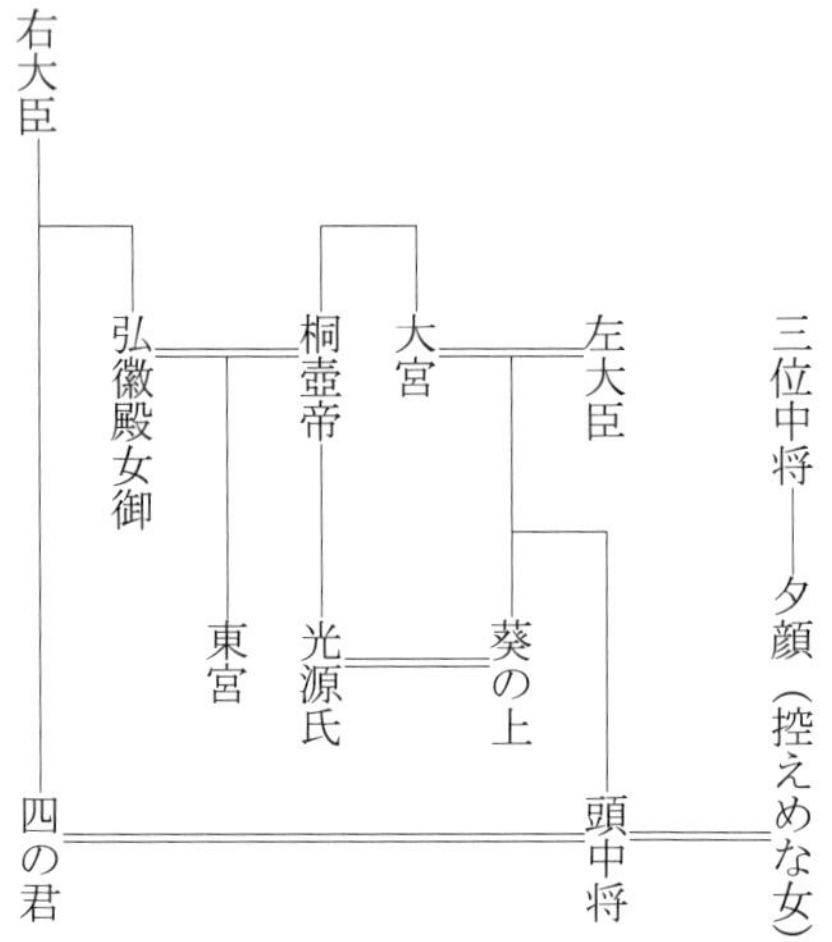

愛されている源氏は、宮中では、母の住まいであった淑景舎（桐壺）を与えられて、宮中にいることばかりを好んで、帝のお側に控えていて、左大臣家への退出も途絶えがちでした。

長雨が続き、また宮中の物忌みが続いて、源氏は宮中で宿直を続けていました。そこへ葵の上の同母兄である頭中将が訪れます。頭中将は、右大臣の四の君を北の方にして、舅の右大臣も頭中将を大切に扱っていましたが、頭中将はそれをおっくうがって右大臣家に寄りつこうとしません。源氏の君の供をして、夜昼、学問も遊びも一緒に、どこにでも同伴するので、自然とお互いに何でも包み隠さず話し合う一番親しい間柄でした。

しめやかな宵の雨で、殿上の間もほとんど人影がなく、源氏の部屋もいつもより静かでゆったりしているある夜、源氏は灯火を近寄せて書物などをご覧になっています。手近の御厨子にある色様々な手紙類を引き出して、頭中将は見たがっています。源氏は、さしさわりのない手

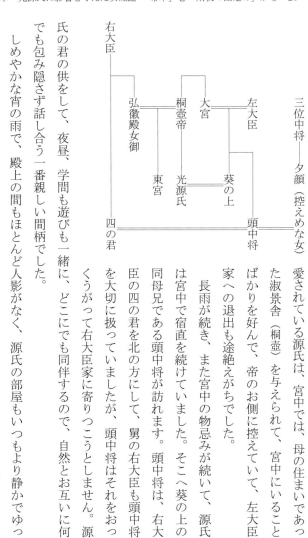

紙は頭中将に見せますが、大事な貴い方からの、見られてはならないような手紙などは、こうした厨子などには入れて置きません。頭中将に見せたのはあたりさわりのない手紙類でした。頭中将もそれはわかっていて、見たいのはもっと特別な手紙だと怨じながらも、ここにある手紙の主は、あの人この人と当て推量して見ています。これが、雨夜の女性の品定め、女性論へとつながっていきます。光源氏は頭中将の女性論を聞き、また後でこの場に加わった左馬頭や藤式部丞の話を興味深く心に留めていました。そしてこれが、空蟬や夕顔といった女性たちとの出会いと恋につながっていきます。

作者が生きた当時の、貴族たちが求める理想の女性像、本妻にするのはどんな女がよいかなど、作者は女性でありながらそれらの要素を追求し、『源氏物語』の登場人物に具体化して物語を進めています。「帚木」の巻は様々な女性像を先ず、論理的に述べている点で大変おもしろく、これから登場する女性の性格付けにつながることから無視できない巻です。この巻の本文をすべて掲載して、口語訳と解説を付けたい所ですが、紙幅の関係もあるので、要約していきます。

1　頭中将の女性論

「いざつきあってみると、非の打ち所のない女はめったにいないものだとわかってきました。はじめ、よいと思った女も、ただうわべだけの風情で歌をさらさら走り書きしたり、折々の応答の仕方を心得て、うまくやってのけるくらいのことは、身分次第でまあまあといった程度の女も多いと思われますが、それでもすぐれた女を選び出すのは難しいものです。また、親が大事にしていて、娘の欠点が見えなかったということが多く、後で、がっかりしないですむことはありません。上流の女は、大事に世話されていて、欠点も人目に隠されることが多く、そのために自然と、女の様子も格別なものになるのでしょう。下級の身分の女については、取り立てて話題にしたい気にはなれません。中の品・中級の女に見所があります。」と、頭中将はいかにも女性のすべてを知り尽くしているかのように語るので、源氏は興味をそそられて、「女性の三階級上・中・下という三つの品はどう分けるのか。また、もともと高い家柄に生まれ、現在は落ちぶれている人はどこに属するのか。また、普通の身分で、後に出世して得意然として邸を飾り、誰にも負けまいと自負している者との区別はどうつけるのか。」という疑問を頭中将に尋ねます。その源氏の問いに対して、「両方とも、中流といえます。もともとの家柄が悪くはない者が、安楽に暮らしているのは、こざっぱりとした感じでよいものです。また充分に費用をかけてまぶしいほど大切に育て上げた娘などは、立派に成人し、宮仕えに出て、意外な幸運を引き当てる場合も多いものです。」と答えます。

こうした問答を聞いておりますと、『源氏物語』の中に登場する女君たちの中で、こうした分類にぴったり当てはまる方々のことが思われます。「もともと高い家柄に生まれ、現在は落ちぶれている人」とありますが、この『源氏物語』の時代、保護者である父親が亡くなり、頼りになるはずの兄弟も姉妹の生活に無関心で、また誠実な夫などがいないような場合、親から受け継いだ財産を管理する力もなく、独り立ちできる経済力も生活力もない姫君にとって生きていくのは非常に困難でした。姫君は零落し、毎日の生活にも困るという話は『今昔物語集』などにいくつも描かれています。夫を頼りに生きざるを得ない女たちがそこにいます。『源氏物語』では末摘花などが該当するでしょう。末摘花はれっきとした常陸宮家の姫君です。父の常陸宮が亡くなって以降、兄の阿闍梨は妹の困窮に無関心であり、八重葎《やえむぐら》生い茂る中に細々と暮らしていた所に、すばらしい姫と勘違いをした源氏が通い始めました。この姫君は結局、源氏に引き取られ、棄てられることなく、面倒を見てもらえます。他には空蝉や明石の姫君の乳母などもこの分類に入れられるでしょう。

「普通の身分で、後に出世して得意然として邸を飾り、誰にも負けまいと自負している者」の娘、というと明石の君が当てはまります。明石の君の父親、明石入道は受領という、源氏たちから見たら大した身分ではありません。明石入道は、もとは家柄の正しい貴族でしたが、受領として明石に行き、受領の任期が終わっても京には戻らず、官位を棄てて受領時代に蓄財した、その財に物をいわせて、邸を京の貴族に劣らないくらいに立派に造り、飾り立て、娘を、やはり京の姫君に劣らないくらい大切にして、気位高くかしずき育てました。娘を身分の高い貴公子と結婚させようと考えていて、「身分卑しい男と結婚するくらいなら海に身を投げよ。」と娘に訓示していたのでした。このように育てられた明石の君は、後に源氏と結ばれ、明石の姫君を産み、やがて六条院に迎えられて、源氏の妻の一人として大切に扱われる人ですが、この「帚木」の巻では、その人の登場が予見されている書きぶりです。

源氏と頭中将の話が佳境に入った頃、左馬頭《ひだりのうまのかみ》と藤式部丞《とうしきぶのじょう》の二人が参上して二人の話に加わります。

2　左馬頭の弁 ―― 中流の女

　頭中将の話を受けて左馬頭が「もとの家柄と、世間の信望とがつりあっていて高貴な家柄でありながら、内々のしつけや風儀の及ばない所があるのは、どうしてこのように育ったのかとがっかりします。また、寂しく荒れ果てたような草深い家に、意外にも愛らしげな娘が引きこもっているなどはすばらしく感じ、意想外なだけに心が惹き付けられます。また父親、兄弟が憎らしげに見える家にも、興味をひかれる女がいるものです。」と中流の女のおもしろさを語ります。この左馬頭の弁を聞いていても、「もとの家柄云々」の話からは、内大臣（頭中将）の娘で、近江で探し出された、家柄はよいけれど教養がついてなくて笑いものにされる近江の君や、古めかしい末摘花のことが連想されます。「荒れ果てたような草深い家に云々」では、真っ先に夕顔が浮かびます。また、既述した末摘花も、荒れ果てた邸で琴を弾く姫君として、源氏が勝手に美しい人と思い込むのですから、やはりここでの話の例に当てはまるでしょう。

3　左馬頭の弁 ―― 理想の妻

男たちが、様々な女性のことを語りあっているうちに、左馬頭が「通り一遍の仲としてつきあっている分には難のない人でも、理想の妻とする人は少ないものです。一人を一生の連れ合いにするためには、なかなか決められないものです。」と言って、「求婚の初めから欠点がうまく隠されていることがあります。趣味の面に身を入れる女も困ります。そうかといって、髪を耳ばさみして、夫の話など理解できず、美しげのかけらもなく家事一点張りの女というのも困ります。いっそ、直し所のある従順な子どもっぽい女がかわいらしさに免じて世話もしてやれましょうが、離れて暮らす場合はそういう女は頼りなくやはり困ります。」結局、「実直で落ち着いた女を生涯の伴侶にすべきでしょう。なかなか訪問しない男の心を試し、逃げ隠れし、また尼になってしまったりするのはよくありません。どんなことがあっても我慢してゆく夫婦仲こそ宿縁も深く情もそそられます。夫の浮気などという辛いことも、うまく見過ごし、穏やかに接する事がよいのです。」と、現代女性から見たら随分勝手なことを言っていますが、「理想の妻」というのは、当時は染色・裁縫にも巧みであることが要求されますから、それらが巧みで、容姿は美しく、しっかりしていて、それでいて従順で家事を取り仕切れて、また夫の話に対応できる妻、そして夫の浮気などもうまく見過ごし、穏やかに接することのできる女性ということのようです。そんな女などいないと思われますが、実はこの『源氏物語』のヒロイン紫の上はまさにそういう女性でした。それだけに心労も多く、紫の上はその心労が積み重なって、病を得て亡くなることになります。左馬頭の口はいよいよ軽やかに二つの体験談を皆に披露します。

4　左馬頭の体験談

(1)　嫉妬深い女

「まだ、身分が低い時、顔立ちなどは特によいというのではないけれど、いとしく思う女がいました。女は、実直に私の世話をやいてくれる女でしたが、嫉妬深いところがおさえられない女でした。ある時、喧嘩が昂じて、女は私の指を引き寄せて噛んでしまいました。私は怒って出て行き、あちらこちら浮かれて歩き回っていました。女は、私が出て行った後も、私の着物の用意などをしてくれているので、私も女と別れる気はなく、女が完全には自分を見捨ててはしないだろうと高をくくっていました。ところが女は、気を病んで死んでしまったのです。今思うと、すべてを任せられる本妻なら、あのような女だと、女のことが今でも思い出されます。」

（2）浮気な女

「同じ頃に通っていたある女の話です。その女は人柄も奥深く感じさせ、歌もよく詠み、琴の爪音まですばらしい女でした。しかし、私以外に、ある殿上人ともつきあっていて、ある時自分が見ているとも知らず、その殿上人と風流な合奏をしてあだめいているのを見まして、その女は頼りにならないと、はっきり別れましたが、やはり色っぽいなよなよした女には用心すべきです。」と話すのでした。その話を聞いて、頭中将はうなずき、源氏の君はそんなものかと思っています。やがて、頭中将も自分の体験を語り出しました。

5　頭中将の体験談 ―― 控え目な女

「その女は人目を忍んで関係した女で、次第に情も移り、女も自分を頼りにしているようでした。久しく訪れないでも、女は恨みを表に出さずいつも従順でした。女は、正妻（四の君）

から嫌がらせを受けても私には言いませんでした。それで後になってその嫌がらせのことを知ったのです。私はそんな嫌がらせがあったことも知らないで、女のもとに行って女を慰めたり、女に便りをすることもしないで、女を放っておいたところ、女は撫子の花を折って、その撫子に付けて手紙を寄こしたのです。そこには、

やまがつの垣は荒るともをりをりにあはれはかけよ撫子の露

（粗末な家の垣根は荒れていても時々には情けの露をかけて下さい。撫子の花の上に。）

と、あったのでした。その歌を見て、私は久しぶりに女のもとを訪ねました。女は物思いに沈んではいましたが、それでもわだかまりもない様子でした。私は気を許して、また女から遠のいていましたところ、その女は行方も知れず、姿を消してしまったのです。女には幼子がいましたが、今もって二人の消息がわかりません。私は二人をいとしく思っていましたのに。こういう女は頼みにならない部類の女でした。」と、語るのでした。この女が、後に「夕顔」として光源氏の前に登場します。源氏は、夕顔と会った折に、以前頭中将から聞いた、行方をくらました控えめな女はこの女ではないかと思いながら、この夕顔に溺れていきます。女に撫子と

歌われた幼子は、『源氏物語』の中で、後に大きな存在感を示す玉鬘その人です。

　黙って控えている式部丞に頭中将が「何か変わった話があろう。話して見よ。」と促すと、式部丞は思案を巡らして語り出します。

6　式部丞の体験談 —— 博士の娘

「まだ私が文章生の時分で、博士のもとに通っておりました時に、そこの娘と懇ろになりました。学問が大変できる女でして、公務に役立つような専門知識も教えてくれて、手紙も、仮名を使わずに漢文で書いて送ってくれまして、漢文を作ることも私に教えてくれました。自分はその女を師匠として学んでいました。しばらく女のもとを訪れず、久しぶりに訪ねると、物越しの対面です。さては自分を恨んでいるのかと思いましたが、そうではなく、風病のため、にんにくを服用して、ひどい悪臭がするので会えないとのこと。女は「あふことの夜をし隔てぬ仲ならば昼間も何かまばゆからまし（夜ごとに会っている仲だったら、昼間でも恥ずかしいことがありましょうか。にんにくの匂いがする時だってお会いしましょう。）」という歌を詠んだのでした。とまあそういう話です。」それを聞いて、そこにいる君たちは、あきれてどっとお笑いになるのでした。聞いていた左馬頭が一つのまとめを弁じます。

7　左馬頭による女性論のまとめ

「男でも女でも、わずかばかりの知っていることを全部見せようとするのは嫌なものだ。本格的な学問の会得をする女はかわいげがない。しかし、世間の公事・私事についてまるで知らないのも困る。漢字（真名）を達者に書き立てているのも残念に思われる。ひとかどの歌詠みと自認して、しゃれた古歌を取り込み、風情も何もない折々に詠みかけてくるのは不愉快である。風情のある時であっても、参内する気ぜわしい時、また宴の漢詩の趣向を思案してあくせくしている時などに、時や所に配慮せず歌を詠みかけてくるのは気が利かない。

何事も時と場所の見境がつかないなら、気取ったり、風流ぶったりしない方が無難である。自分が知り尽くしていることも、知らぬかのように振る舞い、言いたいことがあっても十のうち一つ二つは黙っている方がよい。」ざっとこういうことでした。

これらの話がどう決着するというのでもなく、源氏の君は夜をお明しになったのでした。しかし、この夜の、こうした女性の品定めの話は、源氏にとって強烈な体験であったようで、この後、源氏は中流の女に、強く興味を持つのでした。

ここまで述べてきますと、怒るより笑ってしまいます。それが男の本音であり、作者は生活の中で男の思いをそのように理解していたのですね。

第三章　光源氏が愛した女たち

1　葵の上 ―― 初めての妻

光源氏の最初の妻は葵の上という女性です。「妻」と書きましたが、光源氏の妻と認められている人は何人もいます。『源氏物語』のあらすじをご存知の方は、葵の上・紫の上・花散里・明石の君・女三の宮などをあげることでしょう。そして、この女君たちは光源氏の妻ないしは妻の一人と、皆が認めると思います。では他に光源氏と関係があった六条御息所・末摘花・空蟬・夕顔・軒端荻たちはどういう立場の人なのでしょうか。

光源氏と肉体関係があっても、この時代、妻妾・愛人・召人《めしうど》と、いろんな立場があります。

召人とは聞き慣れない言葉ですが、肉体関係はあっても、妻とは認められずに女房のまま、侍女として仕える存在です。次頁の系図を見て下さい。系図の上では二重傍線が夫婦関係を表します。点線は不倫関係というか、秘密の関係を表しています。

ここで、葵の上のことを述べる前に、少し平安時代の婚姻について、記しておきたいと思います。

平安時代の婚姻は基本的に婿取り婚といえます。夫婦の契《ちぎ》りがあった翌朝、男性が女性のもとに後朝《きぬぎぬ》の文を送り、男は三日間は続けて女のもとに通います。三日目の夜に、ひそかに通っていた男を、女の家族が自家の一員として承認する儀式ともいえる露顕《ところあらわし》の儀式があり、また三日夜の餅を食す習慣があります。

この婚姻の方法も二通り考えられます。一つは、正式の婚姻で、世間でも正式の夫婦と認める婚姻方法です。男性が結婚適齢期の女性の存在を知り、媒介・仲人をたてて申し入れる方法です。あるいは娘の父親からの申し入れなども含まれるでしょう。貴族の場合、宮中で打診され、ことが順調に婚姻にまで進んでいく。この場合は、男について女側はよくわかっての上での話ですが、男から仲介を立てず直に申し入れ（懸想文）があった場合、女性の両親・兄弟・乳母たちが、男の家柄や将来性あるいは女性関係などを調べ、男が婿として女君にふさわしい

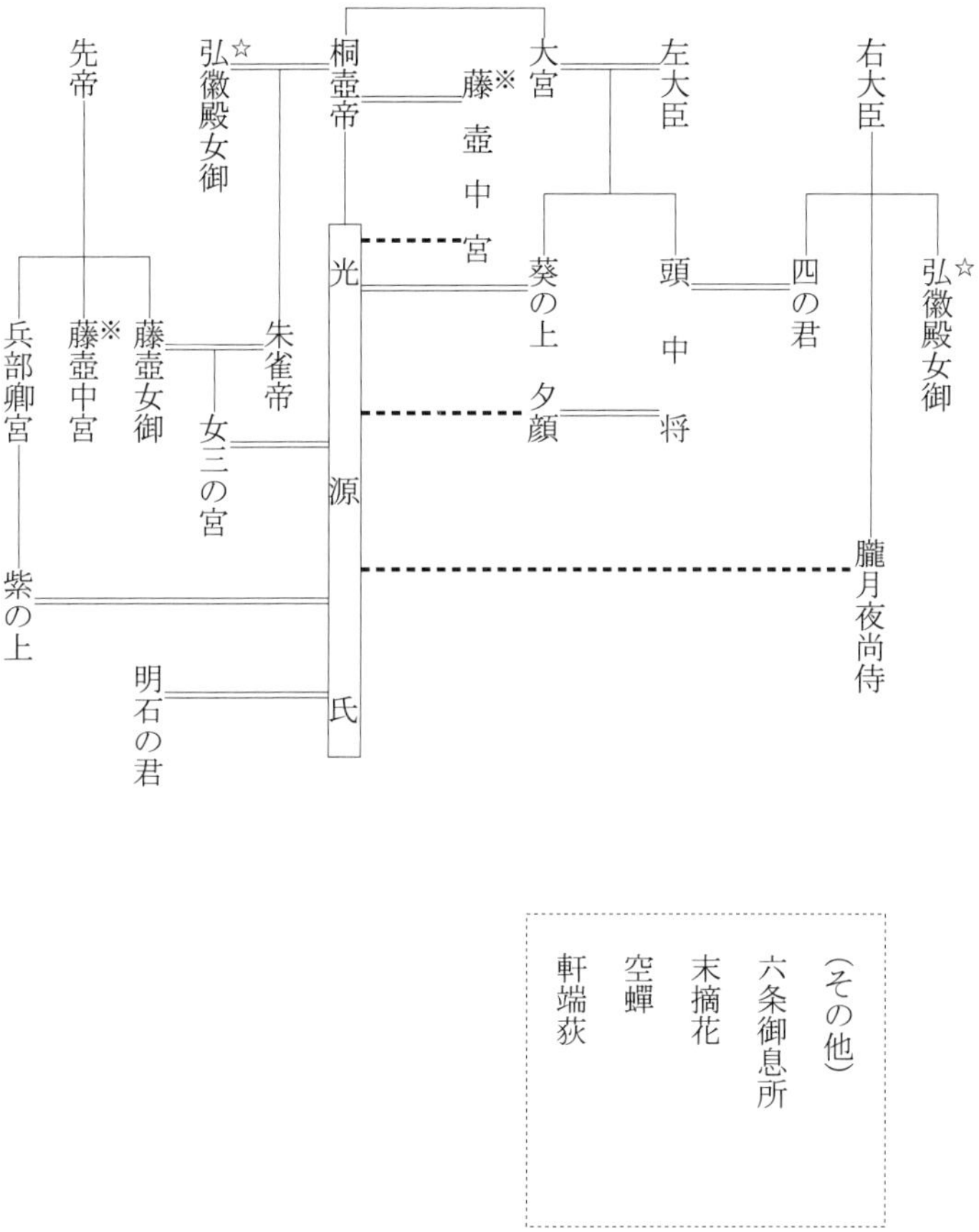
先帝
弘徽殿女御☆
桐壺帝
藤壺中宮※
大宮
左大臣
右大臣
兵部卿宮
藤壺中宮※
藤壺女御
朱雀帝
女三の宮
光源氏
葵の上
夕顔
頭中将
四の君
弘徽殿女御☆
紫の上
明石の君
朧月夜尚侍
（その他）
六条御息所
末摘花
空蝉
軒端荻

ならば、男の消息（懸想文）に返事をする。それも始めは女君本人ではなく、母親や経験豊かな女房が代筆します。それが何回か繰り返されて、初めて女君本人が返事を書きます。その後ようやく御簾《みす》や几帳ごしの会話になり、そして対面に進み、婚儀になっていきます。どちらにしても、男が初めて女と婚姻のために通う時、女側では前もって戸を開けて、男が女の部屋に入りやすくしたりします。こうした例は明石入道が、娘の明石の君のもとに光源氏を招き入れようとした時、父親である入道自身が自ら戸を開けておく場面がそれにあたっています。

男が沓《くつ》を脱いで娘の部屋に入ると、娘の母親が、男の沓を抱いて寝るという風習もあったようです。それは男が末永く娘のもとにとどまって欲しいと願う親の思いなのでしょう。

もう一つの方法は、男がある女に求婚したい時、女に仕える女房や兄弟などに消息（懸想文）の取り次ぎや、女への手引きを頼んで女に近づくやり方です。これは、手引きを頼む女房や女の兄弟に物品を渡したり、便宜を図るなどをすることで手なずけておいて、その女房や兄弟を介して女のもとに近づくわけです。『源氏物語』の中でも、光源氏は藤壺中宮との密会に王命婦を味方に引き込み、また空蟬との逢瀬を図るために、空蟬の弟の小君を自分の側において手なずけて便宜を図ろうとします。柏木は女三の宮に近づくために、女三の宮の乳母子《めのとご》で、女三の宮の女房である小侍従に依頼しています。小侍従は、女三の宮方が、葵祭の際の斎院への手伝いで、十二人の女房たちを斎院のもとに出して、女三の宮の周辺が人少なになった時を見計らって、女三の宮のもとに柏木を近づけてしまいます。

ここで述べた藤壺中宮・空蟬・女三の宮の三人は婚姻というより、男からの一方的な行為であり密通ですが、女の側に仕える女房の働きがいかに大きいかを証明しています。親がまだ承認していない求婚でも、女房や兄弟を介しての懸想文のやりとりを経て、男女が結ばれるというわけです。この懸想文のやりとりは女の心を摑むために頻繁に行われますが、鬚黒大将のように玉鬘の意向を全く無視して、強硬手段で既成事実を作り上げて妻にしてしまうという例もあります。光源氏と紫の上との結婚もこれに類するといえます。これとは反対に六条御息所のように、光源氏と長く関係を持ちながら、そして家柄といい、美しさといい、光源氏の妻たるにふさわしく、光源氏の正妻葵の上亡き後、後妻に迎えられてしかるべき人であるにも関わらず、光源氏には六条御息所との結婚の意志はなく、六条御息所は絶望して愛人的な存在のまま光源氏と別れていくというパターンもあります。

新夫婦の居住状態をみますと、一般的には夫方での居住はなく、普通は夫が妻の家に通う訪婚から始まります。そして妻の家に同居、その後、夫の地位や年齢などの変化を経て親から独立した邸宅に住むことが多いようです。この独立型も邸の提供は夫側であったり、妻側であったりと決まってはいません。これは夫婦が同居する同居婚ですが、ずっと訪婚のままの別居婚の場合もあります。同居の妻は「北の方」と呼ばれ、子どもは「むかい腹」といわれます。一方、同居しない妻は住む場所で呼ばれ、子どもは「ほか腹」と呼ばれます。この言い方でもわかるように、男に複数の通いどころがある場合、男と同居する妻がやはり世間からは正妻とみなされ、優位に立ったようです。

『蜻蛉日記』の作者であり、美人で歌人としても名高く、摂政関白太政大臣として権力をふるった藤原兼家の妻である道綱の母は、兼家との同居を希求し、妻として兼家の衣装を縫ったりするなどしていましたが、ついに同居することはなく、康保《こうほう》元年（九六四）秋の記事には「我が家とおぼしき所は、異《こと》になむあんめれば。（兼家が我が家と思うのは私の家以外のところであるので。）」と、その悲しみを書いています。

さて葵の上はどうであったのでしょうか。葵の上は、左大臣が皇女である北の方（大宮）との間にもうけた姫君です。たった一人の女の子であり、左大臣家で大切に養育された姫君です。右大臣家の娘である弘徽殿女御を母とする東宮からも、「入内をせよ。」との内々の希望が寄せられていましたが、左大臣は「どうしたものか。」と思案していました。その時、光源氏の元服の加冠の役（引き入れの大臣）を帝から仰せつかり、「この光源氏には、元服の際の後見もいないようだから、いっそ姫君を添臥《そいぶし》にでも。」と思うようになったのでした。「添臥」とは東宮や皇子などの元服の夜、公卿などの娘を傍らに添い寝させたことをいい、後に実質的な最初の妻ということになりました。帝からのご内意もあり、左大臣は、源氏の元服の夜に、自身で左大臣の邸に源氏の君を伴うのでした。そして源氏の君を婿に迎える儀式を、またとないくらい立派に整えてなさるのでした。この時光源氏は十二歳、葵の上は十六歳で、葵の上は四歳年上でした。姫君は婿君がまことに若いので、自分が似つかわしくなく恥ずかしい、と思わずにはいられません。

この葵の上の結婚は、当人同士の意志には関係なく、帝と葵の上の父親である左大臣の意志によって決められたものです。行われた結婚の儀式は盛大なもので、いうまでもなく二人の結婚は正式な結婚です。

夫である光源氏は、元服してから後は、帝が以前のように藤壺のお部屋の御簾の中には入れて下さらないので、光源氏は逢えない藤壺が恋しくてたまりません。何とか藤壺の側にいたいという思いで、帝がいつも光源氏をお召しになるのを口実に、宮中での暮らしばかりを好ましく思って、宮中に五・六日、左大臣家に二・三日というように、左大臣邸にはとぎれとぎれの宮中からのご退出でした。源氏は、「左大臣家の姫君は大切に育てられた美しい方」とは思うものの、光源氏にとっては、亡くなった実の母親にそっくりといわれる藤壺のことだけが慕わしくてなりません。左大臣家では、光源氏の藤壺への思いは知りませんが、左大臣家に落ち着かないのは、まだ光源氏が幼いからで、とがめ立てするほどのこともあるまいと、光源氏を大切にお世話しています。しかし、十六歳の葵の上は、源氏の心が自分になく、どこか他にあるということに気づかないはずがありません。葵の上が、自分が年上であるということの恥じらいと、自分に心を向けていない源氏への思いとで、素直なかわいい妻としての振る舞いになれないのもうなずけます。

そうして年月が過ぎて、源氏は十七歳になりました。恋い慕う藤壺とは会えず、葵の上ともしっくりこない源氏は、方違《かたたが》えで訪れた紀伊守邸で空蟬と契り、また空蟬の継娘軒端荻とも契る、そういう流れになってしまいます。空蟬は一度の過ちの後は、源氏を拒みきり、それによって源氏は空蟬に心を残すことになります。

同じ年のことでしょうか。「六条わたりの御忍び歩きのころ」とあるので、源氏が、六条御息所のもとへ通っていたことがわかります。宮中から六条御息所のもとを訪ねる途中、源氏は、乳母の大弐《だいに》の乳母《めのと》が、重い病気で尼になっていたので、急遽、見舞おうと乳母の邸に立ち寄りました。邸の正門は錠をおろしているので、従者に命じて乳母子でいつも源氏の傍らに仕えている惟光をお呼びになりました。惟光の母がこの大弐の乳母なのです。源氏の訪れを聞いて惟光が門を開けるのを待っている間、源氏があたりを見渡していると、目を引く一軒の家があります。その家の板塀に、蔓草が這いかかり、そこに白い花が咲いています。その花は夕顔といいます。その花が咲いている家に住む女君に心惹かれた源氏は、その女の探索と手引きを惟光に命じます。このように、あれやこれやと源氏にとっては心を砕くことが多くあって、左大臣家には途絶え途絶えのお通いなので、葵の上は「恨めしくのみ思ひきこえたまへり。（恨めしいとばかり思い申し上げていらっしゃった。）」（「夕顔」巻）と、源氏の訪れのなさを悲しく恨んでいました。

一方、光源氏は惟光の計らいで夕顔の花咲く女君のもとに通うようになりました。女はおとなしく、また愛らしく華奢ないじらしい感じの人で、素直に心を寄せてくる面持ちなど、世慣れた女とも思われず、源氏は心を奪われていきます。源氏は、その女・夕顔を、普段使っていない邸に連れて行きますが、宵を過ぎる頃、何かに襲われる心地がして、男たちを呼び、明かりを持って来させたところ、その時にはもう夕顔は息絶えていました。源氏は悲しみ、夕顔の遺骸を惟光に命じて東山に送らせて、自分は二条院の邸に帰りますが、悲しみのこらえようもなく、源氏も東山に出かけていきます。夕顔の亡骸《なきがら》を眺めて悲しみに沈みますが、惟光にせかされて、夕顔の侍女の右近を連れて二条院に帰ると、そのまま床についてしまいました。源氏の病を聞いた左大臣は、病の原因はわからないながらも心配して、毎日二条院に訪れて、いろいろ手配をして看病するのでした。その甲斐あってか、源氏は二十日ほどは重病でありながらも、ようやく快方に向かうのでした。

その頃、源氏を拒み通した空蝉が、夫の伊予介と共に任国に旅立っていきました。

さて、ここまでが、「空蝉」「夕顔」の巻に書かれた源氏十七歳の出来事です。このように、源氏の心は左大臣家から遠ざかり、夫の訪れもないその間、葵の上はどんな生活を送っていたのかが気にかかります。

平安時代中期の左大臣藤原師尹《もろただ》が、姫君の芳子に教え諭したという話が『枕草子』や『大鏡』に伝わっています。その話というのは、「一には御手を習ひ給へ。次には、琴《きん》の御琴を、人より異に弾きまさらむとおぼせ。さては、古今の歌廿巻を皆うかべさせたまふを、御学問にはせさせたまへ。」というものでした。これらの書・琴・和歌の教養は、後に村上天皇の女御となる娘の芳子へのお后教育であり、身分の高い貴族の女性としての大切な教養でした。その他、貴族の女性たちは、香・絵・染色・縫製などのたしなみも大切なものでした。『蜻蛉日記』の作者は、摂政関白太政大臣になった藤原兼家の妻で、道綱の母といわれる人ですが、『蜻蛉日記』に、例え喧嘩をしている時でも、兼家から宮中に着ていく大切な衣装の縫製を頼まれたという話が書かれています。また、『源氏物語』の、理想的な女主人公の紫の上は、琴や香・書に優れ、その上染色・縫製にもすぐれた女性として描かれています。

おそらく、左大臣家の大切な姫君、葵の上も同じようにこれらの教養を身につけていたと思われます。当時の姫君は邸の奥深くに暮らし、外に出るのはもちろんのこと、御殿の廂の端近くに出ることもはしたないとされていたのですが、葵の上は源氏の訪れがない毎日をどう過ごしていたのでしょう。手習をしていたことは考えられます。琴を弾いたり、歌を詠んだりもしていたはずですが、『源氏物語』の物語の中で、葵の上が琴を弾く場面は出てきません。また、葵の上は源氏と一首も歌を詠じ交わしてはいません。そのことは何を意味するのでしょう。「葵の上には優しい情緒がない」ということを強調したいために、琴もひかず、歌も詠まないというような、そういう人物に描いたのでしょうか。あるいは歌の数がゼロということは、源氏に愛されていないことのバロメーターなのでしょうか。ちなみに、『源氏物語』第一部・第二部に登場する女君たちの中で、一番歌を詠んでいるのは紫の上で二三首、次は明石の君二二首、玉鬘二〇首です。

現代文でわかりやすく書きますが、「源氏十八歳の春の頃、源氏は瘧病《わらわやみ》をわずらいなさって、北山に瘧病を治す効験あらたかな聖《ひじり》がいることをお聞きになって、お供には親しく召し使う四・五人だけを連れて北山にお出かけになりました。」これが「若紫」巻の出だしです。この「若紫」の巻は、『源氏物語』にとって重要な巻です。人知れずずっと慕い続けていた藤壺との逢瀬（密会）、藤壺の懐妊、そして『源氏物語』のヒロインともいうべき紫の上との出会いが語られるからです。

北山での加持の合間の夕暮れ時に、源氏は昼間見かけた女たちが出入りしていた小柴垣の中を、惟光と二人でのぞいてみます。すると持仏を据えてお勤めをしている上品な尼がいました。そこに十歳くらいかと見えて、白い下着に山吹襲《やまぶきがさね》の着慣れた着物を着て、扇を広げたような髪をゆらゆらさせて走りこんできた女の子がいました。これが、若紫、後の紫の上の登場です。紫の上については、後で詳しく述べますので、今はどう葵の上と関わるのかその点に焦点を当てて見ていきたいと思います。

その女の子の顔つきは、まことにいじらしく、美しく、源氏はその子を見て「自分がこの上なくお慕いしている藤壺様によく似ているので、このように目が惹き付けられるのであるなあ。」と涙をこぼします。「この女の子は誰であろうか。藤壺様の御身代わりに明け暮れの心の慰めに見たいものよ。」と強く願う源氏は、北山の僧都からその子の素性を聞き出します。そしてその子が恋い慕う藤壺の血筋の人であることを知った時、源氏はその女の子を引き取りたいと、僧都と女の子の保護者である尼君に頼みますが、二人は本気にしません。源氏は心をその女の子に残したまま、宮中に戻りました。源氏を何くれとなく世話をしてきた左大臣もちょうど参内していました。源氏を見て左大臣は喜んで、源氏を自分の車に同乗させて、左大臣邸に連れて帰ります。源氏は気がすすまないけれども、左大臣の気持ちにほだされて、左大臣と共に宮中を退出したのでした。左大臣のお屋敷では、邸中を磨き上げ飾り立て整えて、いつ君がおいでになってもよいようにして待っています。本文には「今日、源氏の君をお連れする。」とはどこにも書かれていないのに、左大臣家では用意周到に準備して待っていたのです。どんなに千秋の思いで源氏を待っていたかがよくわかります。これは左大臣の、娘葵の上への親心であることが伝わってきます。

「女君、例の這い隠れてとみにも出でたまはぬを、大臣切にきこえたまひて、からうじて渡りたまへり。」

（女君はいつものようにご自分の部屋にひそかに隠れて、すぐにはお出ましにならないので、父の左大臣がしきりに君をお迎えするように申し上げなさるので、ようやく源氏の君がいらっ

しゃる所においでになるのでした。）　　（「若紫」巻）

葵の上は夫である源氏の訪れを駆け出て迎えることができません。なかなか訪れようとしない夫に、すねて、そして恥ずかしさと自負心とで、部屋から出て迎えようとしないのです。それを、親が強いて勧めて、ようやく出ていらっしゃるという状態です。葵の上は大層美しく、きちんとしていて、源氏の前にようやく出てきても、たぶん表情も硬く、行儀よく座っていらっしゃるだけなのでしょう。そんな葵の上を、源氏は「北山の話でも興味深く聞いてくれるならかわいくもあろうけれど、全く打ち解けることもなく気詰まりなことよ。」と、心外に思っているのでした。「たへがたうわづらひはべりしをも、いかがとだに問ひたまはぬこそ、めずらしからぬことなれど、なほ恨めしう（耐えがたいくらいひどく煩っておりましたのを、どうですかとだけでもお見舞い下さらないのは、いつものことですが、やはり辛いものです。）」とおっしゃると、「問はぬはつらきものにやあらん（問わない・訪わないのは辛いものでしょうか。）」と、流し目に君を見ながら答える葵の上は、臨機応変の機知を持つ、頭のいい人だと思われます。「とはぬ」を源氏は「尋ねる」意で使い、葵の上は「訪ねる」に置き換えて、他の恨み言は言わず、それだけで自分の気持ちを伝えたのは見事といえます。

源氏の君は寝所に入りますが、女君は源氏の後に続いてすぐには入らず、また源氏にうまく話す言葉も見つからずに、横になってもため息だけをついています。源氏の君は何となくおもしろくない気持ちだからでしょうか、いかにも眠たそうなふりをしています。夫婦の寝室の中で、素直に夫の胸に飛び込んで甘えることもできない女君と、「来たいわけでもなく来てやったのにおもしろくもない。」と眠そうなふりをすることで女君を拒絶して、お互いに背中合わせで、それぞれの思いで夜を明かしている二人がいます。いつの間にか、源氏の想念は藤壺様のことに移っていきます。そして、北山の、藤壺にそっくりなあの少女を手元に置きたいという思いがいよいよ募ってきて、翌朝早々に北山にお手紙を遣わして、少女を引き取りたい旨を書き送るのでした。

藤壺の宮が病気で里にお下がりになりました。源氏の君はこのような折に何とかして藤壺の宮にお会いしたいものと王命婦を味方に引き込んで、何とか無理な手立てによって、とうとう密会することができたのでした。藤壺との逢瀬のことは詳しくは書かれていませんが、やがて、藤壺の宮は懐妊し、源氏も藤壺も罪の恐ろしさに苦悩します。源氏はいよいよ藤壺の身代わりとして北山の少女・若紫（紫の上）に執着していきます。

やがて、北山の少女の保護者、病気であった尼君が亡くなりました。源氏は、少女が父の兵部卿宮に引き取られるという話を聞いて、少女が兵部卿宮邸に引き取られてからでは、いよいよ少女を自分の手元に引き取ることが、難しくなるに違いないと考えます。そして兵部卿宮がこの少女を迎えに行く前に、自分の邸に連れてきてしまおうと決心するのでした。ちょうど源氏は、左大臣邸にきておりましたが、例によって女君・葵の上はすぐに源氏に会おうとするわけでもありません。源氏は何となくおもしろくなく、和琴《わごん》をつま弾いていました。ちょうどその時、尼君が亡くなり一人残された幼い姫のことが心配で、様子を見に行かせた惟光が戻ってきて、「明日父宮が迎えにおいでになります。」という情報を源氏にもたらします。源氏は父宮が迎えに来る前に、自邸に引き取ってしまおうと思っていたので、まだ夜明け前の、暗いうちに、左大臣邸をお出になります。「邸でしておかなければならない用事があるのを思い出したので、ちょっと邸に戻ります。」と言い訳をする源氏の言葉に、女君は納得しない不機嫌な面持ちで返事をしません。妻として、光源氏の心が他の女にあることがわからないはずがないからでしょう。夜明け前に部屋を出て行く夫に対して、不機嫌な面持ちでいるのは理解できます。一方の源氏は、葵の上の気持ちを理解することがないまま出て行きます。そして源氏は、少女・若紫（紫の上）を二条院に迎えて、大事に養育することになります。

その一方、はかなく世を去った夕顔が忘れられない源氏は、荒れた邸でひっそりと琴だけを友として暮らしている姫君に惹かれて、契りを交わしますが、その姫君は思いの外の赤鼻の姫君でした。その姫君はそれから「末摘花」と呼ばれます。源氏十八歳から十九歳の出来事です。

物語は「紅葉賀」巻に移っていきます。出産の近づいた藤壺の宮は、宮中から里である三条宮に退出します。何とか藤壺の宮に逢おうと、源氏は機を窺いますが、藤壺は源氏を寄せ付けようとしません。源氏は何とか逢う機会がなかろうかとうろついているので、そのために左大臣邸には夜離《よが》れを続けているのでした。左大臣家では心穏やかではいられません。その頃、「二条院には人迎へたまふなり。（二条院に女をお迎えなさったようだ。）」と葵の上に申し上げる人がいて、葵の上はまことにおもしろくないと思っています。源氏にとって藤壺の宮のことは絶対の秘密であり、この秘密は左大臣家は無論のこと、世間にも知られてはいないことです。二条院の姫君・若紫のことも、どういう人であるか、正確には伝わっていません。まさかその姫君が十歳くらいの幼い姫で、源氏によって養育されているとは誰も思わないのでした。誰もが、「女を迎えた。」「妻の一人に違いない。」「源氏に寵愛されている女に違いない。」と思い込み、そういう噂を女房たちなどから聞くにつけ、葵の上はきっと深く傷ついたに違いありません。しかし今まで育った環境からか、女房たちへの配慮からか、怒った顔をして源氏を問い詰めることなどはできないに違いありません。そうかといって、自分をないがしろにしている源氏に対して、素直に愛想よくは振る舞えないのです。源氏は自分が関係した女性たちのことは横において、「素直に恨み言でも言ってくれれば、自分も幼い姫のことなど話せるのに、女君が邪推をしたりするから、つい浮気沙汰などもしてしまうのだ。」などと考えて、二人の心はいよいよすれ違って、離れていきます。

藤壺の出産は十二月の予定でしたが、一月も過ぎ、人々の心配の中で二月十日を過ぎて男皇子が無事生まれました。二人の不義の子であることを自覚している源氏と藤壺の苦悩は深く、源氏はその苦悩を無邪気な幼い若紫（紫の上）と遊ぶことで慰めるのでした。源氏はこの姫君がいじらしく、離れることができません。自然、左大臣家には夜離れが続き、二条院に迎えた女のことが遂に左大臣の耳にも入ります。帝までが心配して源氏をお諫めなさいます。

宮中に源典侍という色めいた老女がいました。どうしたことか、源氏はその老女に戯れ、葵の上の兄の頭中将と源典侍をめぐっていどみあうという話までが語られますが、それは、源氏の晴らしようのない苦悩のはけ口だったのでしょう。源氏十九歳の夏のことでした。

次の巻が「花宴」ですが、光源氏二十歳のことです。二月二十日過ぎ南殿で花の宴が催された時のお話です。宴が果てた夜更け、源氏は藤壺の宮恋しさに、藤壺のあたりを徘徊しますが、手引きを頼める女房の部屋の戸口にも鍵がかけられています。源氏は嘆いて、向かい側の弘徽殿の細殿に立ち寄ってみると、三の口が開いています。そっとあがってのぞいてみると、若く美しい感じの声で歌いながらやってくる女がいます。興を覚えて素性も名も知らぬまま、その女と契りを交わしますが、その女は、後に弘徽殿女御の妹・右大臣の姫君であることがわかります。その姫君は「朧月夜の君」と呼ばれます。この姫のことも後に詳しくみていきたいのでここでは省略します。

二条院の姫君、若紫は日増しに美しく成長して、源氏はますますいとしく離れられなくなっていきます。そんなこんなで左大臣家への訪れは間遠であり、たまに葵の上のもとに赴いても、葵の上はいつものようにすぐには源氏に対面しようとはしません。夫婦の関係は相変わらず心がすれ違う寂しい関係のままでした。源氏の、藤壺の宮に寄せる愛は、幼い時から一途であり、変わることがありませんでした。藤壺の宮は父帝のお妃であり、継母です。どんなに源氏が望んでも許される人ではありません。それ故に、源氏は多くの女性の間をさまよいながら、いつまでも満たされないで、なおも、藤壺の幻影を、他の女に求めて探し続けています。葵の上はそれらの女たちによって、苦しみ悩まされ続けていました。

物語は「葵」の巻へと進んでいきます。「葵」の巻は桐壺帝の退位と、それに伴う変化がありります。左大臣や源氏方の政治的勢力が衰退し、朱雀帝の母である弘徽殿女御や、右大臣方の勢力が強くなりました。桐壺帝は今は院となって、院御所で藤壺の宮といつも一緒に暮らしています。源氏はますます藤壺と会えず、憂鬱な日を過ごしています。桐壺帝の譲位と朱雀帝の即位に伴い、斎宮や斎院も替わりました。新斎宮には六条御息所の産んだ前坊の姫宮が卜定されました。六条御息所は、源氏の気持ちが頼りにならず、また姫宮が若いので、いっそ姫宮と共に伊勢に行ってしまおうかと思案していました。

葵の上が懐妊します。初めての懐妊ということで、源氏も葵の上をしみじみいとしいと思うようになって、ようやく今までとは少し違う二人の関係が生じてきました。

賀茂祭とは京都の賀茂別雷神社（上賀茂神社）と賀茂御祖神社（下鴨神社）の祭礼をいいますが、当日フタバアオイの葉を桟敷や牛車の簾、供奉《ぐぶ》する人々の衣冠につけたことから葵祭ともいいます。古くは陰暦四月中の酉《とり》の日、現在は五月十五日に行われます。御所から斎院が勅使以下百官を従えて行列して、下鴨神社から上賀茂神社に赴き、神に奉仕する祭礼です。祭の前の午《うま》または未《ひつじ》の日に賀茂川で御禊《ごけい》を行いました。

新斎院御禊の日、この時の新斎院は桐壺院と弘徽殿女御との間に生まれた女三の宮で、源氏の大将も帝のご命令があって、行列に参加しました。左大臣家では、葵の上の母の、大宮の勧めもあって、葵の上は急遽夫である源氏の立派な姿を見に、見物に出かけて行きます。

通りは物見車で埋め尽くされ、遅くきた左大臣家の牛車を立てる場所すらありません。身分のある女房車が沢山出ています。雑人がその辺りの車を立ち退かせていたところ、風情のある網代車《あじろぐるま》があります。お忍びの車とはっきりわかる車で、供人が「これはご身分のある方の車で、立ち退かせることのできる車ではない。」と言っています。左大臣家の若い供人は、酔いも手伝い、無理矢理葵の上の乗る車の列をそこに割り込ませてしまいました。お供の車の後ろに追い出された車には、新斎宮の母・六条御息所が乗っていました。六条御息所は鬱々として楽しまない心が、行列を見ることで多少は慰むかと出かけてきていたのでした。その人と気づかれぬように忍んできたのに、双方の供人の中に源氏の大将の家人もまじっていたので、網代車の女君が誰であるかわかってしまったのでした。牛車も壊され、六条御息所は無念でたまりません。

　後で御禊の日の出来事をお聞きになった源氏は、「葵の上の細やかな情味に欠ける性質

「源氏物語絵色紙帖」葵
出典：ColBase（https://colbase.nich.go.jp）

を受けて、下々の者がそのようなことをやるのであろう。六条御息所はおいたわしいことであった。」と思わずにいられません。

車争いの後、御息所の物思いはいよいよ深まっていきます。一方左大臣家では、物の怪が葵の上に憑いているようで、葵の上はひどく苦しんでいます。左大臣家の人々はみな心配し、源氏の君も忍び歩きは不都合と、左大臣家にとどまり、ご祈禱やら何やらをおさせになるのでした。

まだその時期ではないと誰もが油断していた時に、急に葵の上は産気づいて苦しまれるので、それまで以上に祈禱をさせたところ、執念深く葵の上に取り憑いて離れない物の怪が一つあります。それは、深い物思いに苦しむ六条御息所その人でした。女君が、人々に抱き起こされてまもなく、御子が生まれました。御子は男児で、左大臣家の人々の喜びは言うまでもありません。その若君は藤壺が産んだ東宮にそっくりなのを見るにつけ、源氏はめったにお会いできない東宮を懐かしく思わずにいられないのでした。葵の上の様子が大分落ち着いてよくなってきたので、源氏や左大臣家の人々はみな安心して、除目《じもく》の儀式のために宮中に参内してしまいます。源氏が出かけて行く時、葵の上は、いつもとは違って、じっと源氏に目をとめて臥せながらも見送っています。源氏もそんな葵の上をいとしいと思いながら参内するのでした。

邸内の人が少なくなって、ひっそりとしている時、いつものように胸がさし込んできて、葵の上はひどく苦しみます。人々が宮中に知らせる間もなく、葵の上は息が絶えてしまいました。知らせを受けて急いで邸に戻ってきた左大臣や源氏は、あらゆる手を尽くして葵の上の蘇生を図りますが、葵の上が生き返ることはありませんでした。

葵の上の人生を考えた時、葵の上は、左大臣家の大宮腹のたった一人の姫君として生まれ、左大臣家ばかりではなく、帝からも世間からも、お后候補の大事な姫としてかしずかれ大切に育てられました。気品高く美しく、誰からも愛されて一生の幸せを約束されているかのようでした。それが東宮から妃にと懇請されていたにもかかわらず、光源氏の将来を心配する桐壺帝と左大臣の思惑で、源氏の正妻とされたのでした。そこから葵の上の人生は狂い始めたのかも知れません。年上であることの恥じらい、詳しいことは知らぬまま、源氏の心が自分ではなく絶えずどこか別のところにあることを思い知らされて、自分自身素直に笑い、甘えられない不幸。そして苦しんで産んだ我が子を抱くこともできないまま死んでいった葵の上の不幸を思います。

2　空蟬――源氏をふった人妻

源氏と空蟬の出会いは源氏十七歳、空蟬の年齢ははっきり描かれていませんが、二十代の頃と思われます。「帚木」巻で、雨夜の品定めをした後、源氏はそこで話された中の品の女に興味を持ちます。そんな折、方違《かたたが》えで行った紀伊守の邸で初めて空蟬に出会いました。それ以来、空蟬の物語は、「空蟬」巻・「夕顔」巻・「末摘花」巻・「関屋」巻・「玉鬘」巻・「初音」巻、そして「行幸」巻に語られ続けていきます。初めて空蟬と会った源氏は、十七歳の美青年でしたが、「行幸」巻では三十七歳の太政大臣として位人臣を極めて、並ぶ者のない存在になっています。一方、「行幸」巻で空蟬は、源氏の邸である二条の東院で源氏の世話を受け、尼として落ち着いた日々を送っています。『源氏物語』における空蟬の登場はここまでです。

それでは、空蟬が初めて登場してから、物語を退いていくところまで、何を思い、どのように生きたのか、「帚木」巻から順を追って空蟬の人生をみていきたいと思います。

五月雨の夜の宿直の際に、頭中将や左馬頭・式部丞等が語る体験談や女性論を、光源氏は興味深く心に留めて聞いていたのでした。

ようやく天気も回復して、源氏は久しぶりに左大臣邸の葵の上のもとに出かけて行きます。暗くなる頃、こちらの方角が宮中からは塞がっているというので、方違えをすることになりました。「方違え」というのは、陰陽道の祭神・中神（天一神とも）は吉凶禍福をつかさどり、悪い方角を防ぎ守る神といわれていますが、その神のいる方角を「塞《ふた》がり」と称して忌み、方角を変えることをいいます。もう少し、わかりやすく説明しますと、出かける時、そこが中神のいる忌むべき方角にあたっている場合には、前夜のうちに別の方角へ行って泊まり、改めて目的の場所に行くことをいいます。

源氏は左大臣邸から紀伊守邸に方違えをすることにしました。その紀伊守邸で空蟬と初めて出会うことになります。その出会いの場となった紀伊守邸に、源氏はなぜ方違えをしたのでしょうか。いくつかの理由があげられます。まず、紀伊守が源氏邸に親しく出入りをしていること。また、紀伊守が近頃中川の水を邸内に堰き入れて涼しい木陰があること。牛ごと車を邸内に引き入れられること。また最後に、紀伊守の父親・伊予介の家で忌みごとがあり、伊予介の家の女どもが来ていて手狭であると紀伊守は心配するけれど、かえってそれが源氏の興味を惹いたこと。そういった種々の理由から、源氏は紀伊守邸を方違えの場所に選びます。供には親しい者だけを選んで、紀伊守邸に出かけて行きました。

紀伊守邸に足を踏み入れた源氏は、中の品として話題にしたのはこのような家かと興味をそそられます。源氏の御座所の近くの母屋に、女たちが集まって自分の噂話をしているのも聞こえてきます。

挨拶にきた紀伊守の話から、「紀伊守の父・伊予介の妻は、衛門督《えもんのかみ》（衛門府の長官・従四位下相当）の娘で、衛門督は娘を宮仕えに出したいという希望を持っていたけれど、それを実現しないまま亡くなってしまい、娘が宮仕えに出ても娘の後見をする人がいなくなってしまったので、やむをえず年老いた伊予介の後妻になった。」ということを知ります。そして、その女が今、紀伊守邸にいるというのです。源氏は眠れないままに、皆が寝静まった頃、女が寝ている部屋の襖の掛けがねを試しに引き上げてみると、向こうからは掛けがねは下ろされていません。源氏は女の寝所に忍び入り、「あってはならないこと。」と消え入らんばかりの女を抱き上げて、襖のところまで出てくると、湯を使うために下屋に下りていた侍女の中将が戻ってきました。中将はただよう香りなどから源氏の君とわかりました。源氏の身分から騒ぎ立てることもできないで、胸を騒がせて後に続くと、源氏は「夜が明けたら迎えに来なさい。」と女を抱いたまま御座所に入ってしまいました。女は、この侍女・中将がこの事態をどう思うかと中将の思惑までも考えて、死にそうなほどに辛く、汗がしとどに流れていかにも苦しそうです。源氏は女を様々な言葉で慰めるけれど、女は辛くて「受領の後妻という身分がまだ定まらない娘時代に、こうした逢瀬がたまさかなりともできたのであれば。」と思っています。ここに描かれる女・空蟬は貞淑で、また侍女が自分をどう思うかなど、女房の自分への思惑をも気にし、源氏と自分とは全く不似合いであると分をわきまえた真面目な女性です。

あの日以来、女（空蟬）とは全く逢うことができないので、源氏は空蟬の弟の小君を言いくるめて、空蟬のもとに手紙を持って行かせます。しかし、思うようには、空蟬の返事は得られません。

いつものように源氏が、宮中で何日も過ごしていた頃、ちょうど都合よく方塞《かたふた》がりになったので、源氏は急に左大臣邸に行くふりをして、途中から紀伊守邸に出かけてしまいます。紀伊守は驚いて、「遣り水の素晴らしさ故のお越しであろう。」と喜びます。空蟬は、源氏がわざわざこうした工夫をしてきてくれたことを、源氏の浅くはない自分への思いからとは思うものの、自分のみすぼらしい姿をお目に掛けてはなるまいと思い悩んで、「具合が悪いので肩や腰をたたかせたいと思います。今の自分の居場所はお客（源氏）の御座所に近く、不都合です。」と言って、奥まった所にある侍女の中将の部屋に、こっそり移ってしまいました。小君は姉を懸命に説得しますが、姉の空蟬は「身分が定まらない前であったら。」と言って応じようとしません。源氏は女の気強さがいまいましくもあり、またそうだからこそ心惹かれるのだと思います。

ここまでの話が「帚木」巻で、ここから「空蟬」巻へと話が進んでいきます。

源氏は、自分に会おうとしない空蟬を心おもしろからぬ女とは思いつつ、このままでは済されそうもなく心にかかって、やりきれない気持ちで、小君に「何とかして姉との逢瀬がかなうようにしろ。」と命じます。一方空蟬も、虚ろな物思いの日々を送っています。

紀伊守が任国に下り、主のいない邸内は人が少なく、邸内の女たちは気を許してくつろいでいるある夕方、源氏に強く責められていた小君が、源氏を案内してやってきました。ちょうどこの邸の西の対に住む伊予介の娘（軒端荻。空蟬の継子）が空蟬のもとに遊びに来ていて、二人で碁を打っていました。源氏は興味を抱いて、この二人を物陰から眺めます。格子の側に立てた屛風も暑さのためか、端の方に畳んであり、目隠し用の几帳なども帷子《かたびら》がまくりあげられてあって、上手い具合にのぞき込むと、碁を打つ二人の様子を見ることができます。

源氏が心を寄せている女《ひと》はほっそりと小柄で目立たない姿で、袖から出ている手つきも細やかに見えます。顔は、まぶたが少し腫れているような感じでどちらかといえば不器量に近い顔立ちです。しかし、すきがない身のこなし、たしなみの深さを感じさせます。

一方の西の対の方（軒端荻）は、源氏から姿が丸見えで、着物の着方が胸もあらわでしまりがありません。色白で美しく、丸々と太った大柄な人でした。頭《かしら》つきや額の様子がはっきりしていて、まなざしや口元も明るい愛らしさがある派手な顔立ちで、髪は豊かで、長くはありませんが、下《さ》がり端《ば》や肩のあたりがすっきりした感じの美しい人のように見えます。

碁も終わり、人々が散っていきます。小君はまだ幼いということと、空蝉の実の弟ということで、女房たちは誰も警戒をしていません。空蝉のいる部屋の隅で普段から休んでいたのでしょう。この日も小君は誰にも警戒されずに妻戸をたたいて、女童に部屋の中に入れてもらいます。しばらく寝たふりをして、小君は源氏を導き入れてしまいます。

普通懸想する男たちは、想う人の側《かたわら》に仕える女房の一人となじみになり、何かと世話をしたり、贈り物をしたりなどして手なずけ

「源氏物語絵色紙帖」空蝉
出典：ColBase（https://colbase.nich.go.jp）

て、女君のもとに手引きをさせることが多いのですが、源氏は空蟬の弟・小君を使って、手紙を姉のもとに持たせたり、姉への手引きをさせようともくろんだのでした。

空蟬は源氏のことをあれこれと考え、昼は物思いにふけ、夜は目覚めがちといった有様で、寝入ることができずにいました。西の対の方は無邪気に寝入っている様子。そんな時にかすかな衣擦《きぬず》れの音がして、実にいい匂いがただよって来るので、女が顔を上げて見ると、几帳の隙間に、暗いけれど、何かがにじり寄ってくる気配がはっきりわかります。とっさに何の判断もつかないけれど、そっと起き出して、生絹《せいけん》の単衣だけを着てすべるように部屋を抜け出したのでした。

源氏がお入りになると、女が一人寝ているのでほっとして衾《ふすま》を押しのけて寄り添われると、まさか別人とは思いもよらないけれど、何かあの時とは様子が違います。やがて人違いとわかり、またもや逃げられたことを悟ります。いまいましく思いますが、あの火影でみた娘ならばそれでもかまわない、という気になって、その女・軒端荻と情を交わしてしまいます。軒端荻に、体《てい》のよい言葉を残し、空蟬が脱ぎ滑らせたと思われる薄衣を手に取って、源氏は部屋からそっと出たのでした。ここまでが、「空蟬」巻のお話です。

次の巻は「夕顔」です。この巻で夕顔との出会いがあるわけですが、それはもう少し先の話で、今源氏はあきれるくらい冷淡な空蟬を、世間のありふれた女とは違うと思うにつけて、「素直になびいてくれていれば、気の毒な過ちということで済ませてしまえるのに、このままでは実にいまいましい。」と、空蟬を思いきれずにいるのでした。もう一人の女、軒端荻は、真っ正直に源氏を待ち続けているようで、源氏はさすがに「かわいそうに。」とは思うものの、空蟬がすべて耳にしているであろうと思うと、空蟬の本心を見極めてからと、軒端荻とはそのままの状態になっています。

空蟬の夫・伊予介が上京してきて、源氏のもとに挨拶に訪れました。介は、歳はとっているけれど容貌は整っており、こぎれいで風格のある人物でした。その介から、娘の軒端荻は適当な人と結婚させ、妻は任地に連れていくつもりであると聞いて、源氏は落ち着いてはいられません。何とかもう一度空蟬と逢えぬものかと、小君にも働きかけはするのですが、女自身が、「源氏とは不似合いで身分不相応」と諦めているので、逢うことなどはかなわない状況です。それでも空蟬は、「源氏の君がすっかり自分を忘れてしまうのだったらそれも辛いこと。」と、しかるべき折々の手紙の返事などは、優しく心をこめて書くのでした。それが、気持ちをそそられずにいられない返事なので、源氏は、「つれなくいまいましい女」と思いながらも、「やはり忘れがたい女」とも思うのでした。

そうしたことがあって後に、源氏は夕顔の女と出会います。そして夕顔の女に溺れていきます。しかし思いがけず、この夕顔の女を廃院で死なせてしまい、しばらくの間源氏は病の床につくのでした。源氏の病を知った空蟬は見舞いの歌を源氏に送ります。

問はぬをもなどかと問はでほどふるにいかばかりかは思ひみだるる
（お見舞いいたしませんのを、なぜかとお尋ねくださらないまま日が経ちますが、私はどんなにか思いみだれておりますことか。）

源氏も、空蟬からの見舞いの歌はいつにないことであるし、この人への思いをお忘れではなかったので、

うつせみの世はうきものと知りにしをまた言の葉にかかる命よ
（はかないあなたとの仲は辛いものと知っていましたのに、またあなたの言葉にすがって生きたい私の命ですよ。）

と贈答しあうのでした。

十月の初めの頃に、伊予介は空蟬を伴って任国に下りました。「一緒に下る女房どのに。」といって、源氏は心をこめた餞別をお遣わしになり、また内々に空蟬にあてて、沢山のすばらしい贈り物をなさって、あの折の小袿も返されたのでした。

ここまでが「空蟬」巻で、それから十二年後、「関屋」巻で源氏は空蟬に出会います。光源氏は二十九歳、内大臣という高位になっています。それまでにも空蟬は、源氏が夕顔やいろいろな女性を思い出す折々に心にうかびます。また「末摘花」巻では、源氏は醜い顔の末摘花の生活を援助しながら、その援助を素直に受ける末摘花を見るにつけ、あの空蟬はと、思わず比較して思い出していました。

伊予介は後に常陸介になって、空蟬を伴って任国に下っていました。源氏が須磨・明石でわび住まいをしていることは、はるか遠国で耳にして、空蟬は人知れず源氏に思いを馳せていましたが、それを伝える術もなく、年月が重なってしまったのです。源氏が京に帰り住んだその翌年、常陸介一行も京に戻る事になって、逢坂の関に入りました。ちょうどその日、源氏は、京に帰ることができたお礼の願ほどきで、石山寺に参詣するところでした。介の一行は源氏一行に遠慮して、皆車から下りてかしこまっています。国司の任果てた介の一行はおびただしい人数で、女車も十台ほど。下簾から袖口や襲の色合いなどがこぼれ出て見えます。源氏一行の供人たちも皆この女車に目を留めています。源氏の君は簾を下ろしたまま、今は右衛門佐になっている小君を呼び寄せて、空蟬に「今日、関までお迎えに出たことをいい加減にはお思いにならないでしょう。」と言付けます。「お迎え」とは入京する人を、親しい者が逢坂の関に迎えることをいい、「関迎え」といわれていますが、この場面では、全く偶然で、空蟬一行と気づいた源氏の、即興の言葉です。それを聞いた空蟬は、やはり人知れず昔のことを忘れずにいるので、その頃を思い返して悲しい思いを抱くのでした。

石山から京に帰った源氏は、右衛門佐（小君）を介して空蟬と消息を交わします。そうこうしているうちに、空蟬の夫常陸介は老いが積もったせいか、病気がちになり、子どもたちに空蟬のことを、「自分が生きている時と同じように大事にしてお仕えするように。」と遺言して亡くなってしまいました。空蟬は「この夫にまで先立たれたら自分はどのように落ちぶれてしまうのだろうか。」と、不安でいっぱいでした。介が亡くなった当座は子どもたちも父の遺言に背かず、親切にしてくれたのですが、うわべはともかく、空蟬には情けない事が多くあって、嘆き暮らさずにはいられませんでした。

ただ、継子にあたる河内守（紀伊守）だけが、昔から空蟬に懸想する心があったので、親切な態度を見せるのでした。そこには下心があまりにもあらわなので、空蟬は世の中を思い悟って、誰にも知らせずに尼になってしまいます。空蟬に仕える女房たちは嘆き悲しみ、河内守は恨めしく思うけれどどうにもならないことでした。この「関屋」巻での出家後、空蟬は『源氏物語』から姿を消しますが、「玉鬘」巻で、源氏に庇護される身となって、源氏の二条院の東院で生活していることが初めて語られます。その箇所を現代語で書きますと、「空蟬の尼君には青鈍色《あおにびいろ》の織物でまことに趣味のよいものを見つけられて、それにご自分のお召し物の中の梔子色《なしいろ》の着物に薄紅《うすくれない》色のものを加えて元日にお召しになるようにとの言葉をお伝えになる。」とあって、空蟬は、源氏から正月用の衣装を配られる女方の一人になっています。

また、「初音」巻には、源氏が女君たちのもとに順次お出かけになり、尼姿の空蟬のもとにも顔をお出しになると、ひっそりと勤行にいそしんでいるその有様に源氏は、「空蟬はやはり心深い行き届いた人柄である。」と思って、しみじみと空蟬と語り合うのでした。

「行幸」巻の玉鬘の裳着の儀で、女君たちがそれぞれにお祝いをした時にも空蟬は自分の分をわきまえていて、自分はお祝いをする人数《ひとかず》には入らないと、あえて何もせずに、静観しています。空蟬はこれ以降『源氏物語』には全く登場しません。

空蟬は、源氏十七歳という若さの情熱に負けて、たった一度源氏に抱かれました。空蟬は心の奥深くでは「人妻ではなく、受領の妻という身分が定まる前だったら。」と、源氏に強くひかれながらも、分をわきまえ、あの時以来、年老いた夫を裏切ることなく源氏を拒み通しました。

空蟬は、若い時に父親に死に別れ、空蟬を後見して守ってくれる人がいなくなった時、はるかに年上の老いた常陸介の後妻となって、一応落ち着いた生活を手に入れました。でも、源氏に出会って以来、源氏に翻弄され、老いた夫が亡くなって後は、継子である紀伊守（河内守）の横恋慕ともいえるような求愛に悩んで、道ならぬその求愛から逃げる術が尼になることでした。

いつ源氏の二条院に尼の空蟬が引き取られたのか、そこにはやはり物語があったはずですが、その経緯は『源氏物語』の中には描かれていません。ただ、尼になって世を捨てて、初めて本当の意味で穏やかな生活を手に入れたともいえます。源氏にとっては、そうした空蟬がそれだけに忘れがたい女として、物語の中で、いぶし銀のように存在を輝かせている女性として描かれています。

3　軒端荻 —— 身代わりにされた女

軒端荻は空蝉の夫、伊予介と先妻との間の娘です。光源氏の方違えの際に邸を提供した紀伊守の妹です。この『源氏物語』の中では、「空蝉」巻で初めて登場し、「夕顔」巻でその後が語られ、「末摘花」巻で源氏に思い出されるというだけの女性です。でも、この軒端荻という女性はなぜか読む人の心に忘れられずに、当時の女性の立場の弱さや悲しさを考えさせられる女性です。

紀伊守が任国に下り、邸内が人少なになって、女たちがくつろいでいる夕方、小君は源氏を案内しました。ちょうど、西の対に住む伊予介の娘（軒端荻）が空蝉のもとにきて、二人で碁を打っています。興味を持った源氏は見つからないように隠れて、二人の姿を垣間見しました。

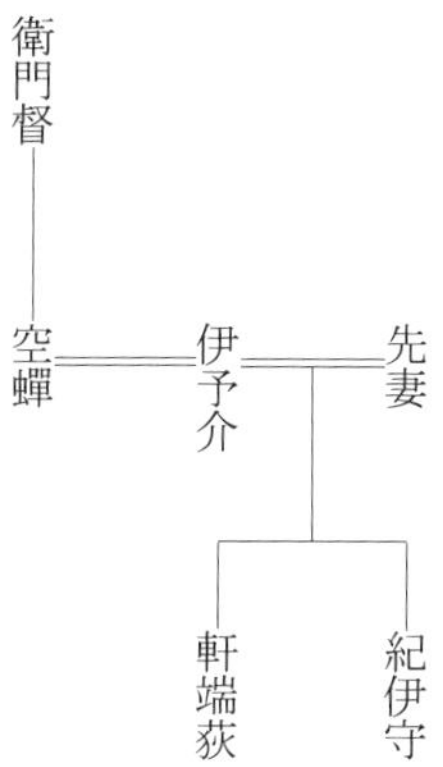

源氏が目指す空蝉は、ほっそりと小柄でまぶたが少しはれているような感じで、どちらかといえば不器量に近

い顔立ちです。しかし、すきがない身のこなしはたしなみの深さを感じさせます。一方の西の対の方・軒端荻と称される人ですが、そちらに目を留めると、その人は東向きに座っていて、その姿が丸見えになっています。白い薄物の単衣襲に二藍《ふたあい》（紅と藍とで染めた色）の小袿めいたものを無造作に着て、紅の袴の腰紐の結び際まで胸もあらわで、品のない様子です。ここに居るのは優しい継母の空蟬と、気心のわかっている侍女たち、女ばかりという気安さからでしょうか。取り繕う様子もなく、碁に打ち興じています。あらわな肌は白く、丸々と太って、身の丈もすらりと高く、頭の形や額の様子が美しく、目もとや口もとに魅力的な愛らしさがあって、明るく派手な顔立ちでした。髪は豊かにふさふさしていて、長くはないけれど、額髪《ひたいがみ》が肩の辺りで切りそろえられていて、その辺りも美しい感じで、垂れ髪は癖がなくまっすぐでいかにも美しい人と見受けられます。平安時代の女性で身分のある人は外に出歩く事もなく、邸内でも家の奥深くに女房たちにかしずかれて、自分では何一つ動くこともしない生活だったようです。自然と、そのような生活をしている女性が男たちの憧れであり美の基準ともなったようで、平安時代の美人は、色白でちょっと小太り、髪の毛がたっぷりと豊かで長いというのが条件になっていました。まさに軒端荻は美人の条件にあてはまる人でした。源氏は「なるほど、親がまたとない娘として大事に思うわけだ。」と感心しながら見ています。この女性の態度やしぐさを見て、「もう少し気持ちに落ち着きがあったらいいのに。」とも思ってしまいます。軒端荻は、ほがらかな愛らしさがあって美しく、空蝉との碁で、ますます得意そうに気を許して笑ったりはしゃいだりしているので、それがとても美しく、興をそそられます。源氏は、「浮ついている。」と思いながらも、また一方で捨て難い気持ちになるのでした。

碁を打ち終えたのか、さらさらと衣擦れの音がして、人々が散っていくようです。やがて、女房たちも女童もみな寝てしまったので、小君は源氏をそっと空蝉の寝所に入れてしまいます。源氏の君はそっと入ろうとするのですが、人々が寝静まった夜中のこととて、柔らかい源氏のお召し物の衣擦れの音が、かえってはっきりと聞こえるのでした。また源氏の君のお着物にたきしめているお香の匂いでしょうか。いい香りが、眠れないまま目覚めている空蝉のもとにただよってくるので、空蝉は顔をそっともたげてみると、暗いけれど誰かがにじり寄ってくる気配がはっきりとわかります。空蝉はびっくりして、とっさには何やらわからず、そっと起き出して、生絹の単衣を一枚だけ着て、そっと寝所を抜け出したのでした。

源氏の君が入ってみると、女が一人だけ寝ているので、ほっとした気持ちになり、その女に寄り添われると、その感触が、大柄でいつぞやとはまるで違い、また眠りこけている様子もまるで違います。そこで初めて、お目当ての女に逃げられたことがわかったのでした。源氏はいまいましく思いますが、諦めて、「火影に見えたあの娘ならばそれでもかまわない。」という気持ちになって、目が覚めて驚いている女に、「あなたに会うべくここに来ました。」と、まことしやかに語って、女・軒端荻と契ってしまったのです。源氏は自分を振り続ける空蟬とこの女を絶えず比較しながら、この軒端荻について、「男を拒もうとして苦慮するような、男が思わず同情したくなるような心遣いが女にあるわけでもなく、消え入りそうにうろたえるわけでもなく、憎げはないものの、特別に心が惹き付けられるわけでもない。」などと冷めた気持ちで思いつつ、さすがに、無邪気な若々しい様子も気の毒で、情を込めてお話しなさるのでした。しかしながら、源氏はこれから後、軒端荻を訪れるつもりはないので、「私は世の中に気兼ねすることがある身の上で、思いのままに振る舞えないのです。あなたも、わたしとの交わりはまわりの方々がお許しにはならないでしょう。」と言い、軒端荻の結婚のことなどをあえてほのめかし、「消息なども小君を通じて私の方からいたしましょう。あなたは、私のことはそぶりにも出さないようにしていらっしゃい。」と言い置いて、部屋から出てしまったのでした。その後、西の対の君、軒端荻はぼんやりと思いにふけっていましたが、源氏の君からは何のお便りもありません。それをあまりのことと、非難する分別もなく、それでもさすがに寂しい思いでいるのでした。

男女が初めて共寝して過ごした翌朝、それを後朝《きぬぎぬ》といいますが、その後朝の朝に、男は邸に帰るとすぐに女に文・歌を送るのが当時の結婚のしきたりでした。そして、三日間は続けて女のもとに通います。源氏はそれを知らないはずはなく、この軒端荻との情交が、ただの行きずりの交わりであって、結婚ではなかったとしても、続けて通うことはおろか便りさえしないのは、男と初めて契りを交わした娘に対して、あまりに冷たい仕打ちといえます。

源氏は、あの契った娘のことを、「どんな気持ちでいるだろうか。」と、かわいそうには思いましたが、消息をするのもかえってその後が厄介と考え直して、人伝《ひとづて》のお便りさえなさいません。

中の品の女・空蟬に、とことんつれなくされた源氏は、空蟬を忘れることがありません。源氏はどうしても自分と会おうとしない、あきれるぐらい冷淡な空蟬をお思いになるにつけ、このままではいまいましく、いつまでも気になって仕方がないのです。

一方、疑いもしないで、源氏を待ち続けているらしい軒端荻を、さすがに源氏はかわいそうにとは思うものの、共に住む空蟬が源氏とのことをさりげなく聞いているであろうことを思うと、空蟬の思惑が気恥ずかしく軒端荻のもとには訪れないのでした。

伊予介が源氏のもとに参上しました。任国の土産話のついでに、「娘の軒端荻は適当な人に縁づかせ、妻である空蝉は任国へ連れて行く。」と源氏に話します。源氏は落ち着いていられず、何とかもう一度空蝉と会いたいものと小君を責めるけれど、どうにもなりません。源氏が空蝉を思う時、同時にもう一方の女・軒端荻を思い出しますが、こちらはたとえ立派な夫が決まっても、これまでと同様に自分になびいてくるだろうと安心なので、軒端荻の縁談についていろいろ耳に入っても心が動くことはないのでした。『源氏物語』の本文の中で具体的には、初めての契りの時以来軒端荻と源氏が会っている描写はありませんが「変らずうちとけぬべく見えし様なるを（これまでと同様になびいてくるように見えた様子であるのを）」とあるところを見ると、源氏から消息をしないとはありましたが、時には会っていたのでしょうか。

夕顔が亡くなり、源氏はその痛手から、寝ついてしまいますが、源氏の病のことを聞いた空蝉から見舞いの歌と文が届きます。源氏は空蝉に返歌を送りながら、いつものように、もう一人の女・軒端荻のことを思い出します。軒端荻は蔵人少将を通わせていると聞きます。当時の結婚は、男が女のもとに通う通い婚が一般的でしたが、軒端荻の場合も、親の許しのもとに、婿として通わせていたのでしょう。源氏はその話を聞いて、「あやしや、いかに思ふらんと、少将の心の中もいとほしく」と、軒端荻のことではなく、蔵人少将に対して同情的であり、「どういう気持ちであろうか」と少将の気持ちを慮っています。邸の奥深くに生活している軒端荻が処女でなかったことを知った時に、少将はいぶかしく思っただろうし、その事実を知って少将がどういう気持ちでいるだろう、と源氏は思ったのでした。歌を書いて、小君を使者にして、軒端荻のもとに持たせます。源氏は、もしこの文が蔵人少将に見つかっても「相手の男は源氏だったのか。」と大目にみてくれるだろうと、蔵人少将を見下した態度で小君に文を持たせました。さすがに、小君は少将が留守の時を見計らって源氏の文を軒端荻のもとに持っていきます。軒端荻は、源氏がこうして自分を思い出してくれたことが嬉しくて、すぐに返歌を出します。源氏はそうした軒端荻を、また空蟬と比較しつつ思い出しています。

「末摘花」巻で、源氏は空蟬を思い出し、そしてまた軒端荻に思いがいたります。二人と何かの折りには文を交わし、軒端荻は空蟬と共に源氏の心に残っています。源氏は「火影の乱れたりしさまは、またさやうにても見まほしく思す。（灯火の光に浮かんで見えた、あのしどけない姿をまた同じように見たいものだ。）」と思いますが、この源氏の思いが、軒端荻を象徴しています。空蟬はあまり美人ではないけれど、源氏の心をつかんで放さず、空蟬も意志をもって悲しんだり、悩んだりしています。まさに生きている一人の人間として描かれています。それに対して軒端荻は、美しく、無邪気な人として描かれていますが、生身の人間としての意志や存在感が感じられません。作者は気の利いた言葉も軒端荻には語らせず、怒りも悲しみもいわせず、軒端荻を通して何を描こうとしたのでしょうか。外に現れた美醜よりも心のありようや風情・情趣を大事にしているのでしょうか。それにしても光源氏という一人の男に運命をもてあそばれる軒端荻が哀れに思われます。

4　六条御息所 ―― 源氏を愛しすぎた女

『源氏物語』には五人の斎王《さいおう》が登場します。六条御息所を取り上げようとする時、様々な意味で「斎王」が関連します。ここでは六条御息所について述べる前に先ず、「(1)　斎王について」と、「(2)　源氏物語に登場する斎王」について述べたいと思います。その上で六条御息所について語りたいと思います。

(1)　斎王について

斎王とは、古代、天皇が即位した時、伊勢神宮または賀茂神社の祭祀に奉仕した未婚の内親王・女王をいいます。このうち、伊勢神宮に奉仕した斎王を「斎宮《さいぐう》」といい、賀茂神社に仕えた斎王を「斎院《さいいん》」といいます。

「斎宮」は記紀伝承に見える豊鍬入姫命《とよすきいりひめのみこと》（崇神天皇皇女）や、倭姫命《やまとひめのみこと》（垂仁天皇皇女）に起源が求められますが、斎宮の制度が整備されたのは、大伯皇女（天武天皇皇女）からです。以来、天皇の代替わりごとに、新斎宮が選ばれました。約七百年の間、斎宮の制度は続き、十四世紀前半の後醍醐天皇の皇女祥子内親王を最後に廃絶しました。その間六十四名の皇女が斎宮を務めました。

「斎院」は、九世紀の初め、兄の平城上皇と争った嵯峨天皇が、勝利祈願のために、皇女有智子内親王を賀茂神社に奉仕させたことに始まります。それから約四百年、十三世紀初期、後鳥羽天皇の皇女礼子内親王を最後に廃絶しました。その間三十五名の皇女が斎院を務めました。

「斎宮」は、天皇の御代初めに、亀卜《きぼく》によって未婚の内親王、内親王がいない場合は女王を選び定めました。それを卜定《ぼくじょう》といいます。斎王が卜定されると、勅使がその邸に赴き、斎王の御殿の四面及び内外門に榊を立て、注連《しめなわ》を張って斎王の住まいを聖域として区画しました。しばらく斎王はそこで住まい、やがて宮城内に初斎院《しょさいいん》を定め、そこで一年間、そして宮城外の野宮《ののみや》で一年間潔斎の生活を送りました。卜定から三年目の九月に、大極殿での天皇との別れの儀式である発遣《はっけん》の儀（別れの小櫛の儀）を経て、長奉送使《ちょうぶそうし》以下五百人くらいの人々に守られて、五泊六日の伊勢への旅に出発します。それを群行《ぐんこう》といいます。伊勢への道中、禊をしながら頓《とん》宮《ぐう》に泊まりつつ鈴鹿の峠を越えていきます。その道中は決して楽なものではありませんでした。伊勢に着いてからは、斎王は斎王の住まいである斎宮で静かな祈りの日々を送りました。月《つき》次祭《なみのまつり》（陰暦六月・十二月）と神嘗祭《かんなめさい》（陰暦九月）には伊勢神宮の外宮と内宮に参り、太玉串《ふとたまぐし》を神に捧げて拝礼します。日常生活は忌詞《いみことば》を用い、様々な神事ごとに、河原で御祓を行い、厳重な潔斎の生活を送る日々でした。天皇の崩御・譲位、斎王自身の父母の喪などだけが、斎王の任期を終了させたのでした。

(2) 源氏物語に登場する斎王

『源氏物語』には五人の斎王が登場します。この五人の斎王たちは、名前がはっきりしない斎王もいますし、物語内でほんの少しだけ登場する斎王もいます。そのようではありますが、どの斎王も物語の中で重要な役割を持って描かれています。

① 桐壺帝の御代の斎院

斎院本人は登場せず、名前も記されてはいません。末摘花に仕える侍従が斎院御所にも兼務していることが、末摘花邸の女房たちのみすぼらしさを描く中で語られています。この物語の中での斎院の役割は、侍従が斎院御所に兼務していることから生じる末摘花邸の経済的恩恵です。斎院が亡くなり、結果的に侍従の勤め先が一つになって、今まで以上に常陸宮邸（末摘花邸）の生活が困窮していくという話になっていきます。

②　后腹の女三の宮（斎院）

この斎院は、桐壺帝の退位と、朱雀帝即位に伴って卜定されました。この方は、弘徽殿女御が産んだ内親王で、桐壺院や弘徽殿女御が鍾愛する姫です。本当は桐壺院も弘徽殿女御も、この姫を斎院にしたくはなかったのですが、他に適当な内親王がいなかったために、「仕方なくこの女三の宮が斎院に定まった」ということが物語で語られています。それだけにこの斎院の儀式が、規定通りの神事ではあるけれど、特別盛大に催されて、光源氏も奉仕する事になります。その盛大な儀式を見るために大勢の人が集まりました。自分に冷たい源氏への未練を断ち切ろうかと悩む六条御息所と、光源氏の子を宿して、初めて満ち足りた思いの正妻葵の上も、その場にやってきました。そして二人の行列の間で車争いが起こります。この車争いが原因で、屈辱を味わわされた六条御息所が「恨み」の心を内向させ、やがて、生霊《いきりょう》や葵の上の死に発展して、源氏との決定的な断絶となっていくのです。その結果として、六条御息所は源氏と決別して娘の斎宮と共に伊勢へと下っていくことになります。斎院本人は物語に顔を出しませんが、この姫宮が斎院になることで期せずして引き起こされた事態は、物語の中で重要なものです。

③　朝顔の斎院

朝顔の斎院は、桐壺院の弟、桃園式部卿宮の姫君です。この姫君について、ここでは簡単に述べておきます。この姫君は、早くから源氏との文通が絶えませんが、源氏の求愛に対して、「六条御息所の二の舞にはなるまい。」と、源氏との深い関係は拒み通します。光源氏が思いを遂げることができなかった女性です。この朝顔の姫君は、血統・育ち・すべてにおいて葵の上の死後、源氏の正妻たりうる人物であったので、紫の上に脅威と深刻な悩みを与えます。そして源氏が須磨・明石へ流離する遠因にもなった女性です。

④　今上帝の御代の斎院

この斎院は、名前や、出自などの細かいことは物語に書かれていないので、どのような姫君なのかは一切わかりません。ただ、冷泉帝が退位して、今上帝の御代での斎院とだけ記されています。「四月十余日ばかりのことなり。御禊、明日とて、斎院に奉りたまふ女房十二人」(「若菜下」巻)と書かれていて、源氏の正妻女三の宮方の女房たちが十二人、斎院の御禊に奉仕するために、女三の宮の周辺から離れて、女三の宮の周辺が人少なになります。その時、女三の宮の女房小侍従が、それを好機ととらえて、寝ている女三の宮のすぐ傍らまで柏木衛門督を導いてしまいます。そして柏木衛門督が女三の宮を犯すという大変な出来事が起こってしまいます。そういう物語のクライマックスを作り上げるきっかけを作ってしまう斎院です。

⑤　朱雀帝の御代の斎宮

六条御息所の御腹の、前坊の姫宮で、斎宮退下後に入内して、前斎宮・斎宮女御・梅壺の御方と呼ばれ、後に秋好中宮となった方です。この方は母御息所の死後、源氏が養女として後見し、入内して源氏の繁栄に大いに寄与する人です。この方については後で詳しく見ていきたいと思います。

このように、五人の斎王が『源氏物語』に登場しますが、六条御息所と斎王との関連は浅からぬものがあります。

①の「桐壺帝の御代の斎院」と④の「今上帝の御代の斎院」は六条御息所と直接の関係はありませんが、他の②③⑤に登場する斎王と六条御息所の関係は切っても切れない深いものがあります。

②の斎院は、斎院本人が意図したことではありませんが、葵祭の際の車争いで、六条御息所を追い詰めてゆく、大事な話の場を作り上げています。③の「朝顔の斎院」は、源氏と六条御息所の愛情の葛藤と行方を冷静に見ながら、「自分は六条御息所の二の舞にはなるまい。」と、

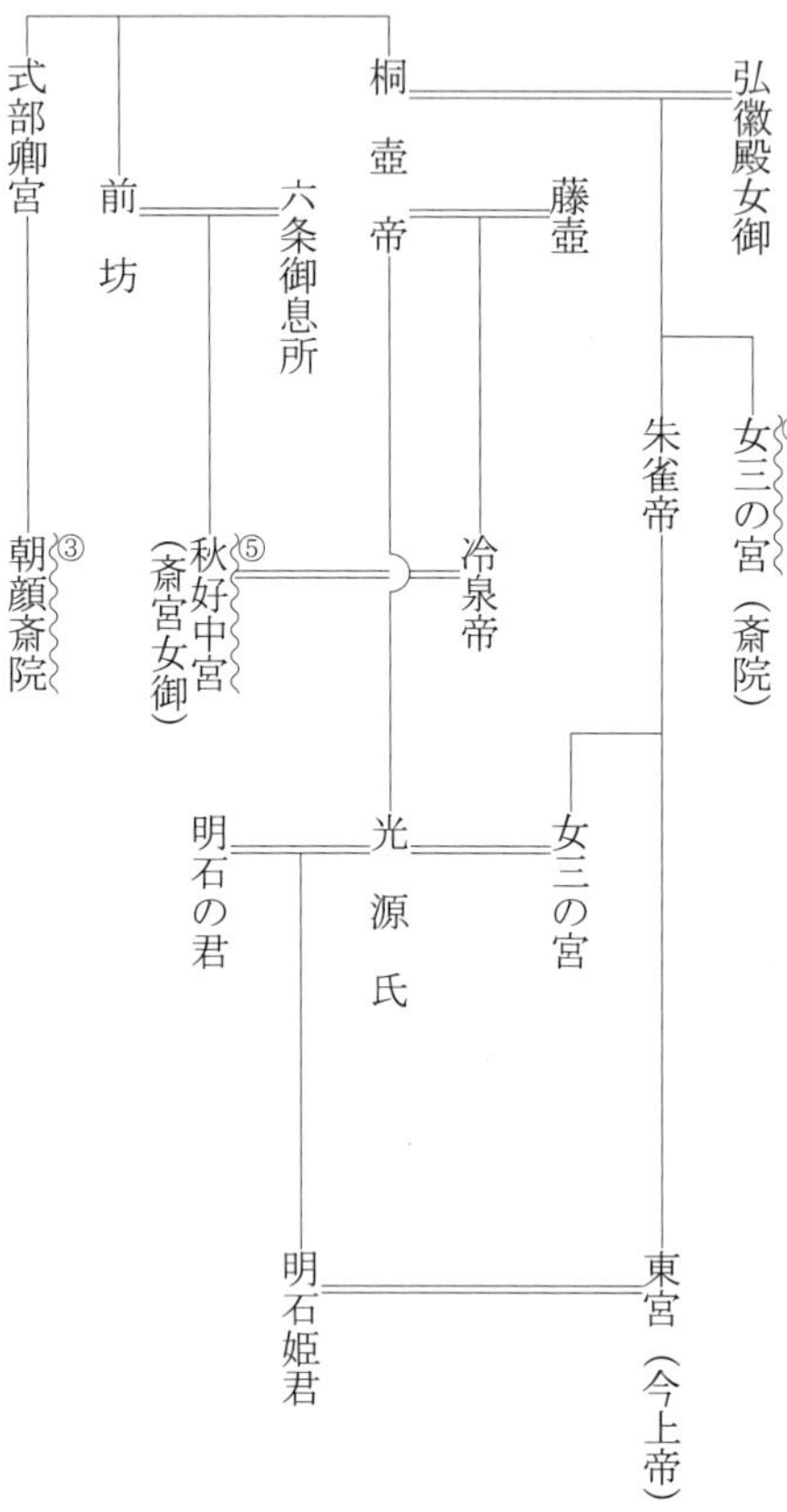

強く意志を貫き通す人です。そして⑤の斎宮は、六条御息所が共に伊勢までいくことになる実の娘です。それらのことを踏まえた上で、六条御息所について述べていきたいと思います。

六条御息所はある大臣の娘で、十六歳の時に東宮に参入しました。東宮との間に姫宮が生まれ、六条御息所は幸せであったでしょう。でもその幸せは長くは続きませんでした。御息所が二十歳の時に東宮に死別します。

「夕顔」巻の冒頭に、「六条わたりの御忍び歩きのころ（六条あたりに住む女性のもとに、お忍びでお通いの頃）」とあって、その時にはすでに源氏と六条御息所は恋愛関係にあったようです。源氏はまだ十七歳、多感な青年源氏は、故東宮の未亡人六条御息所に憧れ、教養・情趣に惹かれて通っていたのでしょう。しかし、「夕顔」巻を読み進めていきますと、源氏は熱心に六条御息所邸に通って求愛し続けますが、六条御息所は初めはなかなか源氏を受け入れなかったことがわかります。でもしばらくして、源氏の思い通りに御息所をなびかせたとなると、源氏はそれまでとは打って変わって御息所をなおざりにするようになりました。

六条わたりも、とけがたかりし御気色をおもむけきこえたまひて後、ひき返しなのめならんはいとほしかし。されど、よそなりし御心まどひのやうに、あながちなることはなきも、いかなることにかと見えたり。女は、いとものをあまりなるまで思ししめたる御心ざまにて、齢のほども似げなく、人の漏り聞かむに、いとどかくつらき御夜離れの寝ざめ寝ざめ、思ししをるることいとさまざまなり。

（六条わたりの女君についても、源氏に心を許して受け入れなさらない御様子だったのを、思い通りになびかせなさって後は、うってかわってなおざりなお扱いとはお気の毒なことである。まだ我が物とする前の、他人であった時のご執心のように、源氏の君に強引な一途さがないのもどうしたことかと思えたのでした。この女君は物事を、ひとしお思い詰める質《たち》で、源氏との歳も不釣り合いで、二人の仲が人の耳に漏れ聞こえたならば、人はどう思うだろう。このように辛い、源氏の夜離れが続く眠れない夜には、さまざまな物思いや悲しみが多く、うちしおれていらっしゃるのでした。）

この文章を読んでいると、御息所は光源氏との年齢の違いなどを気にして、「自分と光源氏とは似つかわしくない。」と、源氏との関係には消極的であったようです。反対に源氏が、若さ故の強引さで六条御息所を自分の物にしたのでした。それなのに、御息所が自分を待つ、なびく女になった途端、すっかり御息所に興味が失せたように、夜離れが始まってしまったのです。普通の人よりも思い詰める性格の御息所は、いよいよ悩み多く追い込まれていきます。ここまでみていくと、なぜ、御息所に対する源氏の興味や愛情が失せてしまったのか気になります。六条御息所はもちろん上流階級の貴婦人中の貴婦人と言えます。御息所は光源氏の所属している世界、沢山の女御、更衣方や源氏の正妻葵の上のいる世界と同じ世界の女性です。源氏は中の品の空蟬や軒端荻を知り、まだ深い関係ではないけれど、まさに夕顔を知ろうとしている頃です。源氏は自分の属する上品の女ではなく、今は中品の女のおもしろさや魅力に惹かれているからと考えられます。恐らくは御息所の性格も関係しているのでしょう。無邪気で明るい性格ではなく、上品で教養深い人ではあるけれど、思い詰める性格で、自分の気持をはっきりと口に出して言わない、言い換えれば、源氏の苦手な葵の上とも通じる面を持っていたからともいえます。源氏には、御息所は重たい人だったのでしょう。また源氏には、「あやにくな恋（思い通りにならない恋）」に夢中になる性癖がありました。ところが今や六条御息所の方が自分に夢中です。それに反比例して源氏の心は御息所から離れて醒めていきました。

「夕顔」巻の冒頭は前述のように、「六条わたりの御忍び歩きのころ」とあって、この六条の女性は六条御息所と思われますので、夕顔に逢う前から御息所との関係があったようです。夕顔については別に、語りたいと思いますが、源氏はこの素性も知れない夕顔と深い関係になり、夕顔を近くの廃院に伴います。夜、女はひどく恐そうにしていますが、源氏にはそれもまたいじらしく、かわいい女と思われて、上品で思慮深いあの御息所と思い比べてしまいます。

宵を過ぎる頃、源氏がうとうとなさっていた頃、枕元に美しい女が座って、「私がこんなにお慕いしているのにお訪ねくださらないで、こんなつまらない女をかわいがられるなんて。」と言って、源氏のそばで寝ている女を引き起こそうとしているのを見て、また何かに襲われる気配に、太刀を抜き、人を呼び、紙燭《しそく》をつけさせ、弦打《つるうち》などの物の怪退散の法をさせましたが、女（夕顔）はすでに事切れていたのでした。この夕顔を取り殺した物の怪の女も、その言葉などから六条御息所の生霊と源氏は思ってしまいます。

光源氏十八歳の春、源氏は瘧病《わらわやみ》の加持のために、北山の聖のもとに赴きました。そこで、源氏が心から恋い慕う藤壺の宮とそっくりな美しい少女若紫（紫の上）を見いだしました。この紫の上については後で詳しく述べたいと思いますが、源氏は「この少女を藤壺の宮の代わりに自分の側に置いて、絶えず見ていたい。」と切に願います。源氏は、この少女の保護者である祖母の尼君や僧都にその旨を話しますが、相手にしてはもらえませんでした。やがて、尼君が亡くなり、少女が父親である兵部卿宮のもとに引き取られるということを知って、源氏はまるで少女を掠うように、自邸の二条院にその少女を連れ出します。この時この少女・若紫（紫の上）は十歳という幼さでした。光源氏はこの若紫の養育に熱中して、それ以来、ますます六条御息所への訪問は途絶えがちになっていきます。御息所の懊悩は今まで以上に、深まっていくのでした。

桐壺帝の譲位、朱雀帝の即位に伴い新斎宮として、故東宮と六条御息所の姫宮が卜定されました。この姫宮は親王の姫宮なので女王ですが、適当な内親王がいない場合は女王が卜定されます。この時、斎院には桐壺院と弘徽殿皇太后の娘女三の宮がなっています。

御息所は姫宮が斎宮に卜定されたのを機に、斎宮と共に伊勢に下向してしまおうかと思案します。この時斎宮は十三歳。斎宮がもっと幼くても、親と共に伊勢に下った例はほとんどなく、歴史的に見ても事例は一、二件だけといえます。はっきりしている一例は、村上天皇の女御徽子女王と規子内親王の母子です。徽子女王は自分自身も朱雀天皇の代の斎宮で、斎宮退下後村上天皇の後宮に入内して、斎宮女御と呼ばれた人です。そして、村上天皇と徽子女王の姫宮である規子内親王は円融天皇の代の斎宮となりました。この斎宮女御徽子女王は歌人としても名高く、『斎宮女御集』が現代に残っています。この徽子女王と規子内親王の母子の斎宮が、六条御息所と娘の斎宮の造型に活かされている、と考えられますが、そのことについては、拙著『斎王物語の形成―斎宮・斎院と文学―』（新典社）に詳しいので参照して下さい。

六条御息所は伊勢下向について、思案し悩みますが、なかなか決心がつきかねています。そんな時、葵の上が懐妊します。源氏にとっては表立って我が子と呼べる初めての子どもであり、大層喜びます。葵の上との関係も今までになくよいものになっていきます。それによって、源氏の六条御息所への来訪はますます途絶えがちになっていきます。

斎院には、桐壺院と弘徽殿皇太后の娘である女三の宮が選ばれていることは前述しましたが、この姫宮は桐壺院も后も大層大切に思っていらっしゃる姫宮で、本当は斎院にしたくはなかったけれど、他に適当なお方がいらっしゃらないので仕方なく斎院におさせ申した、ということが書かれています。それだけに斎院としての初めての行事が、規定通りの神事ではあるけれど、いつもよりも盛大に催されたのでした。そのため、新斎院御禊の日、源氏も特別に近衛の右大将として行列に供奉しました。六条御息所は、日頃の鬱積した思いも晴れようかとお忍びで行列を見にでかけました。一方、懐妊中の葵の上は女房たちにせがまれて日が高くなってからおでかけになりました。

これから起こる車争いの話は、葵の上の所でも述べましたが、六条御息所の懊悩を語る上でどうしても語らざるを得ないので繰り返しになりますが述べたいと思います。

隙間もなく物見車が立ち並んでいるので、葵の上が乗った牛車を行列が見やすい所に据えるために、葵の上の従者たちは、左大臣家の権勢を笠に着て、また祭りのこととて酒に酔った勢いも手伝って、御息所の車に乱暴を働くという大変な事件が起こってしまいます。御息所の車は榻《しぢ》を折られて奥に押しやられてしまいました。御息所は体裁も悪く、その屈辱感はぬぐいようもありませんでした。この車争いのために、御息所の煩悶はいよいよつのります。車争いの話を聞いた源氏が御息所を大層気の毒に思って、御息所の邸に急いで見舞いに訪れても、御息所は会おうともしません。御息所は葵の上の懐妊の噂を聞きました。この車争いの煩悶に加えて、葵の上の懐妊を知り、御息所の懊悩はいよいよ深まるのでした。

一方、懐妊中の葵の上には物の怪が取り憑いて離れず、葵の上はひどく苦しみます。心配した左大臣家では大勢の僧を招いて、様々な修法を行います。それらの高徳の僧の修法でも、葵の上を苦しめるその物の怪は離れません。葵の上の苦しみは続いています。御息所はこの物の怪が、自分の生霊だとか、亡くなった父大臣の御霊だとか、人々が噂するのを聞くにつけて悩みます。また、御息所は自邸でほんのわずか、うとうとする夢の中で、葵の上と思われる姫君を、自分が乱暴に引き回したりしているのをたびたび見るにつけて、苦悶を深めるのでした。葵の上の出産が近づいた頃、源氏が葵の上の側で看病している時、また物の怪が現れますが、その物の怪が御息所その人の姿であったので、源氏は恐懼します。やがて葵の上は無事男子を出産しますが、それを聞く御息所の心は穏やかではいられません。

出産後、葵の上は弱々しいものの、少し落ち着きを取り戻します。安心した左大臣も源氏も、秋の司召《つかさめし》（官吏任命の儀式）ということで、宮中に参内し、邸内が人少なく、ひっそりとした頃に、葵の上は急に苦しんで、ことされてしまいます。

　斎宮が伊勢へ下向なさるのが間近になるころ、「葵の上が亡くなった今、御息所様が源氏の君の正妻になられるのではないか。」と、世間も御息所に仕える人々も噂し、皆、胸をはずませていましたが、その噂とは逆に、かえって源氏の訪れもふっつり絶えて、御息所は源氏との仲を断念せざるを得ませんでした。絶望した御息所は、源氏への思いを断つために伊勢に下向することを決意します。それを聞いた源氏は、さすがに御息所への未練を抑えがたく、斎宮母子の伊勢下向の日が切迫した九月七日、晩秋のものあわれな風情が漂う野宮を源氏は訪問します。その嵯峨野の様子、野宮の風情を原文で読みますと何とも趣き深い文章です。


　はるけき野辺を分け入りたまふよりいとものあはれなり。秋の花みなおとろへつつ、浅茅が原もかれがれなる虫の音に、松風すごく吹きあはせて、そのこととも聞きわかれぬほどに、物の音ども絶え絶え聞こえたる、いと艶なり。

（中略）

ものはかなげなる小柴垣を大垣にて、板屋どもあたりあたりいとかりそめなめり。黒木の鳥居どもは、さすがに神々しう見わたされて、わづらはしきけしきなるに、神官の者ど

も、ここかしこにうちしはぶきて、おのがどちものうち言ひたるけはひなども、ほかには
さま変はりて見ゆ。　（「賢木」巻）

やがて、斎宮は十六日、桂川で御祓《はらえ》をし、参内して宮中での発遣の儀（別れの小櫛の儀）に臨みました。発遣の儀というのは、宮中大極殿で行われる天皇との別れの儀式をいいます。この折、天皇は斎宮の額髪に親しく黄楊《つげ》の櫛をお挿しになり、「京の方に赴き給ふな」と、別れの言葉を告げます。天皇が御櫛を斎宮の額髪にお挿しになることからこの儀式を「別れの御櫛の儀」ともいいます。その後、別れを惜しむ大勢の人々の見送りをうけながら伊勢に向かうのでした。行列は、伊勢で斎宮にお仕えする五百人ほどの官人や長奉送使《ちょうぶそうし》（斎宮が伊勢に下向する時奉送した勅使）に守られて、伊勢に出発していきます。源氏の邸である二条院の前を行列が過ぎる時、源氏はさすがに胸にこみ上げるものがあり、御息所に歌を贈るのでした。

斎宮と御息所は京を離れて、その後六年の間伊勢の斎宮で祈りの日々を送ることになります。伊勢への出発の時、斎宮は十四歳、六条御息所は三十歳でした。斎王一行は、五泊六日を要して頓宮《とんぐう》に宿りながら、険しい鈴鹿の山を越えてようやく斎宮に着きます。斎宮とは、もともと斎王の御殿をいい、そこにお住まいの斎王をも斎宮といいます。斎王がこの斎宮の内院の外に

でるのは、月次祭《つきなみのまつり》（陰暦六月・十二月）と神嘗祭《かんなめさい》（陰暦九月）に伊勢神宮の内宮と外宮に参り、祭祀を行う時だけでした。斎王の日常生活は、忌詞《いみことば》を用い、様々な神事ごとに、河原で御祓を行い、厳重な潔斎の生活を送る日々でした。きっと、六条御息所とその娘の斎王もこの伊勢の斎宮で、静かな祈りの日々を送っていたことでしょう。

京では朱雀院が退位して、冷泉帝が即位しました。それによって斎宮は任を解かれて、母の御息所と共に帰京します。六条の旧邸を修復し、そこで優雅に京での生活を始めます。しかし、それからしばらくして、御息所は、急に発病し、出家してしまいます。御息所の出家を聞いた源氏は、驚いて見舞いに訪れますが、御息所の病は重く、御息所は、くれぐれも娘に好色心を起こさないようにと源氏に釘をさして、また娘の前斎宮の後事を源氏に頼みます。それから七、八日経って六条御息所は亡くなったのでした。亡くなった時の御息所の年齢は三十六歳です。今の時代でしたら、まだまだこれからという年齢です。

六条御息所は大臣の姫君として生まれ、東宮妃になり、娘をもうけ、東宮に先立たれた後には、源氏に愛され捨てられ翻弄されて、生霊として魂が自分の体を離脱してしまうような苦しみに悩む。そして、京でのすべてを捨てて娘の斎宮と共に伊勢に下向して、その後ようやく京に帰ってすぐに亡くなってしまう。何とも言い様のない運命に翻弄され続ける波乱の人生でした。後に残された美しい前斎宮に対して、源氏は好色心がうずいて、ただではすまされそうもない気持がつのりますが、故御息所の最期の頼みと、その思いを考えて何とか思いとどまります。そして、自分には子が少ないのだから、前斎宮を養女として入内をさせようと決心します。冷泉帝の母后藤壺の宮とも相談の上で、前斎宮を所望している朱雀院の意向を無視して、冷泉帝に入内させます。朱雀院は帝として、発遣の儀の際に、親しく御櫛を斎宮の額髪に挿しましたが、その時斎宮の美しさに心を奪われて以来、斎宮を忘れられなくなっていました。今、伊勢から戻ったあの斎宮を朱雀院は切に望みましたが、源氏の意向でかなえられませんでした。以後、源氏は、入内した前斎宮女御（梅壺女御）の後見をして、やがて斎宮女御は中宮となって秋好中宮と呼ばれるようになります。

その後、六条御息所は、何かにつけて源氏の思いの中に顔を出します。

紫の上が病になり、危篤状態になった時、出現した物の怪は御息所の死霊でした。源氏は懸命に御息所を供養し、そのかいあってか紫の上は一時はよくなります。しかし翌年、紫の上は露が消えるように息絶えます。

紫の上の病重く、源氏が看病のために二条院に居続けていた頃、六条院はひっそりと寂しく、また、源氏の正妻女三の宮の十二人の女房が、斎院の御禊の手伝いに出かけていて、女三の宮の周辺に人が少ない時でした。女三の宮に思いを寄せる柏木に強く依頼されていた女三の宮付きの女房の小侍従が、柏木を女三の宮のもとに手引きしてしまいます。女三の宮はやがて懐妊しますが、それを源氏に疑念を抱かれて、柏木との関係を察知されてしまいます。この女三の宮については、また後で取り上げますが、結局女三の宮は追い詰められ、出家することになってしまいます。女三の宮は父朱雀院の手で得度しますが、その夜現れた物の怪は六条御息所の死霊でした。死霊は、紫の上に取り憑く代わりに、今度は女三の宮に取り憑いたのだとあざけり笑います。六条御息所の恨みの思いは深く、肉体が消滅してからも、その恨みはなかなか晴れがたいものでした。娘の秋好中宮は、母御息所の成仏しえない魂を思い、その追善供養をひたすら営むのでした。

六条御息所のその生涯を考えた時、六条御息所は大臣の娘・東宮妃という最高の身分と教養と美貌を兼ね備えた特別な存在として、幸せな一生を送るはずの人でした。それがどこで運命の糸が掛け違ったのか、晩年は京から遠く離れた伊勢で、寂しく祈りの生活を送り、また京に帰っても、癒やされることなくひっそりと死んでゆく。源氏を怨んでも、憎むことができないで、心を翻弄され続け、生霊や死霊になって、なお心が慰められない苦しみを得た何とも気の毒な女性でした。

5　鬚黒大将のもとの北の方 ―― 紫の上の異母姉の不幸

鬚黒大将のもとの北の方は、源氏に愛された女性ではありません。しかし、源氏が最も愛した紫の上の異母姉であり、また源氏の養女・玉鬘とも因縁が深く、『源氏物語』の女君たちの中で、やはり紹介しておかねばならない女君としてここに取り上げました。

鬚黒大将の北の方というと、二人の女性があげられます。一人は、女房の手引きによって、心ならずも、嫌っていた鬚黒大将に操を奪われた玉鬘です。契りを結んだ後も玉鬘は鬚黒大将が嫌で、しばらくの間は光源氏の六条院で嘆き暮らします。玉鬘については、別の項で、その数奇な運命について詳しく語りたいと思います。

ここでは、鬚黒大将の最初の北の方で、玉鬘の出現によって、夫の鬚黒大将の心を奪われて、今まで住んでいた邸をまるで追い出されるかのように、出て行かざるを得なかった女性について語りたいと思います。

このもとの北の方が、『源氏物語』に初めて登場するのは「賢木」巻で、その人と、はっきり書かれてはいませんが、式部卿宮（以前は兵部卿宮）の北の方（大北の方と呼ばれます）が、継子の紫の上が光源氏のもとで大事にされて幸せに暮らしているのをうらやんで、「北の方腹の、このうえない幸せをと、その母君が願っていらっしゃる姫君は、とかくはかばかしくいかないのに。」と描かれていて、具体的には何も書かれていませんが、源氏に大事にされている紫の上と比較して、その姫君は「はかばかしくいかない。(うまくいかない。)」と嘆かれています。その文から察すると、その式部卿宮と大北の方の姫君は、親が望むような幸せは摑んでいなかったようです。

この鬚黒大将のもとの北の方は、それからしばらくは物語に登場しませんが、「胡蝶」巻に、鬚黒大将が六条院の玉鬘に夢中になって、蛍兵部卿宮や柏木衛門督等と競って消息を送っていたことが描かれています。その時に、源氏が鬚黒大将について噂をしています。そこでは、

大将は、年経たる人の、いたうねびすぎたるを厭ひがてにと求むなれど、それも人々わづらはしがるなり。「さもあべいことなれば、さまざまになむ人知れず思ひ定めかねはべる。」

と、語られます。簡単に要約しますと、「鬚黒大将と北の方は、結婚後かなりの年月が経っていて、北の方はひどく年をとってしまったので、鬚黒大将はそれを嫌う気持ちがあって、それ

で若い玉鬘を求めているらしいけれど、そのことを鬚黒大将の周辺の人々が、やっかいがっているらしい。それももっともなことなので、あれこれ考えて人知れず決めかねています。」ということになります。

　それから一年半余り後の秋、「藤袴」巻に、玉鬘に熱中する鬚黒大将と、その北の方について紹介されます。それによると、鬚黒大将は、東宮の生母で朱雀院の女御である承香殿女御の同母兄です。冷泉帝の次に天皇になる方の伯父君ですから、源氏の太政大臣や内大臣に次いで、帝の信任が厚い方です。年も今は三十二・三歳くらいです。北の方は、式部卿宮の長女で、紫の上の異母姉にあたります。北の方は年の頃は鬚黒大将より三つ四つ

鬚黒大将ともとの北の方、関係系図

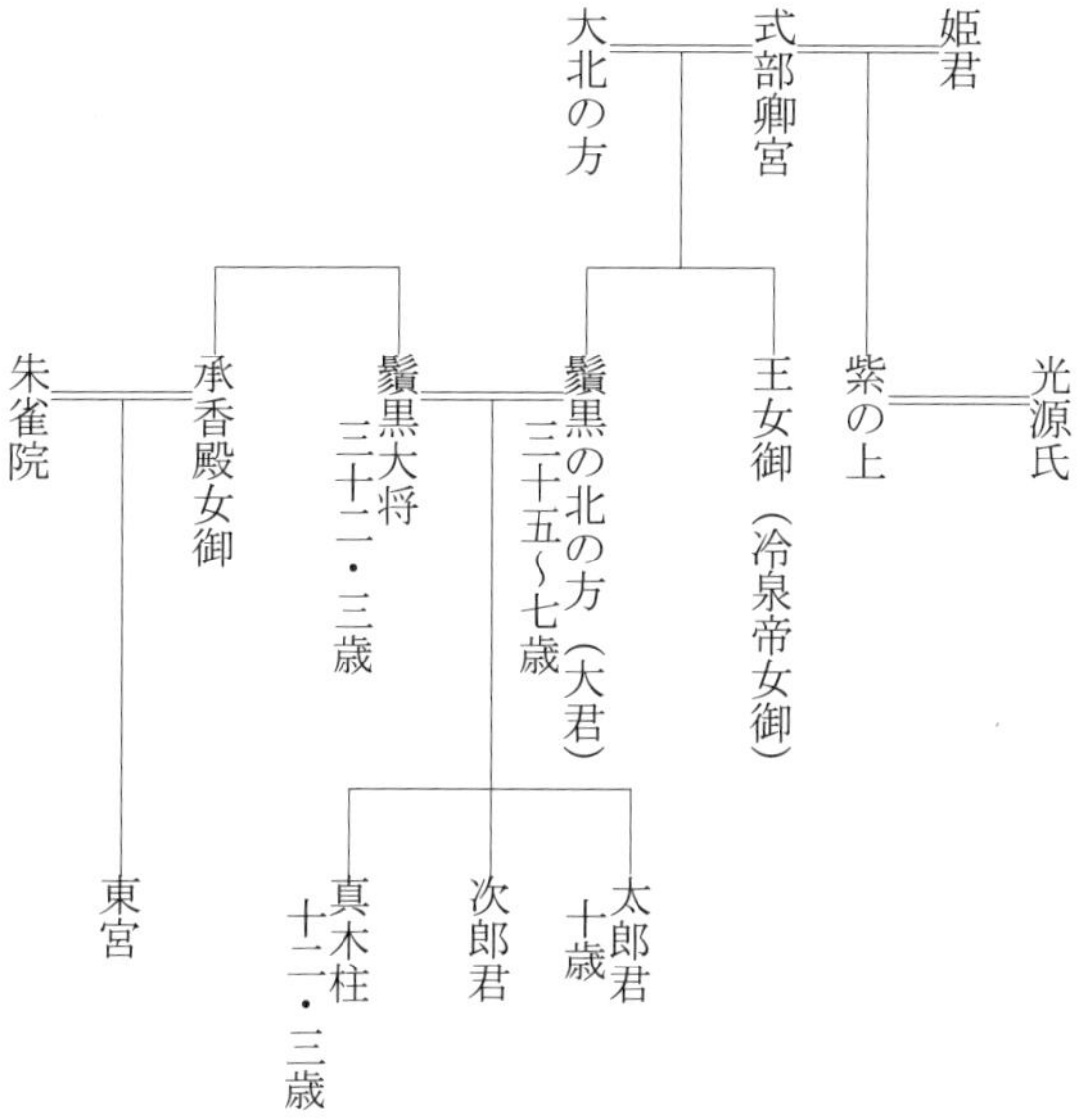

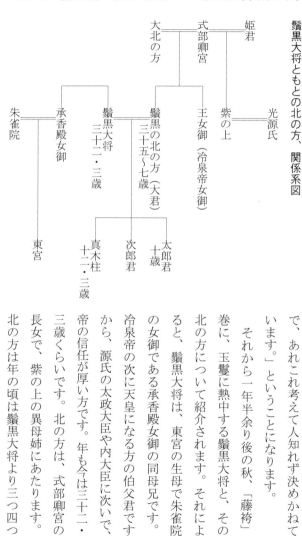

上とありますので、三十五～七歳という所でしょうか。

光源氏が十二歳で元服をした時、源氏は桐壺帝と左大臣の計らいで、最初の妻葵の上と結婚しましたが、その時葵の上は十六歳で、源氏より四つ年上でした。この当時、最初の妻が年上ということは決して珍しいことではなく、鬚黒大将と北の方の年齢差もそれほど違和感はありません。二人の間の子どもたちは三人いますが、太郎君（長男）は十歳、長女の真木柱は十二・三歳ですので、鬚黒大将が二十歳くらい、北の方が二十三・四歳くらいの時に真木柱が生まれたことになります。結婚はもう少し前ということになりますから、二人の間柄は随分長いことになります。

鬚黒大将と、この式部卿宮の大君（北の方）との結婚は、親の決めた正式な婚姻かと思われます。そうなると、鬚黒大将が玉鬘にどんなに熱中していても、式部卿宮の娘である、正妻の北の方と離婚することは容易ではありません。今まで、鬚黒には召人《めしうど》（側に召し使う女で、主人の情を受けている女）はいましたが、愛人・通いどころ・側室といった妻の一人と認められている女はいませんでした。

女の盛りなるは十四五六歳二十三四とか三十四五にしなりぬれば　紅葉の下葉に異ならず

（『梁塵秘抄』巻二）

これは平安末期の歌謡集・後白河院編の『梁塵秘抄』に載る歌謡ですが、女性の立場から見ると随分ひどい歌謡があったものです。

鬚黒大将は、今まで述べてきましたように、これまでは真面目で、北の方の他には、木工の君や中将のおもとというような召人はいましたが、通いどころはありませんでした。結婚してから十二年以上の年月が経ち、子どもも男の子が二人、女の子が一人います。その女の子・真木柱を鬚黒大将はとてもかわいがっていました。でも、鬚黒大将は、北の方を「嫗とつけて心にも入れず。いかで背きなんとおもへり。（ばあさんと呼んで心に留めない。何とかして別れたいと思っていた。）」（「藤袴」巻）とあって、この北の方を、婆さんと呼んで別れたがっていました。前にも述べましたように、本人がいくら別れたがっていても、北の方と鬚黒大将の結婚が、式部卿宮である父親の承認のもとに行われた正式な婚姻であるなら、そう簡単に北の方と離婚はできません。この二人の場合は当時の法律である律令・戸令《こりょう》の離婚の条項にもあてはまりません。鬚黒大将は、北の方と別れたい別れたいと思っていたので、若く美しい玉鬘に夢中になったのか、玉鬘に夢中になったから北の方と別れたいと思ったのか、どちらであるかは物語に書かれていないのでわかりませんが、鬚黒は弁の御許という玉鬘付きの侍女を味方に取り込んで、とうとう玉鬘を自分の物にしてしまいます。そしてますます玉鬘に夢中になっていきます。玉鬘は玉鬘で、鬚黒大将が嫌で嫌で嘆き悲しんでいますが、北の方はそこまでは知りません。ただ、夫の鬚黒大将が妻も子どものことも忘れて玉鬘に夢中で、いそいそと玉鬘のいる六条院に出かけて行くのを見せつけられる日々です。

北の方は、藤壺中宮と同母の兄である式部卿宮の大君《おおいぎみ》（長女）です。この姫君は、式部卿宮が大層大切に養育なさった姫君で、世間の評判も高く、容貌も大変美しくいらっしゃいました。細い小柄な人で、髪の毛も美しくて長かったようです。性格も気立てがよく、鷹揚でおっとりしている方でしたが、いつからか物の怪のために、時におかしくなって、人に疎まれるような振る舞いが目立つようになってきました。いつからこのような症状が出始めたのか、物語には書かれていませんが、「真木柱」巻の描写と、鬚黒大将の、北の方に対する鈍感な態度から判断しますと、長い年月の間に少しずつ北の方を追い詰めていった結果と思われます。鬚黒大将は、北の方の侍女を召人にしたりして、北の方の心を平然と傷つけることが多かったようです。玉鬘への鬚黒大将の熱中ぶりは、ますます北の方を傷つけたことでしょう。北の方は日頃の病気ですっかりやせ衰えて弱々しく、髪もまるで分け取ったかのように抜け落ちて少なくなって、髪をとかすこともめったになさらず、涙で髪の毛がからまっているという状態で、傍からみても気の毒な様子でした。これは明らかに、追い詰められた精神からくる病気と思われますが、鬚黒大将にとっては、立派で華やかな六条院で、人々にかしずかれて住まう美しい玉鬘とは比べようもなく、鬚黒大将の気持ちは北の方からどんどん離れていきます。そんな娘のことを、父親の式部卿宮がお聞きになって、「六条院の華やかな人を鬚黒大将が邸にお迎えになったら、娘は妻として体裁悪く外聞も悪いことであろう。我が邸の東の対を綺麗に取り片付けて娘をそこに移すことにしよう。」と考えるようになります。

鬚黒大将は北の方に、「例え玉鬘が邸に移ってきても、あなたは玉鬘と穏やかに仲よくおつきあいになってお過ごしなさい。私は今更あなたと気持ちが離れることはございますまい。父宮の邸に帰るようなことになると、世間の聞こえも悪く、あなたは物笑いとなって、よくありません。でもたとえ、父宮のところにあなたがお移りなさっても、私はあなたを忘れることはあるまいと思いますよ。」と、北の方の苦しみをわかるでもなく、北の方が邸を出ることを強く止めるでもなく、お話なさるのでした。北の方は、鬚黒大将の薄情さについては、一切反論も抗議もなさらないで、ただ父式部卿宮が自分を心配し、嘆かれていることを語って泣くのでした。

この「真木柱」巻での鬚黒大将の、北の方に対するくだりを読んでいると、本当に北の方が気の毒でかわいそうになります。今何を言っても、鬚黒大将は北の方と別れたがっています。玉鬘は、太政大臣光源氏が大切にかしずいている養女であり、内大臣の実の娘です。そういう玉鬘を、ただの通いどころの愛人、または妻の一人・妻妾のままというわけにはいきません。

鬚黒大将と玉鬘の既成事実を知った源氏は、がっかりしますが、やむをえません。源氏の計らいで三日夜の餅や後朝《きぬぎぬ》の文などの婚姻の儀式は盛大に行いました。玉鬘の実の父親である内大臣は、物語の原文には、「伝へ聞きたまひてなむ（他から聞いていらっしゃるけれど）」とあって、玉鬘の結婚を、源氏からはまだ聞いていないことから、露顕《ところあらわし》の儀式などはまだ行っていないことがわかります。そうすると、鬚黒大将と玉鬘の結婚はまだ正式な結婚とは世間では認められていないわけです。鬚黒大将はせっせと六条院に通いますが、華やかな六条院邸に通うことに馴れておらず気詰まりで、「早く、美しく改装し終えた自分の邸に玉鬘を連れていきたい。」と思っています。後に源氏が、正妻として迎えた女三の宮を六条院の寝殿に据え、今まで正妻格として寝殿に住んでいた紫の上を東の対に移して、紫の上が「対の上」と呼称されるようになりますが、鬚黒大将も同じようなことをしようとしていたと思われます。

考えてみますと、北の方の父の式部卿宮も、不運な人といえます。保護者を失った幼い紫の上を引き取ろうと、大北の方を説得して迎えに行った時には、若紫（紫の上）は、光源氏に先を越されて連れて行かれた後で、後には再会を果たすものの、娘として養育することはできませんでした。右大臣家と源氏との確執で、源氏が須磨・明石への退去を余儀なくされた時は、式部卿宮は保身のために、一人京に残された紫の上の後見をしませんでした。その為に、京に戻って力を取り戻して、いよいよ栄えていく源氏に疎まれることになってしまいます。娘を冷泉帝に入内させたいという式部卿宮の意向を知りながら、源氏はその娘の後ろだてにはなりませんでした。式部卿宮の娘は漸く女御になり、王女御と呼ばれますが、光源氏は養女である斎宮女御の後見をして、その斎宮女御を中宮にします。秋好中宮です。王女御は中宮になれず、また式部卿宮の大君（鬚黒の北の方）も今、源氏の養女である玉鬘に追われようとしています。式部卿宮やその妻の大北の方の源氏への恨みは根深いものになっていきます。そして源氏への恨みや怒りが、源氏の妻である紫の上に向かっていきます。

　鬚黒大将のもとの北の方は、父親に引き取られますが、夫に捨てられた女の、生きる上での頼りなさが哀れです。

6　夕顔――はかなく命絶えた、控え目な女

『源氏物語』での夕顔の登場はかなり早く、「帚木」巻の、俗に「雨夜の品定め」といわれる青年貴公子たちの話の中に登場します。頭中将の体験談によれば、頭中将がまだ少将のころ、三年ほど通い、二人の間に女の子までもうけた女がいました。女は、今は親もなくいかにも心細い様子で、中将だけを頼りと思っている様子も可憐でいじらしかったのですが、女がおとなしいのに安心して、しばらく訪ねてもやりませんでした。その間に、女は頭中将の正妻、この人は右大臣の娘で弘徽殿女御の妹、四の君ですが、そちらに脅《おど》されて思案に余って、

山がつの垣は荒るともをりをりにあはれはかけよ撫子の露

（粗末な家の垣根は、荒れ果てていても時々にはあわれをかけて下さい。そこにひっそりと咲く撫子の上に。）

という歌を中将に送ってきました。これをみて、中将は女をかわいそうに思ったのでしょうか、

訪ねて行きますが、女はひどく物思いに沈んで泣いてはいるものの、心底から中将の薄情さを恨んでいるという様子でもありません。中将はその女の様子を見て、またまた安心して「これなら大丈夫」と、つい気を許して、女のところから遠のいていました。その間に女は、幼い女の子を伴って姿を隠してしまいました。こういう話を頭中将は涙ながらにしたのでした。

次にその女・夕顔が物語に登場するのは、「六条わたりの御忍び歩きのころ」で始まる「夕顔」巻です。源氏は十七歳。雨夜の品定めで若い貴公子たちから中の品の女（中流の女）の魅力を教えられて興味を持っていた時に、空蟬や軒端荻との出会いがありました。その女たちは、源氏の周囲にいる気位高くおつにすましている上品の女たちとは違いました。それ以後、源氏はますます中の品の女に興味をつのらせていきました。

「六条わたりの御忍び歩き」とは、源氏が六条御息所のもとに通っていたことを意味していると思われます。

「六条わたり」の「わたり」は漢字で書けば「辺」で、そこを漠然と指し示していう語ですから、六条のあたり、具体的には六条御息所の邸を指しているのでしょう。六条御息所の邸に行く途中、五条に、源氏の乳母の一人、大弐の乳母の邸があります。この乳母は大宰大弐の妻であったと思われますが、源氏の傍らにいつもいて、源氏の忠臣である惟光の母親です。源氏は、この乳母がひどくわずらって、尼になっていることを聞いて、乳母を見舞おうと五条に立ち寄ります。前もって連絡をしていなかったので、牛車をそのまま引き入れられる正門は錠がおろしてあってあきません。源氏は従者に命じて惟光を呼びに行かせて、惟光を待っている間、五条大路を見渡していると、乳母の家の傍らに、檜垣《ひがき》を新しく作って、その上の方に半蔀《はじとみ》（上半分が外側につり上げられる蔀）を四、五間ほど上げて、簾なども涼しげにして、そのすだれを透かして美しい額の女たちがのぞいているのが見えます。源氏はそうした場面を珍しく思うのでした。

切懸《きりかけ》の様な塀（柱に横板をよろい戸のように張った板塀）に、大層青々とした蔓草がのびのびと這いかかっています。そこには白い花が咲いています。源氏が、思わず「をちかた人にもの申す。（遠くにいる人に尋ねよう。そこに咲いている花は何か。）」と独り言をおっしゃると、御随身が控えて、「夕顔と申します。このような粗末な垣根に咲きます。」と申し上げます。源氏は興味をひかれたのでしょう。「一房折って持ってまいれ。」と命じると、随身はすぐに門に入り、花を折りました。その時、粗末な家ではあるけれど、何となく風情のある遣戸口にこぎれいな女童が出てきて、大層深く香をたきしめてある白い扇を差し出して、「これにのせて差し上げなさい。」と言います。随身は出てきた惟光を通じて源氏に差し上げます。乳母の見舞いの後に、

源氏がその扇をご覧になると、

心あてにそれかとぞ見る白露の光そへたる夕顔の花

と、書き手が誰かわからないように無造作に書いてあります。それが上品で奥ゆかしく感じられて、源氏はこのような粗末な場所であるだけに、意外で興味深く思うのでした。さっそく源氏は、ここに住む女のことを惟光に調べさせます。惟光にも女の素性ははっきりわからないものの、女房たちの言葉の端々から頭中将ゆかりの女と思われて、源氏は「さてはあの女か。」と余計に興味をひかれて、惟光の手引きで、その女のもとに通うようになりました。源氏にはこの女の素性が、はっきりどこの誰ともわからないまま、ご自身も名を明かさず、みなりをやつして、女のもとにしのんで通うのでした。

八月十五日、陋屋《ろうおく》で一夜を明かしますが、夜明け近くに隣近所の下衆の話し声や、唐臼《からうす》の響き、布を打つ砧《きぬた》の音など、日常の生活の音があれこれ一緒に聞こえてきます。女は白い袷に薄紫色の柔らかい表着を重ねています。派手でないその姿が大層かわいらしく、華奢な感じがして、どことといって特別にすぐれているというのではないけれど、ほっそりとしとやかで、何かちょっと口に出した物腰が何とも痛々しく、大層いじらしくみえます。源氏はもっとくつろいでこの女と逢いたいという思いから、夜明け近くでしたが、女を軽々と牛車に乗せて、侍女の右近だけを女の供として乗り込ませて、近くの、普段あまり使われていない院に連れて行くのでした。

日が高くなってから起きて格子を上げてみると、邸は荒れ果てて人影も見えません。木立は気味が悪いくらい古び、庭は野原のようで、池も水草で埋まって、実に何とも気味悪い雰囲気になっています。

怖そうな様子で、辛いという風情の女に、源氏は初めて顔を見せて、身分を明かしますが、女はなおも素性を明かしません。源氏は恨み言を言ったりむつまじく話したりして一日中二人で過ごすのでした。静かな夕方、女は部屋の奥は暗くて気味が悪いと思っていたので、簀子の簾を上げたままにしています。源氏は女の側に寄り添って横になりました。夕暮れの明るさに浮き上がる顔をお互いに見交わすと、女は様々な嘆きをすっかり忘れて、源氏に打ち解けていく様子が大層かわいらしく思われるのでした。源氏には、女が一日中君にぴったりと寄り添って、ひどく怖そうにしている様子が、子どもっぽくていじらしく思われます。格子を早く下ろして、灯をつけさせます。宵を過ぎる頃、源氏は少しうとうとなさいましたが、その時、枕元に大層美しい姿の女が座って、「この私がお慕い申しているのに、お訪ね下さらないで、こんなすぐれた所のない平凡なつまらない女をお連れになって大切になさっているのは、本当に心外で恨めしく思います。」と言って、源氏のそばに横になっている女を抱き起こそうとしているように見えます。何か得体の知れない物に襲われるような気持ちがして、お起きになると、灯も消えています。不気味に思われたので、源氏は太刀を引き抜いて傍らに置きます。太刀を抜き、刀身を表すのは、魔除けのまじないです。源氏は自分たちを得体の知れない物の怪が襲っていると感じたのでしょう。右近を起こして、おびえてわなわなと身体を震わせて、汗をぐっしょりとかいて正気も失っている女君のそばに右近を引き寄せて、源氏は妻戸の戸を開けて出てみると、渡殿の灯も消えてしまっていました。妖気とも思える風が少し吹き、お供の人々は皆寝てしまっていました。源氏のお召しに答えて、ようやくこの院の預《あずかり》（管理人・留守番）の子が起きてきましたので、「紙燭《しそく》をつけよ。弦打《つるうち》して、声を絶やすな。」と命じるのでした。弦打というのは、鳴弦《めいげん》とも弓弦打《ゆづるう》ちともいわれ、悪霊や物の怪、邪気などを退散させるために弓の弦を引いて鳴らすまじないのことをいいます。

源氏が部屋に戻って手探りで女を探ってご覧になると、女君は先ほどのまま伏せていて、右近も女君の傍らにうつ伏しています。源氏は右近を引き起こし、女君を改めて探って見ると女君は息もしていません。揺すってご覧になるけれど、ぐったりとして正気もない状態です。源氏はこの人が大層子どもっぽい人なので、物の怪に気を奪われてしまったのであろうと、どうしようもない気持ちで途方にくれます。そこに滝口が紙燭を持ってきたので、源氏はその明かりを取り寄せて女をご覧になると、女の枕元に夢に見た顔立ちの女が幻のように見えて、ふっと消えてしまったのでした。大層異様なことで気味が悪いけれど、まず女のことが心配で、物の怪に取り憑かれた人に近づくのは危険であるなどと考えるゆとりもなく、女に寄り添い臥して「これこれ」とお起こしになるけれど、女の身体はただ冷え入っていくばかりで息はとっくに絶え果ててしまっているのでした。

源氏の君はどうする術もなく、ただ女の身体を抱きしめて、「愛するあなた、生き返って下さい。私を悲しい目に遭わせないで下さい。」とおっしゃるけれど、女はすっかり冷え切ってしまって、だんだん様子が死人らしくなっていったのでした。侍女の右近は恐ろしさも忘れて、ただ泣き惑うばかりでした。

この迫力ある怪奇の場面を読んだ時、この物の怪は一体何であろうという疑問にぶつかります。『大鏡』には藤原忠平が若い頃、人気のない紫宸殿で鬼に出会った、という話が載せられています。また昔から、人が住まない邸には魔物が住むといわれて、様々な説話に、普段人が住んでいない邸には怪異があることが伝えられています。では夕顔を取り殺したのは、その手の廃院に住む物の怪であったのでしょうか。あるいは、故東宮妃というやんごとない身分のお方の所に通いながら、中流の女である空蟬に心を移し、今また夕顔に夢中になって訪ねようともしない、高貴な六条御息所への、源氏の後ろめたさがつくりあげてしまった物の怪なのでしょうか。確かにこの物の怪は大層美しい女で、この物の怪のせりふも、「おのがいとめでたしと見たてまつるをば尋ね思ほさで、かくことなることなき人を率ておはして時めかしたまふこそ、いとめざましくつらけれ。（私が立派なお方とお慕いしているのに、お訪ね下さらないで、このようにどうということのない人を連れていらっしゃってご寵愛なさるのは心外で恨めしいことです。）」とあって、この物の怪がいかにも六条御息所かのように読者に思わせます。

漸く、鶏が鳴いて朝になった時に、惟光が源氏のもとに参上したのでした。今まで一人で気が張っていた源氏はほっとして悲しみがわき上がり、激しくお泣きになるのでした。

夕顔の亡骸は惟光の父親の乳母が尼になって住んでいる東山に移そうということになって、牛車を寝殿につけて、亡骸を上蓆《うわむしろ》（寝所などで畳の上に敷く敷物）にくるんで、惟光が車に乗せます。長い髪の毛がこぼれ出ているのを見ると、源氏は目の前が真っ暗になって、たまらなく悲しく、別れかねているのを、惟光にせかされて、亡骸は惟光に任せて、惟光の馬で源氏は二条院に帰り着いたのでした。しかし、御帳の中で「どうして自分も一緒に乗っていってやらなかったのか。女がもし生き返って自分がいなかったら、どんな気がするだろうか。」と矢も盾もたまらなくなります。本当の病気のように具合が悪く、起きられないで、また食事ものどを通らず、帝のお召しをもお断りしてふさぎこんでいました。日が暮れて惟光が参上して、明日、惟光の知り合いの高徳の老僧に葬儀を頼んだことを源氏に申し上げると、「すべてを秘密にするように。」との指示を与えつつも、「もう一度亡骸を見ないではいられない。」と、惟光と一人の随身だけを供に、夕顔の亡骸が安置されている東山の板屋におでかけになるのでした。鳥辺野を望み、清水の方角の灯を見つつ板屋にお入りになると、大徳（高徳の僧）が尊い声で経を読んでいます。夕顔は実にかわいらしい様子で生前と少しも変わらない姿です。源氏は「夜が明けないうちに」とせかす惟光の声に、何度も後ろを振り返り、胸が締め付けられる思いで、板屋をお立ち出でになるのでした。賀茂川の堤の辺りで、源氏は馬からすべり落ちるように下りて、ひどく気分が悪くなりました。惟光は気が気でなく清水の観音にお祈りし、源氏も心の中で仏を念じながら、惟光の介抱を受けつつやっとのことで二条院に帰り着きました。

源氏は、ようやくのこと邸にたどりついて、そのまま大変な苦しみようで、それからすっかり弱って、二十日あまりは重病で床についていました。ようやくよくなっても、夕顔のことが忘れられず、あれ以来邸に置いて面倒を見ている右近を呼んで、夕顔について語らせるのでした。右近の話によると、「両親は早くに亡くなり、ふとした縁で頭中将がまだ少将であった時分、三年ほどは熱心に通っていらっしゃいましたが、去年の秋ごろ、頭中将の北の方の実家である右大臣家から、恐ろしいことが聞こえてきまして、女君は恐がりの性分で、西の京に住んでいる乳母のもとに身を隠しておりました。そこも見苦しい所なので、山里に移ってしまおうとお考えになっていましたが、方角が塞がっておりましたので、方違えで見苦しい所にお住まいでいらっしゃったところ、源氏の君に見つけられまして、恥じておられました。女の子がおりました。夕顔様は十九歳におなりでございました。」と、大体このようなことを右近から聞いて、源氏は「やはり」と納得するのでした。源氏は右近の話にあった女の子を探させますが見つかりません。この子が後に『源氏物語』の重要な女君、玉鬘として登場します。

こうして死なせてしまった夕顔のことを、源氏は忘れられません。この後、「末摘花」巻や「胡蝶」巻、「玉鬘」巻などで、しばしば源氏は夕顔を思い出しています。

この、はかなく亡くなってしまった夕顔は、一体どういう人だったのでしょうか。頭中将に愛され、源氏に愛され、自分を主張することなく自分の意志を貫いたのは、右大臣家を恐れて自分の意志で隠れたことだけといえましょう。自分からはまだ何も語らず、語らないということが夕顔の意志であったといえばそれまでですが、まるでお人形のように美しく、可憐で、静かに座っているイメージです。泣いたり笑ったり悩んだりという自己主張をする「生きている」という姿が感じられません。作者は夕顔をどういうつもりで、どういう役割を持たせてこの物語の中に描き込んだのでしょう。

右近と源氏との語らいの中で源氏が、

はかなびたるこそはらうたけれ。かしこく人になびかぬ、いとこころづきなきわざなり。みづからはかばかしくすくよかならぬ心ならひに、女は、ただやはらかに、とりはづして人に欺かれぬべきがさすがにものづつみし、見ん人の心には従はんなむあはれにて、わが心のままにとり直して見んに、なつかしくおぼゆべき

（「夕顔」巻）

（女は頼りないのがかわいいのだ。しっかりしていて、人の思うようにならない女は好感が持てない。自分自身がはきはきとしてしっかりした毅然とした性分ではないので、女はただやさしく、うっかりすると人にだまされてしまいそうで、そして遠慮深く、契る相手の心に素直に従おうとするのがしみじみといとしく、自分の思い通りに直して妻にしたら、慕わしく思うに違いない。）

と、述べるところがありますが、それに対して右近が「源氏の君のそのような女性のお好みに、夕顔様はぴったりのお方だったと思いますにつけても、亡くなられたことが残念なことでございます。」と答えています。この箇所を読みますと、ここに男の考える、女の理想像が描かれているのでしょうか。

夕顔登場までの女君たちは、弘徽殿女御、葵の上、空蟬、六条御息所と、皆自分の意志を持ち、自尊心と自負心の中で源氏にすねたり、嫉妬したり拒絶したりして、素直になれない女たちが描かれてきました。そうした中で夕顔は、源氏にとって初めてのタイプだったのでしょう。それだけに後々までも夕顔を忘れることができませんでした。

それから二十年近く経って、源氏は夕顔の遺児である、美しい玉鬘と再会します。源氏は運命的なものを感じて玉鬘に惹かれます。この玉鬘は『源氏物語』の中で重要な存在です。しかし、夕顔の存在は、この玉鬘の登場を促すためだけにあったとは考えられません。作者はやはり、自分とは全く違う生き方の女性、男が気に入る女を描こうとしたのではないでしょうか。

作者紫式部は、中宮藤原彰子に仕えた人です。一条天皇の皇后は清少納言が仕えた藤原定子です。私たちが『枕草子』を読んだり、歴史書を紐解くことで、定子の生きた時代を覗き見た時、定子は凜として美しく、大人の女性を感じさせます。それに比べて、彰子の入内は、数え年十二歳であり、彰子はまだ子どもで、美しいというより、きっとかわいらしかったことでしょう。紫式部にとって、お仕えする彰子は、天皇にも誰にも愛される存在であることを強調したかったことでしょう。彰子のかわいらしさ、素直さが、紫の上や夕顔の素直な美しさに投影されているといえるかも知れません。あるいは、宮仕えという職業婦人である紫式部にとって、自分にはない性格の女たちを書きつつ、物の怪に「つまらない女」と言わせて、紫式部の本音をぶつけたのでしょうか。ただ彰子は、大人になるにつれて、しっかりした意志を持ち、父である大権力者藤原道長にもあらがえる女性として押しも押されもしない人となっていきます。

7　藤壺・輝く日の宮――永遠の恋人

夫である桐壺帝に愛され、女性として最高位である中宮になり、また継子にあたる光源氏に最後まで慕われ続けた藤壺という女性はどのような人であったのでしょうか。この人の人生を要約するならば、「抜群の栄華と憂愁と苦悩の人生を歩んだ女性《ひと》」といえます。

藤壺は、先帝と母后との間に四の宮として生まれました。後に、光源氏に愛されて、源氏の正妻格になる紫の上の父親である兵部卿宮（式部卿宮）とは同母兄妹です。

桐壺更衣を亡くした桐壺帝は、どうしても更衣を忘れられません。毎日鬱々とした日々を送る帝に、周りの人々は他の女性に眼を向けさせようとしますが、どの方々を見ても、桐壺更衣に匹敵する女性はいませんでした。帝は世の中すべてが厭わしいとお思いになるばかりでした。そんな時、先帝にもお仕えしていた典侍《ないしのすけ》が、今は桐壺帝にお仕えしていて、「先帝の四の宮が御器量もすぐれ、母后がこの上なく大切に守り育てていらっしゃって、その姫宮様のお顔立ちは亡くなった御息所（桐壺更衣）にそっくりでいらっしゃいます。私は三代の帝にお仕えしてきましたが、あのように生き写しの方はおりませんでした。」と帝に奏上するので、帝はお心を動かされ、母后に懇ろに、四の宮の入内の件を申し入れました。母后は、弘徽殿女御が意地が悪く、桐壺更衣はそのためにひどい扱いを受けて亡くなられたということをご存じでした。多分その話は世間に広まっていたのでしょう。「そのような恐ろしい所に大事な四の宮を入内させるのはとんでもないこと。」と用心なさって、入内をおさせになる決心がつかないでいるうちに、その母君もお亡くなりになってしまいました。

残された姫宮の兄の兵部卿宮や、姫宮にお仕えしている女房たち、姫宮の後見の人々は皆、「こうして心細く暮らしているよりは。」と入内をすすめるので、四の宮はとうとう入内を決心なさいました。四の宮の宮中でのお部屋は、帝のおられる清涼殿に近い飛香舎が与えられました。壺庭には藤が植えられてあって、そこからその御殿を藤壺といい、またそこに住む女御を藤壺女御と申しました。この時藤壺女御は十六歳でした。現代の高校一年生くらいの初々しさです。

このお方は噂通り、不思議なほど、お顔立ちやお姿が桐壺更衣によく似ていました。このお方は先帝の四の宮で、ご身分も高くご立派ですから、誰も悪し様にけなすことも困らせることもできません。そのため、藤壺女御はこの宮中で、何の気兼ねも不足もない生活でした。

帝はこの藤壺女御を寵愛し、まだ幼い光君にも、「藤壺女御は、あなたの亡き母桐壺更衣とよく似ていらっしゃるのだから、本当の母と思って親しみなさい。」と教えられ、藤壺女御にも「この子の亡くなった母とあなたはそっくりなのですから、この子を慈しんでくれるように。」とおっしゃって、藤壺女御の局においでになる時は、いつも光君を御簾の中にまでお連れになるのでした。普通、実の子でなければ、女性のいる御簾の中に、父親と共に入るなどはあり得ないことでした。帝はどのお妃方のところへも光君を連れて行くのが常でしたが、光君は藤壺女御が誰よりも若々しく、美しく、すばらしいお方と思い申して、「この世に唯一のお方」と慕うのでした。人々は源氏を「光る君」、藤壺を「輝く日の宮」と呼んで褒め称え、また帝のご寵愛は二人共にすばらしいものでした。

源氏は、十二歳で元服をします。この時、源氏の妻となった葵の上は十六歳、藤壺は十七歳でした。今まで帝は、藤壺の部屋の御簾の中にまで源氏を連れて入るのが常でした。そしてお顔を見、直にお話しすることもできていましたが、元服なさってから後は、帝も今までのように、藤壺の部屋の御簾の中に源氏をお入れにはなりません。源氏は管弦の催しの際に、琴の音色や笛の音色に心を通わせ、かすかに聞こえる藤壺のお声を慰めとして、藤壺がいらっしゃる宮中での暮らしばかりを、好ましく思っているのでした。五、六日宮中にお詰めになって、左大臣家には二、三日というように、絶え絶えに左大臣邸にお下がりになりましたけれど、左大臣は、「今はまだ幼いので致し方ない。」と思って、源氏の君を大切にお世話していました。

源氏が淑景舎（桐壺）で宿直をしている時、ちょうど折しも雨がザアザア降っていました。頭中将やその他の若公達が源氏の部屋にやって来て、いつのまにやら女性の品定めに話が及びます。皆自分の経験などをおもしろおかしく語るのを、源氏は聞きながら、藤壺のことを思い続けるのでした。

ここまでが、「桐壺」巻と「帚木」巻に書かれているお話です。

源氏が十八歳の春、瘧病《わらわやみ》の加持を受けるために、源氏は北山の聖のもとに出かけます。しばらく北山で過ごしますが、昼、身体の具合の良い時に、源氏は外に出てあたりをご覧になると、いくつもの僧坊が見渡され、同じ小柴垣をきちんと結い廻らして、木立も風情のあるのが見えます。そこにこぎれいな女童《めのわらわ》が大勢行き来しています。源氏の従者たちは不審がって見に行き、「若い女房や女童がいます。」と源氏に報告するのでした。

春の日の所在なさに、源氏は例の小柴垣の側にお立ちになると、西面《にしおもて》の部屋に持仏を据えて、お勤めをしている尼君が見えます。大儀そうにしているところをみると病気のようです。そこにはこざっぱりした女房が二人ほど居て、そこに女童が出たり入ったりして遊んでいます。その女童の中に、十歳くらいかと見えて、白い下着に山吹襲などの着なれてしんなりした表着を着て、走ってきた女の子がいました。他の女の子たちとは比べものにならないくらい、さぞや将来美しくなるだろうと思われる少女でした。源氏の君は思わず見入ってしまいます。それは、源氏がこの上なく心を寄せる藤壺女御に実によく似ているからでした。

源氏は僧都の招きで、僧坊に出かけて行き、少女の素性を知ります。その少女が、藤壺の姪にあたることを知った源氏は、二人がよく似ていることを得心します。それだけにその少女を、自分の側に置きたい一心で、僧都や少女の保護者である尼君に、「少女のお世話役に自分を考えて頂きたい。」と願います。源氏の藤壺への思いも、源氏が少女をすでに垣間見ていることも知らない僧都と尼君は、「源氏が少女のことをもっと大きな娘と、勘違いしているからこのような申し出でをするのであろう。」ととりあいません。源氏は、この少女が藤壺の血筋であるがゆえに、この少女に執着します。

藤壺の宮がご不例（例でないの意味から貴人の病気）で、里である三条宮にお下がりになりました。帝は藤壺の病を大層不安に思われて心配されているので、源氏の君は帝をおいたわしく思いながらも、「このような折でなければ宮にお会いできない。」と、昼は物思いにふけり、夜は王命婦を責めて取り持ちを頼みこみます。命婦がどのように策を廻らしたのか、無理な手立てで、源氏はついに藤壺に会うことができました。「会う」というのは、この当時男女の関係まで意味します。その逢瀬は二人にとって夢のような出来事で、現実のこととは思われず、ただ嘆かわしいことでした。原文を要約しますと、「宮は、あの出来事をお思い出しになるだけでも、物思いの種であるので、あれきりにしてしまおうと心に決めていらっしゃったのに、またこうしたことになって、大層情けなくて」とあります。「宮もあさましかりしを思し出づるだに」と、原文には「し」という過去の助動詞が使われていて、そこから判断しますと、ここまでどこにも書かれてはいませんでしたが、二人の逢瀬は、かつて一度あったと思われます。

今回の密会は四月の出来事でした。光源氏は二条院に帰っても、呆然と藤壺の宮のことを思い詰め、宮中にも参内せず、二、三日邸に籠もっているのでした。帝は、「光源氏が参内しないのはどうしたわけか。」と心配なさいます。それにつけても、源氏は犯した罪を恐ろしく思わずにはいられません。

藤壺の宮も、ご自分が情けない身の上であると嘆いているうちに、本当に具合が悪くなり、帝が早く参内するようにとせきたてなさるけれど、そのような気にもなりません。そうこうしているうちに気分の悪さは平素と違い、思いあたることもあったので、これから先どうなることかと、いよいよ思い悩んでいます。暑いうちは、起きあがることもなされないのです。そのうち、三ヶ月におなりになり、人目にもはっきり妊娠がわかるようになって、お湯殿など、宮のおそば近くに仕える乳母子の弁や命婦たちは、ただごとではないと気づいていましたけれど、口にすべきことでもなく、言えずに過ごしていたのでした。「この月になるまで奏上なさらないとは。」と、思う人々も多いけれど、帝には「物の怪の紛れで、すぐにはそのしるしとおわかりにならなかったようです。」と奏上して、また周囲の人々もそのように思って納得するのでした。妊娠して具合の悪い藤壺を、帝は一層いとおしく思われて、見舞いの使者をひっきりなしに遣わします。それにつけても、藤壺の宮は空恐ろしく、物思いの絶える時がありません。

ここまでのお話が「若紫」巻ですが、この「若紫」巻は、源氏と若紫との出会い、藤壺の宮との逢瀬、若紫を二条院に引き取るなど『源氏物語』の中でもかなり重要なお話がのる巻といえます。

七月、妊娠四ヶ月目、ちょうど安定期に入ったところですが、藤壺の宮は宮中に参内しました。帝は藤壺の宮と会うのがしばらくぶりでもあり、懐妊した藤壺の宮がしみじみといとおしく、藤壺へのご寵愛のお気持ちは、この上ないものでした。藤壺は少しふっくらして憂いを帯びて面やつれなさっています。その様子が、他に似る者もいない美しさなのでした。帝は明けても暮れても宮のお部屋にばかりおいでになって、この藤壺の宮を慰めるために、管弦の遊びを催されます。源氏の君を度々お召し出しになり、琴や笛などをお命じになります。源氏の君はつとめて隠していらっしゃるけれど、ふと、何かの折には君も宮も、もの思いに沈むのでした。

帝の朱雀院への行幸の準備が進み、帝はそれに先だって身重の藤壺を慰めようと、試楽が行われました。源氏の君は青海波を舞いますが、それはそれはすばらしく、見ている人々は皆感動します。その舞を見た藤壺の宮もまた感動するのですが、「大それた心のわだかまりがなかったならば、どんなにすばらしく見えただろうに。」と、思わずにはいられません。

正月、源氏は年賀の拝礼に藤壺の宮の三条宮においでになりました。源氏の君の美しい姿に、女房たちが大騒ぎして誉めちぎるのを宮はお聞きになって、几帳の隙からチラッとご覧になるにつけて、何とも言えない思いに胸がいっぱいになるのでした。

藤壺の宮の出産のご予定は十二月でしたが、その十二月も何事もなく過ぎてしまいました。「いくらなんでもこの正月にはお生まれになるだろう。」と、宮にお仕えする女房たちも待ち受け、帝も心積もりをなさっていましたが、その気配もないまま正月も過ぎていきます。人々は物の怪のせいであると、噂をするけれど、遅れているわけについて心当たりのある藤壺の宮は、大層心細く、「このことが露顕して、身を滅ぼすことになるに違いない。」と、ご気分も悪くなり懊悩していらっしゃいます。

二月十余日のころ、ようやく皇子がお生まれになりました。今までのご心配も消し飛んで、帝も、三条宮で藤壺の宮にお仕えする人々もみな大喜びするのでした。

藤壺の宮は、「生まれた皇子のためにも、長生きしなければ。」と、お思いになるものの、それも辛いけれど、あの弘徽殿女御が、呪わしいことをおっしゃっていると聞くと、「そんな時に自分が死んだとお聞きになったら、自分は笑いものにされるであろう。」と、気を強く持って、次第に快方に向かわれるのでした。

帝は早く若宮に会いたいと強く希望なさいます。源氏の君は、人に真実を知られてはならないと思う一方、若宮のことが気がかりで、人目のない時を見計らって三条宮に参上なさいました。帝が若宮にお会いになりたがって、気がかりに思っていらっしゃるということを理由にして、帝の代わりに若宮に会いたい旨を申し上げるのですが、藤壺の宮は、「まだ見苦しい時ですから。」と言って、若宮をお見せになろうとなさいません。実は若宮が、そんなことがあるかと思われるくらいに、源氏の君に生き写しであったからなのです。藤壺は若宮を見る度に苦しく、責められている気がして、若宮を見る誰かが、あの秘密に気づかないことがあろうかと思い続けになるのでした。

四月に、藤壺の宮は若宮を伴って内裏に参内なさいました。若宮は普通より大きくお育ちで、驚くばかり源氏に似ていらっしゃいます。帝は、真実の、そのわけなどは思いもよらないことであったので、「この上なくすぐれている同士は似通っているものだ。」と疑いもなくお思いになって、若宮を大切に慈しみなさいます。帝は、源氏の君をこの上なく大切な御子として慈しんでいらっしゃったのですが、源氏を東宮にすることは、母が更衣という低い身分であったためにできなかったので、それがとても残念だったのです。が、この若宮は、内親王という尊いご身分の方を母として、源氏と同じように、光り輝く様子でご誕生になったので、帝は傷のない玉とお思いになって、大切にお世話なさいます。藤壺の宮はどのようなことにも胸が晴れることがなく、いつも不安な思いでいらっしゃいました。

源氏の君が藤壺の御殿で管弦の遊びに加わっていらっしゃる時に、帝が若宮をお抱きになってお出ましになって、「じつに源氏の君に似ている。ちいさい頃は皆こうしたものだろうか。」とおっしゃって、大層かわいいと思っておいでになります。その帝の様子を見て、源氏は顔色の変わる思いがして、恐ろしくももったいなくも、嬉しくもいたわしくも、様々な思いで涙がこぼれ落ちそうになるのでした。若宮が何か声をあげて笑っていらっしゃるのが空恐ろしいくらいにかわいらしい。その三人の様子を見るにつけても、藤壺の宮は辛くていたたまれない思いになって、汗もしとどに流れるのでした。源氏の君は、なまじ若宮をご覧になったばかりに、かえって心がかき乱されて宮中を退出なさるのでした。

七月、藤壺女御は東宮の母である弘徽殿女御を抑えて中宮にお立ちになりました。帝は遠からずご自分がご譲位なさった後、若宮を東宮にと考えておいでになりました。その東宮の後見ということを考えた時、母君の藤壺をしっかりした地位にお据えして、若宮のお力になるようにとお思いになって、中宮になさったのでした。東宮の母である弘徽殿女御は心穏やかではいられませんでしたが、帝は、「あなたは将来天皇の母として、疑いもなく皇太后におなりになる方なのだから。」となだめ、藤壺を中宮の位につけたのでした。

藤壺中宮が、中宮になられてから初めて参内なさる夜、源氏の宰相の君もお供申し上げます。藤壺中宮は后腹の皇女で、玉のように光り輝いており、また帝のご寵愛があつくいらっしゃるので、源氏の君は耐えがたいお心で、御簾の中の中宮のお心が思い遣られて、また、いよいよ藤壺中宮が自分から遙かに遠ざかる心地がして、心穏やかではいらっしゃれません。

若宮は成長なさるにつれて、源氏の君と見分けられないくらい似ていらっしゃいます。それを藤壺の宮は、とても苦しいとお思いになるけれど、それと気づく人はいないようです。

源氏二十歳の二月、源氏は南殿の桜の宴に出席します。藤壺中宮は、万事に卓越した源氏を見ても、懊悩が深まります。

やがて、帝は退位なさり、桐壺院となられました。帝と藤壺中宮は、まるで臣下の夫婦のように仲睦まじくのどかに院御所で暮らすのでした。弘徽殿女御がお産みになった東宮が朱雀帝におなりになり、藤壺中宮がお産みになった若宮は東宮になりました。若宮は東宮になったことで、両親の、院や中宮とは一緒には暮らせなくなり、宮中で暮らさなければならなくなりました。それが中宮には寂しく、若宮が恋しい日々でした。

源氏の大将は、自分につれない藤壺中宮のお心を恨めしく嘆いておりましたが、東宮の後見がいないのを気がかりに思われた藤壺中宮が、万事につけて大将の君にご依頼なさるのが、気がとがめながらも嬉しく思うのでした。

一方、左大臣家では、物の怪に苦しめられながらも、源氏との間に夕霧を儲《もう》けた葵の上は、若君誕生の翌日、左大臣や大宮・光源氏の嘆きの中、亡くなってしまいます。葵の上の葬儀には后の宮・藤壺も哀悼の使者を送ります。桐壺帝の退位から、葵の上の葬儀で使者を送るまでの話は「葵」巻に書かれていますが、次の「賢木」巻では藤壺の宮にも光源氏の大将にも大きな出来事が襲い来たります。

十月、桐壺院の病重く、朱雀帝がお見舞いのために院御所（仙洞御所）に行幸なさいます。桐壺院は重い病床の中で、東宮のこと、また源氏の行く末を朱雀帝に依頼します。五歳になる東宮は、帝とご一緒に桐壺院をお見舞い申したいとお望みでしたが、帝と東宮のお二人がそろって行かれるのでは、大変な騒ぎになるというので、東宮は日を変えて源氏と共に院をお見舞いなさいます。東宮は日頃、院をお慕いしておられて、嬉しそうにご対面なさる様子がまことにいじらしく、その姿を拝する藤壺中宮は涙をとめることができません。中宮が涙に沈むその姿をご覧になる院は、お心が千々に乱れます。桐壺院は、幼い東宮にいろいろお教えなさるけれど、東宮はまだおわかりにならない年頃なので、院はこれから先が気がかりで、悲しく思うばかりです。源氏の大将にも朝廷にお仕えする心構えや、この東宮の後見をなさる時の注意を、何度も何度もお申しつけなさいます。

夜が更けて東宮は、殿上人すべてを供にして宮中にお帰りなさいます。その有様は帝の行幸に劣らない様子です。院は東宮をもっと引き留めていたいご様子で、東宮がお帰りになるのを大層残念なこととお思いになっていらっしゃいます。

十一月、桐壺院が崩御なさいました。世の人々すべてが、深い嘆きの中に沈みましたが、藤壺中宮や源氏の大将のお嘆きは格別のものがあって、二人とも分別のつかないお気持ちでした。四十九日の御法要までは、女御や御息所たちが皆、院に集まっていましたが、それが過ぎると、みな散り散りに里に退出していきます。十二月二十日なので、世の中が閉じるかのように心細い年の暮れの空の気色につけても、藤壺中宮の心も晴れないのでした。弘徽殿女御（今は皇太后）の気性をおわかりであるだけに、これからは皇太后が思いのままになさるであろう世の中の住みにくさをお考えにならずにいられません。またそれ以上に、おそばで親しくお仕えした、あの故院の面影が忘れられないけれど、院がおいでにならない今、いつまでも思い出深いこの院御所に止《とど》まりなさることもならず、悲しみがつきないまま、藤壺中宮は院御所を出て三条宮に退出します。

中宮が宮中から退出なさる儀式は、常とかわらずにあるけれど、そう思うせいか、このたびの中宮のご退出は、悲しく寂しいご退出でした。お邸にお帰りになっても、今まで絶えて里帰りなさることもなくて、常に故院のおいでになる院にお住まいだったので、里が旅先のように感じられるにつけても、思いに沈まずにいられないのでした。

藤壺中宮は三条宮にお帰りになってからも、あえて源氏を遠ざけます。しかし藤壺中宮にとって、幼い東宮のためには源氏を頼らざるを得ません。また一方、源氏の自分への執心はやまないので、藤壺中宮の悩みはとどまりません。源氏二十四歳、藤壺二十九歳、東宮は六歳になっていました。

源氏の疎ましい執心はやまず、ともすると藤壺がはっとするようなことが繰り返されて、故院がお気づきにならずじまいであったことを思うだけでも恐ろしいのに、「今改めてそうしたことの噂でも立ってしまったら、自分のことはともかく東宮にきっとよくないことが起こるに違いない。」と藤壺は思案して、ご祈禱までおさせなさって、源氏の思いをとどまらせようとするのでした。東宮にお目にかからないのが気がかりではあるけれど、宮中に参上なさることが、気詰まりでそして肩身が狭いように思われて、宮中にも参上なさいません。

どういう折であったのでしょうか。綿密に図られたようで、そのことに気づく人もなく、源氏は藤壺中宮のすぐ側に近づきなさったのでした。源氏は宮への思いを、綿々とかき口説きなさるけれど、藤壺中宮は強いて受け答えもなさいません。そのうち宮は大層、お苦しみになるので、近くに仕えていた命婦や弁などが慌てて宮を介抱します。夜がすっかり明けてしまったけれど、源氏はお出になることもできずに塗籠《ぬりごめ》に押し入れられたまま動けずにいます。女房たちが宮のおそばに大勢出入りして宮を介抱しますが、宮のお苦しみはおさまりません。宮の兄上の兵部卿宮や中宮大夫などが駆けつけて、「僧を呼びなさい。」などと騒いでいるのを、源氏は塗籠の中でたまらない思いで聞いています。ようやく、日が暮れる頃に藤壺の宮は落ち着かれたのでした。命婦は、源氏の君をどのように塗籠からお出ししたらよいか困り果てています。源氏は塗籠の戸が細目に開いているのをそっと押し開けて、屏風との隙間にそってお部屋にお入りになりました。宮は筥《はこ》の蓋などに盛られた菓子などには見向きもなさらず、憂いに沈んでいらっしゃいます。その有様、お顔が美しく、二条院の姫君、紫の上とそっくりで少しも違ったところがないように見えます。類《たぐ》いなくお美しいと藤壺を見つめるうちに、源氏は分別をなくして、御帳の中に入られると、源氏の気配がはっきりわかるほどに、薫物の香がさっと匂ってきました。藤壺中宮は驚いて、そしてまた恐ろしくてそのままうつ伏しておしまいになりました。君は「せめてこちらにお向き下さい。」と宮をお引き寄せなさると、宮はつかまれた御衣を脱ぎすべらかして、いざって（すわったままで膝をついて移動すること）逃れようとなさるけれど、御髪までが御衣と共に源氏に握られていたので、まことに情けなく、また厭わしく、切々と訴える源氏の言葉にお返事もなさらないでいます。

源氏の君との間に、かつて過ちがなかったわけではないけれど、また繰り返しては大層情けないとお思いになるので、うまく言い逃れなさって今宵も明けてゆきます。宮の高貴な恐れ多い気配、また宮のおいたわしい様子に、源氏は不気味なまでに思い詰めて、呆然と正気もない様子で邸にお帰りになるのでした。

思いを遂げられなかった源氏は、宮を恋い焦がれて病人のようになって、出家までも思い立ちますが、対の姫君・紫の上が大層いじらしく君を頼っていらっしゃる様子をみると、振り捨てて出家をすることもできません。

藤壺中宮も先日のことが気がかりで、東宮のことを思うと、源氏に恨みをもたれては東宮が不憫であり、また源氏が世を疎まれて出家を思い立たれても大変と心配なさるのでした。また大后（弘徽殿女御）が、あってはならないことをもおっしゃられているとお聞きになるにつけ、ご自分は出家をしてしまおうと決心なさるのでした。源氏の自分への執着を抑えるため、そして東宮の地位を守るためには、自分が中宮を退き、出家をすることが一番よい手立てとは思うものの、東宮にお会いせずに姿を変えることが切なく悲しく思われて、お忍びで参内なさいます。

源氏の君は、あれ以来邸に引きこもり、参内もせず、宮に消息もなさらないのでした。宮の参内に際しても、気分がすぐれないことを口実にして、お供もしません。

東宮は六歳になられて、大層かわいらしく、母宮との久しぶりの対面を喜んでいらっしゃるのを、宮はいとしくご覧になって、それとなくお言い聞かせになりながらお別れするのでした。宮中の様子はしみじみと悲しく、時代の移り変わりが胸に迫り、大后の自分へのお心も煩わしく、このように宮中に出入りなさるにつけても体裁が悪く、何かにつけて辛いことが多いのでした。それに加えて東宮が美しく、源氏に瓜二つでいらっしゃるのが、世間で取り沙汰されるのではないかと恐ろしくお思いになられるのでした。

源氏の君は、京を離れ雲林院に参籠なさいます。何日か過ごして、藤壺中宮が宮中から退出なさるという日に、お迎えに参内なさるのでした。先ず朱雀帝のもとに参上なさって、様々なお話をなさり、二十日の月があがってきた頃に、帝のもとを退出して藤壺中宮のもとに参上なさいました。二人は共に故院を忍び、昔と同じ宮中でありながら、昔に変わることが多く、悲しみがこみあげてきて、しみじみとした歌を交わしあいます。

藤壺中宮は東宮との別れが辛く、いつまでも名残惜しく様々なことを東宮に申し上げなさるけれど、東宮は幼くいらっしゃるので、母宮のおっしゃることがそう深くはおわかりにならないのを、宮は気がかりにお思いになります。東宮はいつもはもうお寝みになる頃なのに、今宵は母宮がご退出なさるまでは起きていようとお思いになるのでしょう。おやすみにはならないで、母宮のご退出を恨めしくお思いになるけれど、さすがに後をお慕い申すことがおできにならないのが、まことにいじらしいと母宮はお思いになっているのでした。

藤壺中宮は、故院の一周忌のご法要に引き続き御八講《みはっこう》を行う準備をなさいます。御八講とは法華八講のことで、法華経全八巻を八座に分けて、一日に朝座・夕座の二度行い、四日間連続で行って完了します。十一月の月初めの頃、御国忌の日は雪が降り積もっています。源氏から故院を忍ぶ歌が藤壺の宮に送られてきました。宮も追憶の歌を返します。源氏も今日だけは宮への慕わしい気持ちを抑えて、しみじみと雪のしずくに濡れつつ涙がちに勤行をなさるのでした。

十二月十余日ごろ、中宮の御八講が催されました。大層荘厳な儀式で、四日間日々に供養なさるお経を始めとして、装飾など世に類がないほど立派にご用意なさっています。一日目は御父先帝のご供養、二日目は母后のご供養、その翌日は桐壺院のご供養で、その日は御八講三日目の法華経第五巻を講ずる日で、特別の儀式が行われる日です。上達部なども世間の思惑を気にしてばかりもいられず、実に大勢の上達部が参集したのでした。世間への思惑とは、大后への遠慮ですが、大勢の人々が参集して大層立派なご法要が行われました。

最終の四日目、宮は出家なさることを仏に申し上げなさいます。思いもかけない事態に、人々は皆驚愕するのでした。特に藤壺中宮の兄君の兵部卿宮や源氏の大将の君は非常に驚き動揺して、あきれたことにお思いになります。兵部卿宮は法会の途中で、じっとしていられなかったのでしょう。立ち上がって藤壺中宮の御簾の中にお入りになりました。何とか宮の出家のご意志を翻そうとなさったのでしょう。藤壺中宮は出家の決心が固いことをお告げになって、法会の終わる頃に叡山の座主をお召しになって、戒をお受けなさることを仰せになりました。伯父君の横川の僧都が、宮のお側近くに参上なさって、宮の長く美しい御髪をお切りなさる時、三条宮の御殿の中がどよめき揺れて、不吉なほどに泣き声が満ち満ちたのでした。

故院の皇子たちも皆、かつての藤壺中宮のご様子を思い出されて、悲しくお気の毒で、新しく入道の宮になられた藤壺中宮を、お慰めするのでした。大将の君は、宮に何と申し上げたらよいか言葉を失っていらっしゃるけれど、人目を憚って、親王方も皆お帰りなさった後に宮の御前に参上なさるのでした。いつものように、王命婦を介してしめやかにお話なさいます。東宮のお使者も参上します。さぞや東宮は、母宮のご出家を聞かれて、驚き悲しまれてお使者をたてられたのでしょう。母宮は東宮のお姿を思い浮かべられて、張り詰めていらっしゃったお心強さも続けきることができず、東宮へのご返事も申し上げられません。

源氏の君はお邸に帰られてからも、東宮のこれからのことばかりが気がかりで、「故院が、母宮だけでも公の地位である中宮にと、お定めになったのに、世の中の辛さにたえかねてこのようにご出家なされてしまわれた。自分までも出家などをして東宮をお見捨て申し上げては、東宮も今のままではいらっしゃれまい。」と、お悩みになるのでした。そして入道宮のもとに、仏にお仕えするための調度類を急いで整えさせて送り、また藤壺中宮の供をして出家した命婦をお見舞いになるのでした。

宮がご出家なさって後は、源氏の君が宮のもとに参上なさっても、以前よりは世間への遠慮が薄らいで、宮ご自身がお話しされる時もあります。源氏の君の、宮を思う心は決して薄らいだわけではないけれど、今となっては、藤壺への思慕は決してあってはならないことでした。

年が改まり、宮中は故院の喪も明けて華やかさを取り戻しますが、入道の宮は、仏前のお勤めに余念がありません。源氏の大将が、宮の三条院に年賀に参上すると、邸内は新年といった様子もなく、人影もまれで、中宮職の役人たちも元気がなく、しめやかな気配が漂っています。故院のご在世の頃は、居場所もないくらいに大勢集まった上達部も、今は三条宮への道を避け避けしながら、向かいの右大臣邸に集まりなさるのを、このようなことは世の常のことではあるけれど、寂しく思っている所に、源氏の君が上達部千人に匹敵なさるようなご様子で訪ねてまいられたのを見るにつけて、入道の宮も仕える人々もわけもなく、涙ぐまずにはいられません。

正月中旬になり、除目《じもく》の頃、入道の宮（藤壺の宮）にお仕えする人々は、当然賜るべき官職も得られず、宮ご自身においても、出家されたことを口実にして、加階や御封など、以前と変わることが多くあります。宮は、かねて諦めていらっしゃる世の中ではあるけれど、宮に仕える人々が頼りなげにしているのをご覧になると、お心が平静ではいらっしゃれません。けれど、ご自分の身はともかくとして、それよりも東宮が平穏に無事でいらっしゃるのならばとばかりお思いになって、仏へのお勤めを励んでいらっしゃいます。宮は人知れず不安で恐ろしくお思い申すことがあるので、「東宮ご自身が不義の子であることを知らずにいる罪障を、私自身が身を捨てて仏道に専念することで、お許し下さい。」と、仏に祈り申し上げて心を慰めていらっしゃいます。源氏の大将も、宮のご心中をそのようにお察し申していらっしゃるのでした。お邸の人々も、同じように辛いことばかりがあるので、源氏は世の中を、体裁悪くいたたまれないものとお思いになって、源氏ご自身も邸にひきこもっておいでになります。

弘徽殿皇太后側の勢いはますます強く、藤壺中宮方は全くかえりみられません。鬱々とした日を送る源氏は、朧月夜尚侍との密会で気を晴らしていましたが、やがてその密会がばれて、弘徽殿大后の激しい怒りを買い、いよいよ須磨への退去を決意せざるを得なくなります。

退去の前日、源氏は入道の宮のもとに別れの挨拶に参上します。宮のお側に近い御簾の前に源氏の御座が設けられて、宮と源氏は直接に言葉を交わして、感慨に沈むのでした。二人にとって、これからの東宮のことが不安でなりません。

様々な思いを京に残して、源氏は心を許した少人数の供人を従えて須磨に出発しました。

須磨での源氏の生活は寂しいものでしたが、やがて明石に手厚く迎えられ、明石入道の娘との婚姻、故桐壺院の夢のお告げなど、いろいろな体験をしている時に、京では右大臣の死、弘徽殿大后の病、朱雀帝の病気、夢での朱雀帝への故桐壺院のお叱りなど様々あって、朱雀帝は退位を決意するのでした。そして源氏は許されて明石から帰京します。須磨に退去してから三年の年月がたっていました。

明くる年の二月、東宮は十一歳で元服します。同じ月の二十余日、東宮は冷泉帝として即位します。京に帰った源氏は権大納言を経て内大臣になりました。帝は源氏とそっくりで、帝を拝する人々は、疑うこともなく、優れた人は似るものだと誉めますが、母宮の藤壺中宮（今は入道后《きさい》の宮《みや》）は、いたたまれぬ思いと恐れでご心痛になります。入道后の宮は、出家の身なので、皇太后の位には就くことがおできになれません。それで、太上天皇に准じて御封を頂くことになり、院司が任命されて格別な勢いを得ました。ご本人は仏道に励まれて日を送り、またここ幾年か、世間を憚って宮中の出入りも難しく、東宮にもお目にかかれない寂しさを嘆いていらっしゃいましたが、今は参内も退出も思いのままになりました。

東宮が帝になられて、ほっとした入道宮ですが、ひとつ気がかりなことは、源氏が入道宮の兄である兵部卿宮に冷淡な態度をとることです。それを兵部卿宮に気の毒でもあり不本意とも思っていらっしゃいます。源氏が兵部卿宮に冷淡な態度をとるのは、源氏が須磨・明石への退去の際に、兵部卿宮が右大臣方を憚って、源氏にも留守宅の紫の上にも冷たかったことへの報復でありました。

兵部卿宮は娘の中の君を入内させたいと願っていましたが、藤壺の宮は源氏の大臣がどういう態度にでるか心を痛めるのでした。源氏は六条御息所の娘で、斎宮を退下して京に戻っている姫を養女として冷泉帝に入内させたいことを藤壺中宮に相談します。宮は、冷泉帝には弘徽殿女御という女御がすでにいるものの、幼い冷泉帝に年上の女御の存在はよいことだと賛成します。この女御は、斎宮女御・梅壺女御と呼ばれ、後の秋好中宮です。この方は絵が得意で、絵の好きな冷泉帝を惹き付けます。弘徽殿女御と梅壺女御の絵合せに藤壺中宮は立ち会い、その後、帝の御前において行われた絵合にも列席して、源氏が献上した須磨の日記絵に懐旧の思いを抱いたのでした。

天変地異が相次ぎ、入道后の宮（藤壺中宮）は春の初めの頃から御不例が続いて、三月には重態に陥りました。まだ入道后の宮は三十七歳という若さです。帝は驚いて母宮を見舞われ、源氏も宮の平癒の祈りなどを、あらゆる手を尽くして行い、宮の回復を祈願します。

宮は、ご自分の命が長くはないことをおさとりになって、ご自分の人生は「抜群の栄華と憂愁とそして苦悩の人生である」とお思いになるのでした。源氏の必死の訴えかけをお聞きになりながら、灯火の消え入るように崩御なさいました。人々は皆惜しみ悲しむのでした。まさにこの藤壺中宮の人生は、最後にご自分で回想なさったように、「抜群の栄華と憂愁とそして苦悩の人生」であったと思われます。

8　朧月夜の君（有明の女君・朧月夜尚侍）――春の宵に出会った人

朧月夜の君は、右大臣家の六の君で弘徽殿女御（大后）の妹にあたります。

朧月夜の君と光源氏との初めての出会いは、春、桜が美しく咲く頃の事でした。

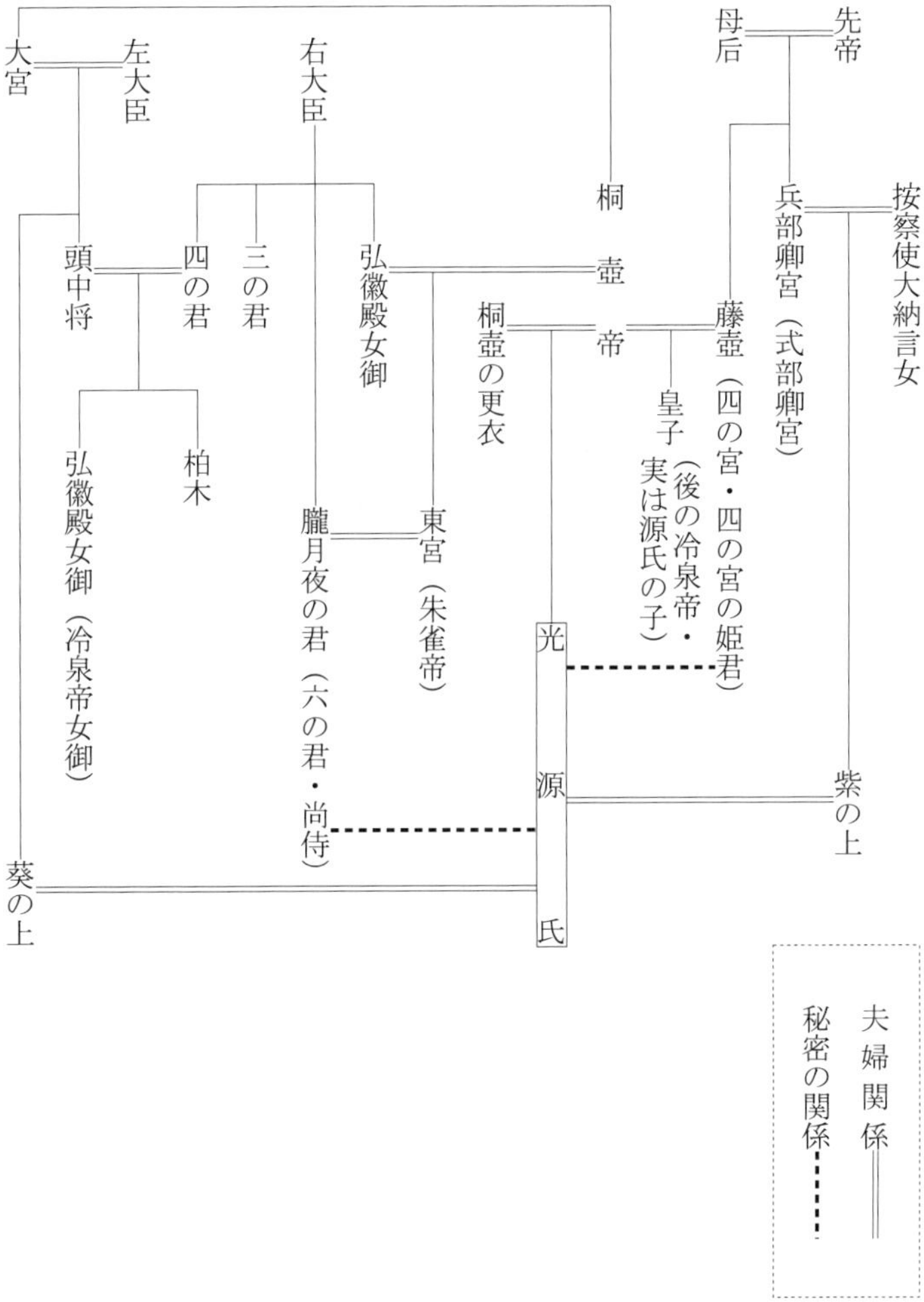
先帝
母后
按察使大納言女
兵部卿宮（式部卿宮）
藤壺（四の宮・四の宮の姫君）
皇子（後の冷泉帝・実は源氏の子）
桐壺帝
桐壺の更衣
左大臣
大宮
右大臣
弘徽殿女御
三の君
四の君
頭中将
柏木
弘徽殿女御（冷泉帝女御）
東宮（朱雀帝）
朧月夜の君（六の君・尚侍）
光源氏
紫の上
葵の上
夫婦関係
秘密の関係

実は朧月夜の君と初めて会う二年前、源氏は慕い続けていた藤壺の宮が御不例で、お里の三条宮に退出なさっていた時に、王命婦の手引きで、強いて逢瀬をもっていたのでした。やがて藤壺の宮は懐妊しました。源氏も藤壺の宮も罪の意識におののきますが、何も知らない父、桐壺帝は藤壺の宮の懐妊を非常に喜ばれて、ますます藤壺への寵愛は深まりました。そして源氏十九歳の二月に、予定日より大幅に遅れて皇子が誕生しました。出産の遅れは物の怪のためであるという理由を、誰も疑おうとはしません。ただ、源氏と藤壺の宮だけが罪の意識から懊悩を深めるばかりでした。帝はこの皇子を大層大切にかわいがられます。帝は、源氏を本当は東宮にしたかったのですが、源氏の母親の身分が更衣と低かったので、源氏を東宮にすることができなかったのです。今度生まれた皇子は、母親の出自も先帝の姫宮と申し分なく、この皇子を東宮にすることも可能です。それを帝はお考えになって、その前段階として、母君の藤壺女御を中宮の位につかせたのでし

「源氏物語絵色紙帖」花宴
出典：ColBase（https://colbase.nich.go.jp）

た。第一皇子・東宮の母でもあり、皇女たちの母である弘徽殿女御は、自分が中宮になれないことが不満でしたが、桐壺帝は、「あなたは、まもなく東宮が帝位につけば、帝の母親として皇太后になるのだからここは辛抱しなさい。」となだめて、藤壺を后の位につけたのでした。幼い将来の東宮の後見として、母宮をせめて中宮につかせておきたい、という譲位を考える帝の、深い思いやりからの処置でした。

こういう様々なことが二年前にありましたが、源氏は思い悩みながらも藤壺中宮への執心は変わりません。一方藤壺は、母親として、もしここで源氏との秘密がばれたり、噂になったりしたら、自分のことはともかく、我が子がどうなるか。我が子を守るためには源氏を自分に近づけてはいけないと強く考えて、徹底して源氏を避けました。

源氏二十歳の二月、宮中で桜の花の宴がありました。宴果てた後、上達部も退出し、中宮や東宮も退出され、あたりがすっかり寝静まった頃、源氏は春夜の月の風情に誘われて、「もしや藤壺の宮に会えそうな、格好な機会がありはしないか。」と、藤壺の御殿のあたりを徘徊して窺い歩くのでした。けれど、どの戸口もピタリと閉まっています。源氏はこのまま諦めて帰る気にもなれず、向かいにある弘徽殿の細殿に立ち寄られると、三の口（北から三番目の戸口）が少し開いています。弘徽殿女御は宴果てた後、そのまま上の御局に上られていたので、女房たちもお供をしてこの御殿には人が少ないのか、ひっそりと静まり返っています。奥の板戸も開いていて人の気配もしません。源氏はそっと上って中をのぞいてみると、この御殿の人はみな寝てしまっているようです。その時に、若く美しい感じの声で、普通の身分とは思われない女が、「朧月夜に似るものぞなき。」と口ずさんでこちらに近づいてきます。源氏は大層嬉しくなって、その女の着物の袖を捕らえました。女は恐ろしく思って、「どなたです。」と言うけれど、源氏は女を細殿に抱いていき、そこにそっと下ろして扉をぴったりと閉じてしまいます。呆然と震えながら「ここに人を呼びます。」と言う女は、いかにもかわいらしい様子です。源氏は「人を呼んでもどうにもなりませんよ。静かにしていなさい。」と言いますが、その声で、この男が源氏であることがわかって、女は少し心が慰められたのでした。女は情けなく辛いと思いながらも、男を強く拒み通すこともできずに、そのまま震えています。その様子を源氏はかわいいと思うのでした。夜が次第に明けてゆき、上の御局から弘徽殿女御をお迎えするために女房たちが行き来する気配がしきりにするので、女の素性もまだ聞かないまま、仕方なく扇だけを取り替えて、源氏は弘徽殿の細殿をひっそりと出ていきます。

源氏は、「美しい人であった。あの人は弘徽殿女御の妹君であろう。もし、六の君であったら、右大臣が東宮に差し上げようとされている姫君なのでお気の毒なことになるなあ。右大臣家の姫であるとしたら、あの女が誰であるかを詮索するのも面倒なことになった。」と思案するのでした。それもこの誰かわからないこの女に未練があるからでした。源氏は良清や惟光といった、万事に手抜かりのない腹心の従者たちに命じて、弘徽殿の辺りを見張らせておきました。源氏が、帝の御前から退出した時に、二人から、「北の陣から、弘徽殿女御方の四位少将や右中弁がお送りする牛車三両が退出なさいました。様子から相当な身分の方々に見受けられました。」という報告を受けました。北の陣というのは内裏の北門・朔平門《さくへいもん》で、内裏の警備の詰め所があります。この朔平門は、女性の内裏への参入・退出がこの門から行われます。源氏の君は、昨日の女君が右大臣家の姫君であることをはっきり知って、再会の困難さを思って、胸つぶれる気持ちでした。「どうしたら姫君の素性を確かめられるのだろうか。自分と姫君とのことが、右大臣の耳に入って、仰々しく婿扱いされることになったら面倒なことが起こるであろう。」と、今左大臣家の婿である源氏は、わずらわしくも思い、そうかといって、あの有明の姫君を諦めるのも残念でもあり、思いあぐねているのでした。

一方、東宮への入内が予定されている身の上の女君は、源氏とのはかない逢瀬を思い悩んでいるのでした。

そんなことを知るよしもない右大臣邸では、弓の試合が行われて、上達部や親王方が大勢招かれていました。弓の試合の後、引き続き藤の花の宴が行われます。源氏の君も、宮中で対面の折に右大臣から招かれたのですが、源氏の君はおいでになりません。源氏の君がいらっしゃらない宴は、折角の催しが映えないので、右大臣は子息の四位少将を宮中にお迎えに遣わすのでした。帝の「早く行くがよい。右大臣邸には源氏の姉妹の内親王などもいて、源氏を待っているであろう。」とのお言葉で、源氏は装束を整えて優雅な大君姿でお出かけになりました。夜が更けていく頃に、源氏の君はひどく酔って、具合が悪そうに見せかけて、フラフラと宴席を出て、源氏の姉妹の女一の宮や女三の宮がおいでになる、寝殿の東の戸口に寄りかかっていらっしゃいます。奥には若い女たちがいますが、みな上品で趣味もよく、並みの女ではないことが思われます。源氏は興を覚えて、先夜の女君はどれだろうかと催馬楽の一節を歌詞を変えて、「扇をとられて、からきめを見る」とわざとおおらかな声で言いかけてみます。早速、「帯ではなく扇とは、妙に趣向を変えた高麗人ですね。」と反応する女がいます。それはあの夜のことを知らない女なのであろう、と思っていると、時々ため息をついている女がいます。女の気配がする方に寄って、几帳越しに手をとって、歌をよみかけると、それに答える声がまさしくあの夜の女君に間違いありません。あの夜の有明の君は、右大臣家の六の君なのでした。ここまでの実にロマンチックな出来事は「花宴」という巻に描かれています。藤壺中宮を思いつつさまよう源氏の前に現れた美しい人、その人を有明の君、あるいは朧月夜の君と呼びますが、何ともロマンチックな出会いでした。

次の「葵」巻の冒頭は、「世の中変りて後、よろづものうく」と始まります。「世の中変りて」とは、源氏の父親であり、絶対的な源氏の庇護者である桐壺帝が譲位をなさったのです。その譲位は、藤壺との間の皇子を東宮にするためでした。帝は東宮にするその伏線として、まず藤壺女御を中宮に据えて、皇子が東宮になった折の後見役を作りました。東宮の地位を確固たるものにしようという、将来を見据えた思いからの処遇でした。やがて、桐壺帝の譲位によって、第一皇子である東宮が朱雀帝に、そして藤壺を母とするこの皇子が東宮になりました。源氏を目の敵にする弘徽殿女御は、新帝の母親ということで、皇太后になりました。これらの出来事は、源氏が二十一歳のことです。御代《みよ》替わりということで、斎宮が替わり、斎院も桐壺院と弘徽殿皇太后の姫宮・女三の宮が卜定されました。弘徽殿皇太后腹ということで斎院の御禊も葵祭も、今年は特別に盛大なものになりました。その斎院の御禊に源氏が供奉するというので、世間の人々は大騒ぎでした。源氏の正妻で、現在懐妊中の葵の上も、そして源氏との愛情に悩んで、斎宮に定まった娘と共に伊勢に行ってしまおうかと悩む六条御息所も、見物に出かけます。そこであの有名な車争いが勃発するわけです。

その後、車争いの事件で深く傷ついた六条御息所が、懐妊中の葵の上の寝所に現れて葵の上を苦しめます。そして葵の上は夕霧を産んでまもなく、息を引き取ってしまいます。近頃漸く心を通わし始めた葵の上の死を、源氏は深く悲しみました。そして、葵の上の四十九日が終わるまで左大臣邸で喪に服して暮らした源氏は、二条院に帰ってきました。そこには十四歳になっていよいよ美しく成長した紫の上が待っていました。源氏はこのいじらしくかわいい紫の上と、その時初めて新枕を交わしたのでした。

一方、朧月夜の君は、あれ以来源氏の君にばかり思いを寄せています。父の右大臣は、源氏の本妻の葵の上が亡くなっているので、朧月夜の君と源氏との結婚を許そうかとも思いますが、姉の弘徽殿大后はあくまでも入内にこだわって、源氏との結婚は認めようとしません。そうこうしているうちに、源氏の父の桐壺院が、東宮や源氏の行く末を心配なさりながら十一月に崩御なさいました。

二月、朧月夜は尚侍《ないしのかみ》になって、住まいも登華殿から弘徽殿に移りました。皇太后は里住みが多くなり、参内の折は梅壺をお使いになって弘徽殿を出られたからです。朧月夜は源氏との関係を憚って妃としてではなく、尚侍としての入内でしたが、朱雀帝の大層な寵愛を受けます。それでも、朧月夜君の心の中から源氏への思いが消えることはなく、ごく内密にではあるけれど、源氏と文を交わし合うのでした。源氏は尚侍と噂でも立てられたらただではすむまいと案じながらも、障害のある恋や思うようにならない恋に、よりあつく夢中になる本来の性癖から、今になってかえって朧月夜への思いがつのるのでした。桐壺院のご在世の間は多少遠慮していた弘徽殿大后は、今は源氏へのあれこれの恨みを晴らそうとしています。源氏にとっていろいろ苦しいことが多くなり、覚悟はしていたものの、世の憂さを思い知ることが多くなりました。

源氏と尚侍の君は心が通じているので、無理をなさりながらも二人の逢瀬が絶えたわけではありませんが、その逢瀬は危ういものでした。

五壇の御修法（五大明王を勧請して同時に修する密教の修法）で朱雀帝がお慎みなさっているその隙に、中納言の君という女房の手引きで、源氏は思い出深い弘徽殿の細殿の局で朧月夜の尚侍と密会をするのでした。常より人々の出入りが激しい時分で、いつもより端近であるせいか、空から見られているような恐怖にとらわれるのでした。まもなく夜が明けてゆく頃、源氏は慌ただしくお帰りになりました。立蔀《たてじとみ》のすぐ側に立っていた藤少将（承香殿女御の兄弟）がその様子を見ていたことに、源氏は全く気がつかず通り過ぎてしまいました。この失策が後に源氏の運命を決定づけていくのです。

このように、源氏と尚侍の君との密会は続いていましたが、朱雀帝はその関係をご存じでした。「今始まったというならともかく、以前からそうした仲だったのだから、それに二人の仲は不似合いともいえないのだ。」と、二人をとがめようとはしませんでした。帝は源氏をとがめることはありませんでしたが、源氏が忍びやかに宮中を退出する時、朱雀帝の女御・麗景殿女御の兄弟で弘徽殿皇太后の甥にあたる頭弁があてつけがましくわざと、『史記』にのる一節「白虹日を貫けり。太子畏ぢたり。」と吟じ、源氏に謀反の心があるとあてこするということがありました。さすがに源氏は世の中をわずらわしくお思いになって、尚侍の君にもお便りをなさらないまま日が過ぎていきました。尚侍の君からはひたむきに人目を忍んでお書きになった便りが寄せられますが、源氏はその気持ちがいとしく、ご返事はなさるけれど、その返事はそっけなくならない程度で、それほど深い思いではなさそうでした。

世間の情勢は完全に右大臣方に移りました。藤壷や源氏に縁ある人々には、司召にも声がからず、源氏の舅にあたる左大臣も職を辞し、源氏はそうした世間の動向に失望して、悶々とした日々を送っています。

その頃、ちょうど夏のことですが、朧月夜の尚侍の君が、瘧病《わらわやみ》のために里の右大臣邸に下がってきました。修法などを始めてすっかりよくなったので、皆が安心していた頃、めったにない機会であると、源氏と尚侍の君は示し合わせて夜な夜なお会いになるのでした。弘徽殿の后の宮も一つ邸におられる時なので、気が許せない状況なのですが、源氏はそういう難儀な恋にこそ燃える御気性なので、人にさとられないようにこっそりと尚侍の君のもとに通うのでした。それも度重なると、次第に大胆になり、二人の関係に気がつく女房もいたようですが、あばきたててもあとが面倒と、皆知らない振りをして、右大臣にも申し上げないでいます。右大臣もまさかそんなことになっているとは思いも寄りませんでした。右大臣や弘徽殿大后は源氏を憎み、何とか落ち度やあらを見つけて罪に落としたいと虎視眈々とねらっています。朧月夜の君は朱雀帝の寵愛を受ける尚侍です。二人の密事がばれたら二人とも無事では済まされないでしょう。全く源氏はどういう気持ちなのでしょうか。藤壺に対する一途な気持ちとはどうも違うようです。紫の上と新枕を交わし、紫の上を「いとしい、いじらしい。」と思って、「朧月夜とは自然に離れてもそれはそれでいいか。」と思ったはずです。しかし女が、ただただ初めての男である源氏にのめり込んでいる様子が、源氏にはあわれにも見えます。

そうしたある雷雨の夜明け方、雷に怖じうろたえた女房たちが、女君と源氏のお側近くに大勢集まり、また御帳台《みちょうだい》の周りにも女房が大勢並んでいるので、源氏は出て行くこともかなないません。事情を知っている女房二人ばかりは途方に暮れています。雷が鳴り止み、雨が小やみになった頃、雷雨に振り込められた二人のもとに、雷雨の激しさに娘を心配した右大臣が、ぶしつけにも朧月夜と源氏が寝ているその部屋に入ってきたのでした。普通は例え父親であっても、娘の部屋にずかずかと入ることはなく、遠慮するものですが、右大臣はそうではありませんでした。御簾を引き上げながら、「大丈夫ですか。心配していたのですよ。」と早口で言うので、女君は困って、自ら御帳の外にいざり出ておいでになりましたが、源氏と共に過ごした後のこととて、顔がひどく赤らんでいました。父大臣は心配して「どうしたのですか。もっと修《ず》法《ほう》を続けさせておくのだった。」などと、女君に注意を向けると、女君のお着物に薄二藍《うすふたあい》の帯がからまって、ひきだされているのが見えます。「これはおかしい。」と思って、注意深く見ると、手習などしてある畳紙《たとうがみ》が御几帳の下に落ちているではありませんか。大臣は驚いて「それを見せなさい。誰のものか調べよう。」とおっしゃると、女君は初めて気づいて、取《と》り繕《つくろ》う術もなく、いたたまれない思いでいらっしゃいます。我が娘ながらどんなに恥ずかしい思いでいるかと、これほど身分のある人なら遠慮があってしかるべきなのですが、この大臣は短気で慎重なところがおありでなく、前後の分別をなくされて畳紙をお取りになるや、几帳の中をのぞきました。するとそこには、遠慮する様子でもなく、横になっている男がいます。右大臣がのぞき見た今になって、すっと顔を隠してとりつくろっています。右大臣はあきれ果て、そして心外ではあるけれど、面と向かってその男、源氏をあばきたてるわけにもいきません。右大臣は怒りで目もくらむ思いで、畳紙を手に持って荒らかに寝殿にお戻りになったのです。女君は呆然として死んでしまいそうな気持ちでいます。源氏の大将も、「困ったことになったなあ。余計な振る舞いが重なって、世間の非難を受けることになることよ。」とお思いになるけれど、女君の辛そうなご様子に、あれこれと女君を慰めるのでした。

大臣は、思ったことをそのまま口に出し、胸に納めておくことができない性格でしたので、弘徽殿大后のもとに躊躇なく行かれて、大后に今見てきたことの鬱憤を訴えられるのでした。「この畳紙の筆跡は、源氏の大将の筆跡なのです。以前にも親の許しがないまま二人に関係ができてしまったけれど、源氏の君であることに免じて許しました。正妻の葵の上も亡くなっていること故、当家の婿にと申し出た折には、こちらの申し出を無視して、心外な態度をおとりになったので、こちらとしてはおもしろくないと思いましたが、それも縁と諦めました。朱雀帝はお優しく、朧月夜の君を穢れた娘としてお見捨てにはなるまいと、それを頼みとして初めからの望み通りに宮中に参内させたけれど、それでも女御とも呼ばせることができないことが残念で物足りないと思っておりましたのに。それなのにまたこのような振る舞いをなさるとは、源氏の大将もけしからないお心であることよ。」と弘徽殿大后にお訴えになると、大后は激しい御気性なので、大層お怒りの御様子で、「朱雀帝は帝とは申すものの、昔から皆が軽んじ申して、左大臣も娘を東宮には差し上げずに、弟で源氏という臣下の身分の方の妻にしたり、また朧月夜の姫君は入内の心づもりをしていたのに、源氏の君が内密に関係を持ったりして、それでも源氏の君のなさったことでは仕方なく、女御としての入内は諦めて、尚侍として宮中に入られたのに、またこのような仕打ちをなさるとは。帝も安心がならないようにみえます。」と憤懣やるかたなくおっしゃるので、右大臣は少し冷静さを取り戻して、さすがに困って、怒りに任せて大后に訴えたことを後悔なさるのでした。右大臣は大后に、「このことはあまり他言をしないように。帝にもおっしゃるな。朧月夜の姫君は帝への甘えから、許して頂けるとこのような行動をなさったのでしょうから。内々にお言い聞かせなさって下さい。」と、お取りなしなさるのでした。けれど、大后のご機嫌は直らず、「源氏は自分たちをばかにして軽んじている。」とお考えになって、ますます腹を立てて、この機会に源氏の君を失脚させようと思案を巡らすのでした。このことがきっかけになって、源氏は身の危険を感じ、罪に落とされる前に自ら退去しようと、愛する紫の上とも別れて、須磨への退去を決心することになります。朧月夜の君は、ただ花の宴で知り合った恋の相手というだけではなく、源氏が京から流離せざるを得ないそのきっかけともなった女君なのです。

源氏は須磨に旅立つ前に、留守中の配慮をあれやこれやと処置します。今まで交渉を持った女君たちと別れを惜しみ、朧月夜の尚侍の君のもとにも無理を押してお便りをなさいます。大后や右大臣の監視の目があって危険なので、他者に見られるかも知れない文には詳しくは何も書くことができません。女君もひどく悲しく、「もう一度の対面もかなわないのか。」とお思いになるけれど、大后を始めとして源氏に敵対する人が多く、女君自身も並々でなく人目を憚っていらっしゃるので、無理を押して源氏に消息申すこともおできにならずじまいになってしまいました。

須磨の源氏から、尚侍の君のもとに文が届きます。でもその文は人目を憚って、女房の中納言の君への私信の中に忍ばせてあります。尚侍の君の源氏へのお返事も中納言の君からの返書の中に包まれてあります。その中納言の君の手紙には女君の嘆きの様子が詳しく書かれていて、源氏はしみじみと尚侍の君を愛《いと》しくいじらしく思って涙ぐむのでした。

三月に源氏は須磨に出立しました。朧月夜の君の参内は、源氏との逢瀬を右大臣に見顕《みあら》わされた一件で、しばらく延期されていましたが、右大臣にとって女君は、非常に可愛がっていた姫君なので、大后や帝にも熱心に取りなしを奏上なさり、それが功を奏して、また女御という妃の身分でもなく、尚侍という職務なので、帝もお考え直しになって、朧月夜の君は許されて、七月に参内なさいました。それにつけても尚侍の君は源氏を忘れられないのでした。帝の尚侍の君への寵愛は深く、そして尚侍の君への御執心から、帝は人の陰口も気になさらず、いつも女君を側らにお引きつけになって、あれこれと恨み言を仰せになったりするのでした。

源氏二十六歳の三月に、源氏は京を出立しましたが、翌年の三月、朱雀帝は故桐壺院の幻を夢に見て以来、眼病に苦しみ始めました。まもなく太政大臣（右大臣）が薨去。弘徽殿大后も病がちになりました。様々な天のさとし（神仏のお告げ）が相次ぎ、世間も不穏なので、ついに朱雀帝は源氏召還の宣旨を下すのでした。やがて源氏は帰京しますが、足掛け三年に及ぶ須磨・明石でのわび住まいでした。源氏は二十八歳になっていました。

源氏を京に召喚なさってから後は、いつも帝は源氏を側にお置きになって、何事も源氏を頼りにして相談なさり、帝の目の具合も快方に向かうのでした。でも、弘徽殿大后の容態は悪くなる一方で、朱雀帝は何となく心細い思いがつのって、近く退位なさる心づもりをなさるのでした。朧月夜の君の庇護者である右大臣が亡くなり、大后も病重く、また朱雀帝ご自身が退位なさったら、尚侍の君はどうするのであろうか、と朱雀帝は様々に心配なさって、ますます尚侍の君をいとしく、いじらしく思うのでした。帝は、「私は一貫してあなただけをしみじみいとしく思ってきましたが、私より勝るあの源氏が、あなたを世話することになってもあなたを思う私の気持ちだけは比べものにならないのですよ。どうしてあなたは私の子を産んでくださらなかったのですか。」と源氏に対する嫉妬の言葉も思わずこめて、しみじみと仰せになります。尚侍の君は帝の深い愛情を感じて、源氏との間柄を振り返った時、「源氏の君はすばらしいお方ではあるけれど、自分に対してはそれほど思ってはくださらなかった。」と、物事が次第にわかってきて、悔恨の情に苦しむのでした。

あくる年、源氏二十九歳の二月、東宮（母藤壺の宮）が十一歳で元服しました。同じ月の二十日過ぎに、朱雀帝がにわかに御譲位なさいました。大后は驚き狼狽します。東宮が即位なさり、冷泉帝となりました。源氏は内大臣になりました。源氏は尚侍の君を今なお諦めになることがおできになれず、よりを戻そうとのお気持ちを示されるけれど、尚侍の君はかつての辛かった経験に懲りて、以前のようにお相手されることはありません。

まだ幼い冷泉帝は絵がお好きで、源氏の後ろ盾で入内した故六条御息所と故東宮との間に生まれた姫宮（斎宮女御後の秋好中宮）が絵に堪能でいらっしゃるので、帝はすっかり斎宮女御になついてしまいました。源氏は帝や女御のために沢山の絵を贈りました。先に入内していた権中納言（頭中将）と四の君との間の姫君、弘徽殿女御は、斎宮女御に圧倒されるようになりました。そうなると弘徽殿女御の父である権中納言も必死になって有名な絵師に依頼して収集したりして、源氏と絵の競争になっていきます。冷泉帝の母藤壺の宮の御前で絵合が行われることとなり、絵についての趣味が人に優れている尚侍の君は、姪にあたる弘徽殿女御に加勢をします。結局この絵合は、最後に出された源氏の須磨・明石の絵によって斎宮女御側の勝利になって、終わりました。

源氏の君からの尚侍の君へのお便りは何かにつけて続いていて、尚侍の君も昔を振り返り、感に堪えぬ思いになることも多いのでした。源氏は紫の上を相手に、女性評をする時、尚侍の君の容貌・人柄などを称賛します。また書についても尚侍の君を前斎院の朝顔の姫君・紫の上と並ぶ当代の筆跡の名手と評するのでした。

朱雀院は重く病んで出家を考えます。ご自分が出家をするに際し、気がかりなのは母を亡くし、後ろ盾のいないまだ十三歳の女三の宮のことと、朧月夜の尚侍の君のことです。院は女三の宮を託す婿として、いろいろ人選を考えて悩みますが、乳母たちは源氏を勧めます。院は源氏の素晴らしさを思い、女なら源氏に惹かれるのは当然と、朧月夜の君を思います。

朱雀院の病状は重く、女三の宮の降嫁の相手を源氏にしようとの内意を東宮も賛成するので、源氏に女三の宮を託そうと源氏に依頼します。年末、女三の宮の裳着の儀が盛大に行われ、三日後朱雀院は出家します。そして二月、女三の宮は六条院に輿入れなさいました。

いよいよ朱雀院が山ごもりなさるというので、朱雀院に仕えていた女御や更衣方もお暇を頂いて退出なさり、尚侍の君も亡き大后のお住まいであった二条宮に住まうことになりました。朱雀院は女三の宮をおいてはこの朧月夜の君のことが気がかりでなりません。この朧月夜尚侍の君も尼になりたいと思いますが、朱雀院にいさめられて今は思いとどまり、少しずつ仏道に入る準備をするのでした。

源氏の大臣は、飽かぬ思いのまま別れた尚侍の君に、何とか対面してあの当時のことなどを話したい。また院のもとから下がって、静かな暮らしをなさっている現在の様子が知りたいと我慢ができなくなって、女房の中納言の君のもとに切ない思いのたけをお打ち明けになるのでした。それだけでなく、この中納言の君の兄である和泉前司をお呼び寄せになり、「物越しにでも内密に会わせよ。」と、尚侍の君に会えるように取りはからうことをお命じになります。しかし尚侍の君は、「長い年月、源氏の君の薄情なお心を何度も味わわされてきたそのはてに、おいたわしく悲しい院を差し置いて、どんな昔の思い出話ができようか。」と、今更お会いすることはできないということばかりをお返事されます。しかし源氏の君は、世をお捨てになった院に対しては後ろめたくはあるけれど、「昔、何もなかった仲ではないのだから。」と、二条宮にでかけていくのでした。その日は身だしなみに心を配り、女三の宮のもとにもお越しにならず、供もほんの四、五人だけ、それも気心の知れた者だけを選び、若い頃のお忍び歩きを思い出させる粗末な網代車で、宵が過ぎてからお出かけになりました。着いて案内を通すと、尚侍の君は驚いて、「どのようにご返事をしたのですか。」と機嫌をそこねられるけれど、ため息をおもらしになりながら奥からいざり出ていらっしゃるのでした。源氏は、「この君はやはりこうしたお方なのだ。情のもろさは昔とかわらない。拒み通すことはできないだろう。」と一方では思わずにいらっしゃれません。もともとこの女君は重々しいところがなかった人で、あの源氏との事件以来、様々に世の中のことがわかってきて、色々経験をお積みになって、大層自重してお過ごしになっていたけれど、この源氏との思いがけない対面によって、心強く振舞うことがとてもできないのでした。そんな尚侍の君の思い乱れている様子を見るにつけ、今までの逢瀬より思いをそそるものがあって、源氏は夜が明けていくのも名残惜しくぐずぐずしていらっしゃいます。ひどく人目を忍んで六条院にお帰りになると、その源氏の寝乱れ姿をご覧になっても、紫の上は何もおっしゃらず素知らぬ風をよそおっています。以前のように嫉妬なさったり、嫌みをもお言いになりません。それを源氏は不安に思わずにいられません。紫の上は、「昔の恋の縁を戻されて、新たに妻としてお加えなさるのは、よるべのない私には辛いことです。」と、さすがに涙ぐんでいらっしゃるその目元が大層いたわしく、紫の上の悲しみにさすがに源氏は動揺するのでした。

三月、六条院で蹴鞠《けまり》の会が催されました。その折、女三の宮の飼い猫が何かに驚いて御簾の中から飛び出してきました。その折、簾の紐が猫の尻尾に巻き付いていたのか、御簾が巻き上がり、蹴鞠をしていた夕霧や柏木の目に女三の宮の姿が見えてしまいました。この事件後柏木は女三の宮が忘れられなくなります。

その後四年の歳月が経ち、正月に六条院で女楽が催されました。女三の宮は琴《きん》の琴、紫の上は和琴、明石の女御は箏《そう》の琴、明石の君は琵琶、それぞれがみごとに演奏し、大成功でした。しかし、それからまもなく紫の上は発病し、静養のために二条院に移ることになりました。源氏も紫の上に付き添って六条院を留守にしていたその時に、柏木が侍女の小侍従の手引きで女三の宮に逢って契ってしまいます。このことはやがて、源氏の知るところとなって、女三の宮、柏木、源氏それぞれが苦悩します。

ちょうどそうした頃に、朧月夜の君は出家します。源氏はまことに残念で、法衣などの用意を念入りにしてさしあげます。源氏と朧月夜の君との交流は、源氏が二十歳のあの花の宴から始まって、今源氏は四十七歳。二十七年間に及びました。そして二人の間にはいろいろな出来事がありました。

この朧月夜の君は、『源氏物語』の中でどのような働きと意味を物語に及ぼしたのでしょうか。源氏流離の直接のきっかけを作り、また紫の上の悲しみ、病気のきっかけの一因を作り、そして女三の宮の密通によって苦悩する源氏に追い打ちを与え、また六条院の栄華の終わりを暗示するかのような出家をしたといえます。源氏の敵であった弘徽殿大后の妹、右大臣の娘である六の君・朧月夜の君は、奔放な姫君のように思われがちですが、果してそうなのでしょうか。朧月夜の君の人生を考えた時、一方では、やはり源氏に翻弄されて、妃という地位を心ならずも捨てて、最後は出家をする事で初めて穏やかな平安な生活を得てこの物語から退場していきます。そうした朧月夜の君に当時の女性の哀れを感じずにいられません。

9　秋好中宮（斎宮女御）――源氏の養女

秋好中宮は、桐壺帝の同母弟である前坊（前東宮）の姫君で、母は六条御息所です。父の前坊は早くに亡くなり、この姫君は、桐壺院からご自分の皇女と同列に大事に思われていました。朱雀帝即位に伴い、この姫君は斎宮に卜定されて伊勢に赴きました。そして朱雀帝の譲位・冷泉帝即位に伴って斎宮を退下しました。退下後に冷泉帝の後宮に入内して、斎宮女御・梅壺女御と呼ばれ、後に源氏の後ろ立てで中宮に立たれた方です。

『源氏物語』には、五人の斎王が登場しています。四人の斎院と一人の斎宮です。このうち名前も素性も書かれていない斎王が二人います。この二人を含めて五人の斎王は『源氏物語』の物語の内容、進行の上で、重要な役割を担っています。その斎王たちについては、第三章「4　六条御息所」で述べてきましたので参照して下さい。簡単にまとめてみますと次のようになります。

1　桐壺帝の御代の斎院
2　朱雀帝の御代の斎院（后腹の女三の宮）
3　朱雀帝・冷泉帝の御代の斎院（朝顔の斎院）
4　今上帝の御代の斎院
5　朱雀帝の御代の斎宮

この5の斎宮が後の秋好中宮です。物語内には、この秋好中宮の斎宮卜定から退下まで、そして入内に至るまでが、儀式なども史実通りに実に丁寧に描かれています。

（1）前坊の姫君の卜定から退下、そして入内まで

朱雀帝即位に伴い、故前坊と六条御息所の姫宮が新しく斎宮に卜定されました。斎宮は十三歳です。桐壺院は同腹の弟宮の遺児である新斎宮を、ご自分の皇女方と同列にお考えになって大切にされています。斎宮の母の御息所は、冷淡な源氏との関係や、正妻葵の上の妊娠のことなどで、鬱積した悩み多き日々を過ごしていました。賀茂祭の御禊《ごけい》の日、御息所は日頃の心の鬱憤も晴れようかと、御禊の行列を見物に出かけました。偶然にも、そこに左大臣家の葵の上一行も来合わせました。懐妊後、外出する事もなかった葵の上は、今日は身体の具合もよく、女房たちにもせがまれて、夫君の源氏の晴れ姿を見ようと行列を組んでやって来たのでした。激しい混雑で、遅くにやってきた左大臣家一行には牛車を停める所がありません。そんな時に前に来ていた御息所一行の牛車が左大臣家一行の目にとまります。左大臣家の供人たちは祭の日とて酒が入っていたこともあり、また「左大臣家の車である。」というおごりと、源氏の正妻である葵の上が乗る車という自負もあって、無理矢理御息所の乗る牛車を奥に追いやって、牛車の車輪を溝に落としてしまうという狼藉を働いたのです。御息所は深く傷ついて、その後生霊となって葵の上を苦しめるようになります。

ある時、葵の上の看病で、葵の上の枕元にいた源氏に、生霊となって葵の上を苦しめている

御息所の姿が見られてしまいました。そうした御息所を、源氏は疎ましく思います。

斎宮は、去年内裏に入り給ふべかりしを、さまざまさはることありて、この秋いりたまふ。

（本来なら斎宮は、去年のうちに宮中の初斎院にお入りになるはずが、さまざま具合の悪いことがあって、この七月に宮中の初斎院にお入りになった。）

と、書かれています。「さはること」とは生霊となるほどの御息所の物思いが、斎宮の初斎院入りの準備に滞りが生じたのでしょう。それでも、斎宮は何とか左衛門府を初斎院として宮中にお入りになりました。

一方、葵の上は苦しみながら男児を出産しましたが、子の誕生に安心した源氏や左大臣家の人々が皆、除目《じもく》のために宮中に参内しているその留守に、葵の上は亡くなってしまいます。源氏も左大臣家の人々も葵の上の死を大層悲しんで、源氏は御息所からの哀悼の和歌を見ても「白々しい」という思いで、返歌も辛辣なものでした。源氏は、御息所の娘の斎宮が「初斎院」という一段と厳しい潔斎に入られたことにかこつけて、御息所に文を送ることもなさらないのでした。

九月には、やがて野宮に移ろひたまふべければ、二度《ふたたび》の御祓《はらへ》のいそぎとり重ねてあるべきに、ただあやしうほけほけしうて、つくづくと臥しなやみたまふを、宮人いみじき大事にて、御祈禱《いのり》などさまざま仕うまつる。（「葵」巻）

斎宮は初斎院および野宮に入る前に川辺で御禊《ごけい》を行います。この野宮入りの前の禊《みそぎ》を二度の御祓といっています。七月に初斎院に入られて、九月には野宮にお移りになるご予定なので、二度目の御禊の準備が引き続いてあるはずなのに、母君の御息所がただぼんやりと、魂が抜けたように、病み臥していらっしゃるので、事情を知らないままお仕えする人々は、大変なことになったと騒ぎ、様々に祈禱するのでした。

このように、深く思い悩む御息所でしたが、斎宮が野宮にお移りになる折には風情のある目新しい趣向をいろいろ試みたりなさるので、風流な殿上人などは、朝夕野宮の付近を歩くのを好むのでした。

野宮の主人公は斎宮ですが、まだ斎宮は幼く、斎宮の思いは母の御息所の心のひだに隠れてしまっています。源氏はさすがに、御息所があわれで、このまま伊勢に旅立たせるのは気の毒でもあり、未練もあるので、野宮に訪ねて行きます。

今、嵯峨野の野宮付近は観光客で賑わい、野宮の跡にたてられた野宮神社も恋愛成就に効験あらたかということで、大勢の人が訪れ、祈願して、写真を撮っていますが、この野宮の本当のいわれを知る人は少ないでしょう。それでも、黒木の鳥居に、野宮神社の周りをかこむ小柴垣、竹のさやさやと風に鳴る静けさの一瞬に、『源氏物語』の一節が浮かんでくる趣きが残っています。

はるけき野辺を分け入りたまふよりいとものあはれなり。秋の花みなおとろへつつ、浅茅が原もかれがれなる虫の音に、松風すごく吹きあはせて、そのこととも聞きわかれぬほどに、物の音《ね》ども絶え絶え聞こえたる、いと艶なり。

（中略）

ものはかなげなる小柴垣を大垣にて、板屋どもあたりあたりいとかりそめなめり。黒木の鳥居どもは、さすがに神々しう見わたされて、わづらはしきけしきなるに、神官の者ども、ここかしこにうちしはぶきて、おのがどちもの言ひたるけはひなども、ほかにはさま変はりて見ゆ。

（はるばると広がる野を分けてお入りなさると、すぐに大層しみじみと胸打たれる趣きである。秋の花はみなしおれて、丈の短い雑草が生い茂った野原も枯れ枯れで、虫の音も嗄れ嗄れに細っているが、そこに松風が物寂しく吹き合わせて、何の曲とも聞き分けられないくらい、かすかに楽器の音色がとぎれとぎれに聞こえてくるのはとても風情がある。（中略）どことなく頼りない小柴垣を外囲いにして、板葺きの建物がそこかしこに仮の作りとして立ち並んでいる。黒木の鳥居の数々がさすがに神々しく見わたされて、（忍び歩きは）憚られる様子である上に、神官たちがあちらこちらで（訪れた者をとがめるように）咳払いをして、自分たち同士で話をしている様子なども、他の場所とは様子が違って見える。）

（「賢木」巻）

斎宮の伊勢下向の日が近づいてくるにつれて、源氏とのことは諦めてはいたものの、それでも悩んでしまう御息所の嘆きはつきません。いつまでもはっきりしなかった母御息所の伊勢への同行がいよいよ決まったのを、十四歳という若い斎宮は「嬉しい」と思うのでした。世間の人々は、母君の同行を先例のないことと、非難したり、同情したり様々に取り沙汰しているようです。

群行《ぐんこう》の日、九月十六日は野宮を出発して桂川（西川とも）で御祓《はらえ》を行い、その後、宮中で発《はっ》遣《けん》の儀をすませてから伊勢に出発します。この発遣の儀は、宮中の大極殿で行われます。天皇との別れの儀式でもあり、天皇は斎宮の額髪に親しく黄楊《つげ》の櫛をお挿しになって、「京の方に赴き給ふな。（京においでになるな。）」と、別れの言葉をお告げになります。斎宮はそのまま振り返ることなく、その場を退出してゆきます。天皇が御櫛を斎宮の額髪にお挿しになることから、この儀式を別名「別れの御櫛（小櫛）の儀」ともいいます。この儀式をすませ、百官の見送りを受けて、いよいよ斎宮は京を出発して伊勢に向います。この儀式の時に朱雀天皇は斎宮の美しさに心奪われて、斎宮を忘れられなくなってしまいました。源氏はこの斎宮母子の出立の儀式をご覧になりたくて、自分も宮中に参内したく思いますが、御息所にうち捨てられた形で見送るのも不体裁に思われて、宮中には参内せずに自邸で物思いにふけっているのでした。

儀式を終えて斎宮が宮中を出立するのを待ち受けて、伊勢下向にお供をする女房たちが牛車から袖口や裳を出して牛車を並び立てていますが、その出し衣《いだしぎぬ》の色合いも、さすがに御息所の女房にふさわしく、目新しく風情があります。またその女房たちと私的なつきあいで別れを惜しむ殿上人も多いようです。この群行には、長奉送使《ちょうぶそうし》や斎宮の官人などを含めて五百人近くの人々が供奉《ぐぶ》します。二条通りから洞院の大路へ曲がる所は、ちょうど源氏の住む二条院の前なので、源氏の耳にも行列の響きが聞こえてきて、さすがに胸にこみあげるものを感じた源氏は、榊につけて御息所に歌を贈ります。ここまでが「賢木」巻に書かれている事柄です。ただここまでは、斎宮の儀式が卜定から群行まで実に丁寧に描かれていますが、前坊の姫君・斎宮本人についてはあまり書かれていません。むしろ源氏と御息所の心の葛藤などのお話になっています。

その後、『源氏物語』は桐壺院崩御、藤壺中宮の出家、朧月夜尚侍と源氏の密会、源氏の須磨・明石への退去、明石の君との出会いと契り、明石の君の懐妊、源氏の帰京についてなど、さまざまな出来事が語られて、そして朱雀帝が退位します。斎宮は、治世が替われば交替する決まりがあって、朱雀帝の退位、冷泉帝の即位に伴って斎宮は、母御息所と共に六年ぶりに帰京しました。斎宮は二十歳になっていました。

前斎宮と母の御息所は、六条の旧邸を立派に修理して、そこには気の利いた女房たちも多く、そこで風雅な生活を始めました。御息所は源氏との恋を復活させることはありませんでした。この六条の邸は、雅《みやび》を好む貴公子たちが自然と集まる場所ともなって、何となく寂しくはあるけれど、前斎宮と六条御息所は穏やかな心慰む日々を過ごしていました。そうしたある時、御息所は俄に、重く患って床に臥せってしまいます。そして御息所は、伊勢の斎宮に娘と共に長年過ごしたことを「罪深き所に年経つるもいみじう（罪深い所に、長年暮らしたことも恐ろしく）」と、仏教から遠く隔たった生活を長年していたことを恐ろしく不安にお思いになって、尼になってしまったのでした。

神に仕え奉仕する斎宮は、穢れと仏教を忌んで、仏教から遠ざかっていたので、そのことを「罪深き所」ととらえたのです。斎宮は不浄を表す言葉や仏教に関した言葉を使うことまで避ける生活を送っていました。避けるべき言葉を日常生活の中で使わざるを得ない場合、別の言葉に置き換えて使用するくらい、仏教は斎王の生活から遠ざけられていました。『延喜式』（康保四年・九六七年施行）という書物に、使ってはいけない言葉を置き換えるための言葉が定められています。それを忌詞《いみことば》といいますが、例をあげますと、「仏」を「中子」といったり、「経」を「染紙」といったりしました。そのように厳しい環境の中に六年もいたのですから、御息所が病重く、自分の死後を不安に思うのも無理はありません。

御息所の病と出家のことを聞いた源氏は、さすがに驚いて駆けつけます。御息所の衰弱の様子はひどく、その御息所を見て、源氏はひどく泣きます。前斎宮は、父宮は既に亡く、今また母である御息所がいなくなったら、頼む後見もなく、どうなることか心細い身の上です。御息所は前斎宮の身を案じ、将来を懸念します。そして、源氏に娘の後見を頼むのでした。でも、源氏の好色心を警戒して、「決して娘を好色がましく扱わないで下さい。」と釘をさします。源氏は、前斎宮が、御息所の帳台の東面《ひがしおもて》に添い臥しているその気配に、「そこにいるのは前斎宮であろう。」と、几帳の乱れからそっと中をのぞくと、もの悲しそうであるけれど、髪のかかり具合、頭つき、気配など、上品で気高く美しい人とみてとって、逢いたい思いに駆られるのでした。それでも御息所の言葉に、源氏は思いとどまらざるを得ませんでした。

六条御息所はまもなく死去します。源氏は仏事・法要の指図をし、また前斎宮に消息をして慰めます。前斎宮は、涙の乾く時もなく悲しみ嘆いているばかりです。

朱雀院は、発遣の儀の折の、斎宮の不吉な程に美しく見えた顔を忘れがたくお思いになって、御息所にも、前斎宮の朱雀院への入内をおすすめになっていました。でも御息所は、「院には大勢の高貴なお妃方がおいでになるのに、前斎宮には後見もなく、また院ご自身がご病弱でいらっしゃるのも、今後が不安で、院への入内は斎宮の物思いが増えることになるだろう。」と案じて、院のお誘いをご遠慮申し上げていました。それでも朱雀院はなお諦められず、懇ろに院への入内を強く勧めます。

源氏は、朱雀院の前斎宮への執心を知りながら、前斎宮をご自分の養女にして、冷泉帝に入内させようと、入道の宮（藤壺）に図ります。冷泉帝には既に内大臣の姫君である弘徽殿女御がいます。冷泉帝十一歳、弘徽殿女御十二歳というかわいらしいご夫婦です。また、藤壺の兄・兵部卿宮の姫君も入内を考えていますが、こちらもまだ幼い姫君です。入道宮は、しっかりした女御が入内することは望ましいと、二十歳の前斎宮の入内に賛成するのでした。こうして、冷泉帝への前斎宮の入内は定まり、源氏は朱雀院の執心に気づかないふりをして、前斎宮の入内を進めるのでした。

ここまでが、前坊の姫君の斎宮卜定から退下、そして入内に至るまでのお話です。『源氏物語』の原文には驚くほど丁寧に斎宮の卜定からの経緯が描かれていますが、その内容を考えますと、斎宮としては前坊の姫君が主人公なのですが、実際には姫君は後ろに隠されていて、物語は源氏と六条御息所の心理と、朱雀院の斎宮への思いで綴られています。姫君自身の思いなどは一切語られていません。姫君が一人の女性として物語を紡ぐのは、入内して斎宮女御・梅壺女御といわれるようになってからなのです。この姫君の入内後を語る前に、歴史上の実在の斎宮で、やはり退下後に入内して、姫君と同じように「斎宮女御」と呼ばれた斎宮について書きたいと思います。その方が『源氏物語』の前斎宮、後の斎宮女御の原型になっているのではないかと思われるからです。

(2)　秋好中宮（斎宮女御）の人物造型

秋好中宮（斎宮女御）について考える時、実在の斎宮である徽子女王を無視できません。その徽子女王について合わせて述べたいと思います。

徽子女王は、醍醐天皇の皇子重明親王と太政大臣藤原忠平の娘寛子との間に生まれました。徽子女王は八歳で斎宮に卜定されて、翌年雅楽寮に初斎院を定めて入り、二ヶ月後には野宮に入りました。『源氏物語』には、前坊の姫君の初斎院から野宮入りの期間が二ヶ月しかなく、急いだことが書かれていますが、本来なら初斎院入りから野宮入りまで一年あるべき所を、徽子女王も『源氏物語』と同様に二ヶ月で野宮入りをしています。徽子女王は、野宮で潔斎の生活をする事一年。翌年九月に伊勢に参向しますが、退下するまでの七年間を伊勢の地で斎宮として暮らしました。『源氏物語』では、前坊の姫君の伊勢在住は六年間であり、その点もよく似ています。徽子女王が卜定された年齢は八歳であるのに対して、『源氏物語』では十三歳と、少し年齢が高く設定されてはいますが、比較的幼いという設定も同じです。その御代の帝は、史実も物語も両方共に朱雀帝と、同名の帝が設定されています。

『源氏物語』の野宮の場面は次のように描写されています。

はるけき野辺を分け入りたまふよりいとものあはれなり。秋の花みなおとろへつつ、浅茅が原もかれがれなる虫の音に、松風すごく吹きあはせて、そのこととも聞きわかれぬほどに、物の音《ね》ども絶え絶え聞こえたる、いと艶なり。

（「賢木」巻）

この場面は、斎宮と共に野宮入りしている六条御息所を、源氏が訪ねる場面です。京から野宮のある嵯峨野までやってくると、遙かな野辺は花も盛りを過ぎ、草も枯れ、松の梢を吹き通る風の音が物寂しく聞こえます。どこからか琴の音か風音かはっきりしないようなかすかな音が切れ切れに聞こえてきます。この場面は、嵯峨野という地と、御息所の寂寞とした心を見事に表した名場面です。ここで琴を弾くのは、琴の名手である六条御息所に違いありません。この箇所を読むと、『斎宮女御集』や『拾遺和歌集』にのる、

ことのねに峰の松風かよふなりいづれのをよりしらべそめけむ

（琴を弾くと、琴の音に峰から吹く松風の音が似通って聞こえる。いったい、どこの山の尾（山の峰）・琴の緒（琴に張って音を出す弦）からかなで出しているのだろうか。）

松風の音に乱るることのねをひけばねのひの心地こそすれ

（松風の音に紛れる琴の音を弾くと、小松を引く子の日の気持がする。）

という徽子女王の歌が思い出されます。情景が『源氏物語』と相通じるものがあります。斎宮徽子女王は琴の名手といわれていますが、箏《そう》の琴を誰から相伝（受け継ぐこと）したかを記した、『秦箏相承血脈《そうそうそうしょうけつみゃく》』や、徽子女王がいかに琴を弾く右手の爪を大切にしたかなどの伝承が載る『夜鶴庭訓抄《やかくていきん》』などによると、徽子女王が琴や歌に堪能であったことが明らかです。徽子は斎宮退下後、村上天皇の後宮に入内して「斎宮女御」と称されました。入内の始め間もない頃は、村上天皇の徽子への寵愛は深く、天皇と二人で歌のやり取りをしたことが『斎宮女御集』や『村上御集』に残されています。その歌を見ると二人の親密ぶりが明らかです。

まゐりたまひてまたの日

思へどもなほぞあやしきあふことの無かりし昔いかでたつらん

（あなたと会うことの無かった昔はどうして過ごせていたのだろう。考えても不思議なことだ。）

御返し

昔とも今ともいさや思ほへずおぼつかなさは夢にやあるらん

（昔とも今ともさあどうでしょうか。はっきりしないことはまるで夢のようです。）

まうのぼらせたまへとありける夜、なやましと聞こえて参りたまはざりければ、

御寝られねば夢にも見えず春の夜をあかしかねつる身こそつらけれ

御かへし

ほどもなくあくといふなる春の夜を夢も物憂く見えぬなるらん

「参上しなさい。」とお召しがあった夜、気分がすぐれないと申し上げて参上しなかったところ、「（あなたを思って）寝られないので、夢にもあなたを見ることもできずに、春の夜を明かしかねている身が辛いことだ。」という天皇の愛情あふれる歌が送られてきました。それに対して、「すぐに明けてしまうという春の夜ですもの、私のことも飽きているから夢も見ないのでしょう。」とすねてみせる。愛されている女の自信ともいえる返歌を送っています。

村上天皇の後宮には、皇后一人、女御が徽子を含めて四人、更衣五人、後に村上天皇の寵愛を独占する尚侍一人がいて、次第に徽子は天皇の夜離れが多くなります。徽子も宮中に暮らすことが苦痛になり、里がちになったことが、『村上御集』・『斎宮女御集』・『新古今和歌集』・『玉葉和歌集』などの詞書《ことばがき》に表れています。「しげあきらのみこの女御の、またまいらざりけるに（重明親王（徽子の父）の姫君である女御が、また参内なさらなかった時に）」・「久しくまいり給はざりければ（長く参内なさらなかったので）」・「里に久しく侍りける頃（里に長い間こもっていらっしゃった頃）」などによって明らかです。『後拾遺和歌集』には、

風吹けばなびく浅茅はわれなれや人の心の秋を知らする　　斎宮女御
（風が吹くとなびく浅茅は私なのだろうか。夫の心に秋（飽き）が来たことがわかることよ。）

とあって、「あき」を「秋」と「飽き」とに掛けて「夫は自分に飽きてしまった。」と詠む一人の女がそこにいます。また、『斎宮女御集』にも、

雨ならでもる人もなきわが宿を浅茅が原と見るぞ悲しき

という歌があって、この歌も「もる」は「雨が漏る」と「守る」が掛けられていて「雨が漏る他には自分を守ってくれる人もいない。」と詠んでいます。これは、多くの妃の中の一人の女御、夫の愛を独占できない心細さに悩み苦しむ一人の女性としての徽子女王の姿が読み取れます。

前斎宮徽子の入内は十九歳で、『源氏物語』に描かれる前斎宮・前坊の姫君の入内が二十二歳と、近い年齢です。やがて、村上天皇と徽子との間に誕生した規子内親王もまた斎宮に卜定されました。その規子内親王の野宮入りには母親の徽子女王が共に野宮入りをしますが、先の「ことのねに」と「松風の」の歌はその時の歌です。琴を弾くのは斎宮の母である徽子女王であり、『源氏物語』でも斎宮の母である六条御息所が琴を弾いていますが、それも共通しています。この時、徽子の夫君である村上天皇はすでに崩御なさっています。六条御息所の夫君である前東宮もすでに亡く、また光源氏の愛情も失い、野宮で寂しい思いで琴を弾いています。二人共その寂しさ、孤独が同じです。

徽子女王は斎宮規子内親王と共に伊勢に参向しようとします。しかし、斎宮の母が斎宮について伊勢に参向する先例がないということで、なかなか天皇の許しを得られませんでした。それでも結局許されて、母子で伊勢に参向します。母子で伊勢に参向するという、そこも、史実と『源氏物語』は全く同じです。また、徽子女王も、六条御息所も、斎宮が退下して斎宮と共に京に帰って来ますが、京に帰ってまもなく亡くなります。そこも同じです。またもう一つ大事なことを紹介しておきたいと思います。それは六条御息所の呼称は、「夕顔」巻に、「六条わたりの御忍び歩きのころ」・「六条わたりも」と描かれて、その六条に住む女性が、六条御息所その人です。徽子女王の父・重明親王の母方の家系を見ますと、

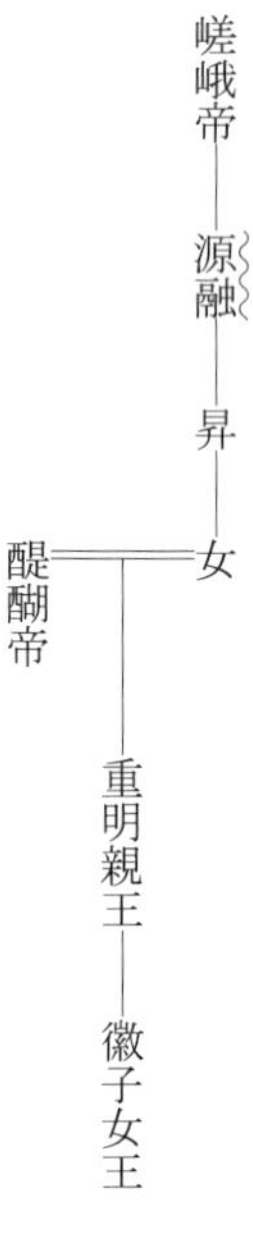

とあって、源融がでてきます。源融といえば、河原院を造営した人物で、河原院は東六条院ともいわれます。河原院は、創建当時はすばらしい邸宅でしたが、後には寂れていきます。そして河原院というと、夕顔が死んだ廃院がやはり想定されていて、そこに現れた物の怪は六条御息所と想定されています。『源氏物語』の六条御息所と前坊の姫君は二人ながら徽子女王に相

通ずる所があるといえます。

『源氏物語』の作者紫式部は六条御息所とその娘である前坊の姫君を、歴史上に実在する斎宮女御徽子女王と規子内親王をモデルにして、すべて同じというのではなく、様々な事実事柄を使いつつ、新しい人物像を創り上げていったと思われます。前坊の姫君は、母六条御息所が死に、その二年後冷泉帝に入内してからは、一人の女性として生き始めます。

(3) 斎宮女御から秋好中宮へ

発遣の儀（別れの小櫛の儀）で斎宮を見て以来、朱雀院は斎宮に執心します。そして斎宮が退下した後は、前斎宮が院へ入内することを切望しますがうまくいきません。前斎宮の後見である源氏は、前斎宮への朱雀院の執心を知りつつ、冷泉帝への入内を進めていきます。その一方、やはり源氏は、自分が前斎宮を帝へ入内させようとおし進めていることを、院に知られることを憚っています。そのために、前斎宮を源氏の邸である二条院に迎え取ったり、表立った後見はできません。朱雀院はいつまでもぐずぐずと前斎宮に執着することが体裁も悪いので、ついに諦めて、前斎宮が冷泉帝のもとに入内するお祝いとして、豪勢な贈り物を用意するのでした。前斎宮二十二歳、冷泉帝十三歳。朱雀院は三十四歳でした。年齢からいえば、前斎宮は院との方が似合わしかったかも知れません。

こうして前斎宮は入内しましたが、冷泉帝は並々ならない方が入内なさるとお聞きになっていたので、いじらしく斎宮女御に心遣いをなさいます。母宮藤壺の宮も「注意してお会いなさるように。」とご注意なさるので、帝はお心の中で、「そのような年上の女《ひと》に会うのは気詰まりではなかろうか。」と案じておりました。入内当日、前斎宮は夜更けてから参内なさいました。前斎宮である姫君は慎み深くおっとりして、また小柄で華奢でいらっしゃるので、帝は「実にすばらしい女《ひと》である。」とお思いになります。この姫君は梅壺に部屋を頂き、斎宮女御とも梅壺女御とも呼ばれました。冷泉帝にはすでに弘徽殿女御がおいでになり、この弘徽殿女御とは年も近く、お互いに馴れていらっしゃって親しく、そしてお二人ともかわいらしく、お互いにきがねなくお思いになっていました。この斎宮女御は落ち着いていて、源氏の後見も重々しいので、帝は夜の御宿直《おんとのい》（天皇の寝所に近侍すること）はお二方に同じように平等におさせになるけれど、昼のお遊び相手は弘徽殿女御がしばしばなのでした。

冷泉帝は何にもまして絵をお好みになりました。また斎宮女御も絵を好み、上手にお描きになるので、帝は次第にこちらにお心が移られて、足繁く斎宮女御のもとにお渡りになって一緒に絵を描かれて、以前にもまして寵愛が深まっていきます。

弘徽殿女御の父、権中納言（頭中将）はそのことをお耳になさって、斎宮女御やその後見の源氏に負けてなるものかと、対抗するために、当代の名人といわれる絵師たちに絵を描かせて、それを弘徽殿女御のもとにおいでになった帝にご覧に入れるのでした。帝は斎宮女御にもこの絵を見せたくお思いになって、この絵を持って斎宮女御のもとへ行こうとなさると、権中納言は、この絵を斎宮女御のもとに持って行かれることを惜しがって、絵を手放しません。その話が源氏の耳に届き、「それならば」と、源氏は邸にある古い絵や新しい絵を様々に選び整えて、斎宮女御のもとにさしあげるのでした。

このように、源氏の大臣も絵を集めていることを権中納言はお聞きになると、一層熱心に絵を作らせ集めます。ちょうど、藤壺中宮も参内なさっている頃なので、御前で左方・右方と組に分けて絵合をすることになりました。見識のある女房たちの様々な弁舌を、中宮はおもしろくお聞きになります。女同士の議論はなかなか決着がつきません。参内した源氏の大臣は、その争いを興味深く思われて、「同じことなら帝の御前でこの勝負の決着をつけよう」とおっしゃるのでした。

朱雀院は、斎宮発遣の儀に、斎宮の額髪に親しく別れの御櫛をさして、京から送り出しましたが、その時斎宮の美しさに強く惹かれて斎宮を忘れられなくなったのでした。朱雀院の譲位・

冷泉帝即位に伴い、斎宮は京に戻ってきましたが、朱雀院は前斎宮を手に入れることはできませんでした。朱雀院の、斎宮女御への執着は今もまだやむことがなく、冷泉帝の御前での絵合のことを聞かれると、絵師に描かせた発遣の儀の絵で、秘蔵していた絵巻をいくつか斎宮女御に差し上げて思いを込められたのでした。

斎宮女御は二十三歳になり、帝は十四歳になられました。若い帝の後見役として斎宮女御は申し分なく、帝の寵愛はますます深まっていきます。

秋の頃、女御は二条院に退出します。源氏はいかにも父親ぶって振る舞いますが、以前から抱いていた女御に対する恋情を抑えきれず、女御に恋情を訴えかけて女御を当惑させてしまいます。その一方源氏はまた、たった一人の娘・明石の姫君の将来を考えた時、明石の姫君の後見をこの女御に託さざるを得ないという思惑から、自制せざるを得ません。

この斎宮女御の群行は九月十六日の秋も終わりの頃でした。秋の終わりの落ち葉を踏みつつ険しい鈴鹿の山々を越えていったのです。そして六年の歳月を経て、朱雀院の譲位と冷泉帝の即位を受けて斎宮は退下して、京に戻ってきましたが、それも秋の頃でした。母の六条御息所が帰京後まもなく死んでいったのも秋でした。そうした様々な秋の思い出が多い斎宮女御は、秋に心を寄せて秋を好みました。

冷泉帝の母宮・藤壺中宮が崩御なさってから一年が経ちました。一周忌も終わると、そろそろ冷泉帝のお后立后のことがあってもよいころです。源氏は「亡き母宮が帝のお世話役として斎宮女御にお任せしたのですから。」と斎宮女御を中宮に推挙します。「藤氏以外の皇族が引き続いて后にお立ちになることはよくない。」また「弘徽殿女御が最初に入内なさったのに、この方をさしおいてはよくない。」と、内大臣の姫君・弘徽殿女御を推す方々もいます。また、藤壺の宮の兄君に当たる兵部卿宮・今は式部卿宮になっていますが、姫君を入内させており、「王族の后を選ぶならば、こちらの方が、御母后のご縁からいってもふさわしい。」と、娘の王女御を推します。それぞれの思惑から競争なさいましたが、結局、源氏が推挙する斎宮女御が中宮にお立ちになりました。秋好中宮その人です。

秋好中宮は源氏への恩を忘れず、源氏が五節舞姫を奉る際には、五節舞姫に仕える女童《めのわらわ》や下仕えの女たちの装束を献上したりして、源氏の一族としての任を果たします。

かねてから造営中の六条院が秋真っ盛りの八月に完成しました。源氏は、広い六条院を四つの町（邸宅内の一区画）に分けて、それぞれの町にお住みになる方々の希望にそうような、趣きのある風雅な邸を造営しました。東南の町の御殿は春の花木を沢山の種類を集めて植え、池の風情もおもしろく庭の植え込みには春に美しく咲く花々だけではなく、秋の草木の植え込みを一群ずつまぜて植えて風情を醸しています。そこは紫の上の住まいです。秋好中宮の住まいは西南の町で、ここはもともと中宮が母六条御息所から伝領されたお邸だった所で、もともとあった築山に、紅葉が美しい木々を植え、庭先に作られた池の水も澄み、遣水の音がさらに冴えるように岩を立て加えて、滝を流れ落として、秋の野の様子を広々と作ってあります。それがちょうど今、季節にあって、今を盛りと秋の草花が咲き乱れています。中宮は引っ越しのざわめきを避けて、源氏の妻たちの移ろいの後、五・六日遅れて宮中から退出して、ちょうど秋の彼岸の頃に六条院に移りました。「言葉も及ばないくらい風情がつきない。」秋のお庭の、色とりどりの花や紅葉を混ぜ合せて、物の箱のふたに盛って東南の春の町に住む紫の上に贈ります。その時の歌が、

冬の町 （西北・戌亥の町） 明石の御方	夏の町 （東北・丑寅の町） 花散里・夕霧
秋の町 （西南・未申の町） 秋好中宮	春の町 （東南・辰巳の町） 紫の上・明石の姫君

六条院図

心から春まつ苑はわが宿の紅葉を風のつてにだに見よ

（心から春をお待ちのお庭をお持ちのあなた様は、せめて私の庭の美しい紅葉を風の便りにでもご覧下さい。）　（「少女」巻）

というものでした。紫の上は何とかうまいご返事をしたかったのですが、この秋の美しさに対抗する術がありませんでした。

　何とも風流なことですが、紫の上との春秋のいどみは、貴族の優雅な遊びとして続きます。翌年の春三月二十日あまりの頃おい、春の御殿の有様がことのほか美しい折に、紫の上は池に舟を浮かべ、舟楽を催します。折しも秋好中宮は六条院に滞在なさっています。紫の上は「春待つ苑は」のお返しをするのは今頃がよかろうとお思いになり、また源氏の君も、この花の盛りの素晴らしさを中宮にお目に掛けたいとお思いになります。竜頭鷁首《りゅうとうげきしゅ》の舟を唐風に派手に飾り付け、楫《かじ》を取り棹《さお》をさす女童は皆角髪《みずら》を結い、唐風の装束を身にまとって池に漕ぎ出したその様子を見た中宮の女房たちは、外国にきたような気持ちになって、感に堪えず感動するのでした。中宮は身分柄おいでになることはできませんでしたが、女房たちから春の御殿の美しさをお聞きになるのでした。中宮の季《き》の御読経《みどきょう》（春秋の二季、二月・八月に各四日間、大勢の僧に大般若経を転読させた儀式）に、紫の上から仏の花と、昨年の秋の歌の返歌が寄せられて、中宮は、去年お贈りした紅葉のお返しだったのだと微笑まれるのでした。

　このような華やかで風流な生活の中にも、野分が襲ってきました。野分とは今の台風ですが、中宮の素晴らしい庭も、吹き荒れる強い風に乱されます。野分を心配した源氏が夕霧を西南の町にお見舞いに遣わしますが、夕霧は、夜明けのほの明かりの中で庭に下りた女童たちの可憐な様子や女房たちの風情ある様子に「さすがだ」と感動します。

　秋好中宮は源氏一族の一員として、六条院に源氏の娘という形で迎えられている玉鬘の裳着の祝いに、祝儀の品々を贈ります。

　源氏のたった一人の姫君で、将来は后にきっとなるであろうと思われる明石姫君が、漸く十一歳になって、裳着の儀を行うことになりました。将来の、姫君の宮中での後見役をこの秋好中宮に頼みたいと考えている源氏に依頼されて、中宮は姫君の裳着の儀式では、重要な腰結役

「源氏物語絵色紙帖」胡蝶
出典：ColBase（https://colbase.nich.go.jp）

をつとめるのでした。この時、秋好中宮は三十歳。年若い冷泉帝の寵愛は厚く、源氏の後見のもと、順調な人生を送っているといえます。

　秋好中宮への思いをなかなか捨てられなかった朱雀院は、重く病み、出家を願っています。ただ一つの気がかりは幼い女三の宮の将来で、女三の宮を託すべき婿選びに苦慮しています。朱雀院はあれこれ悩みますが、紆《う》余《よ》曲《きょく》折《せつ》の結果、源氏が女三の宮の婿を承引します。そして婚儀の前に、女三の宮の裳着が行われました。安心した朱雀院は、裳着の三日後に出家をします。秋好中宮は女三の宮の裳着の際、斎宮女御として冷泉帝の後宮に入内した時に、朱雀院から贈られた髪上げの具を女三の宮に贈るのでした。

　源氏は、朱雀院との約束通り女三の宮を六条院に迎えます。女三の宮は内親王というやんごとない身分なので、春の御殿の寝殿が女三の宮の住まいとなります。紫の上は東の対に移りました。女三の宮は源氏の正妻となったのです。宮との新婚の三日間、結婚のしきたり通りに源氏は女三の宮のもとに通います。ここから紫の上の苦悩が始まるのです。秋好中宮と女三の宮との六条院での交じらいは、紫の上との風流な交じらいのような交流があったのかどうかは物語には描かれていません。この時源氏三十九歳・紫の上三十一歳・秋好中宮三十歳・女三の宮十三・四歳です。

翌年、源氏四十の賀があります。中宮は諸寺に布施を行い、饗応をして祝います。また東宮妃になっている明石の女御に第一皇子が誕生します。秋好中宮はその産養《うぶやしない》（子どもの将来の多幸と産婦の無事息災を祈る誕生祝いの儀式）に禄の衣などを公式の決まり以上に大々的に行います。まさに、源氏の意図通りに、秋好中宮は明石の女御の後見をし、源氏一家の繁栄に貢献する存在になっていました。

即位なさってから十八年になる冷泉帝が、まだ二十八歳という若さで譲位なさいました。今上帝が即位なさり、東宮には明石の女御が産んだ第一皇子が六歳でたちました。秋好中宮はこの時三十七歳になっていました。冷泉院が退位なさっても、后である中宮の身分上、経済上の心配はなんらありません。中宮は、冷泉院の皇子を産まないのに、自分を中宮に立ててくれた源氏の厚志を思い、その配慮に深く感謝するのでした。

その頃、紫の上が病がちになり、六条院では静かに療養できないので、紫の上は二条院に移ります。源氏も紫の上の看病のために二条院に居続けることになります。そうした時に女三の宮と柏木衛門督の密通事件が起こってしまいました。やがて女三の宮は柏木との不義の子を懐妊します。誰にもさとられない秘密でしたが、女三の宮の不注意から源氏の知るところとなってしまいます。源氏も女三の宮も柏木も三者三様に苦悩しますが、そうした中で正妻女三の宮から生まれた男の子を、源氏は我が子と認めざるを得ません。秋好中宮はいきさつは知らないまま、女三の宮が産んだ源氏の子であるはずの薫の産養をするのでした。冷泉院は退位後、冷泉院で秋好中宮と、臣下の夫婦のようにいつも一緒に暮らして、院の秋好中宮への寵愛はあつく、秋好中宮は里である六条院への退出もままならないくらいの、二人の緊密ぶりでした。穏やかで平穏な冷泉院での生活でしたが、秋好中宮は、母の六条御息所が成仏しきれず、身を焼く業火に苛まれていることを人伝に耳にして、母の供養のために出家のことを願いますが、源氏に強く諌められて出家は諦め、母への功徳となる仏事をひたすら営むのでした。

翌年八月十四日早朝、紫の上の病状が急変して、紫の上は、「消えゆく露のごとく」静かに逝去なさいました。紫の上は四十三歳です。紫の上の死後、悲嘆に暮れる源氏のために、秋好中宮は心のこもった便りを始終送って、源氏を慰めます。源氏は、紫の上の一周忌の後に、はっきりとは書かれていませんが、生涯に幕を閉じたようです。

源氏の死後、秋好中宮は冷泉院と共に、残された薫の後見をします。薫が十四歳になった時、元服も冷泉院で立派に執り行いました。冷泉院の秋好中宮への寵愛はいや増さるようでした。冷泉院四十四歳、秋好中宮は五十三歳です。それから五年後、故鬚黒大将と玉鬘との間に生まれた美しい大君が、冷泉院に参院します。大君は二十四歳。四十九歳の冷泉院はこの若く美しい大君に惹かれて、寵愛も自然と大君に移っていきます。大君は女宮・男宮を産みますが、五十八歳になった秋好中宮はやはりおもしろからず思うのでした。『源氏物語』には、それ以降の秋好中宮の生活や死については何も書かれてはいませんが、やはり秋好中宮の生活は、寂しいものであったと推測されます。

この上なく高い身分はそのままであり、実子はいないものの可愛がって面倒をみた薫もいて、世間の尊敬は高く、生活は以前と変わらないものの、やはり冷泉院の寵愛を頼りとして生きてきた秋好中宮の、寄る辺のない心細さが思われます。

十三歳という幼さで伊勢の斎宮となり、伊勢の地で六年間という長い年月を神に仕えて、清浄の中で日を送り、御代《みよ》替わりで京に戻るも、すぐに母と死に別れるという悲しみを味わいました。そして源氏の後見で、年若くまた自分とは年の離れた冷泉帝に入内して斎宮女御と呼ばれたのでした。後宮の華やかな争いに、ある意味では打ち勝って立后し、源氏の栄華に何かと貢献した華やかな後宮生活。冷泉帝の変わりない寵愛を得、秋好中宮は数少ない幸せ人といえるのかも知れません。それでも、夫の愛情だけが頼りの、秋好中宮の晩年は寂しく、独り年老いていく人生であったという、哀しみを禁じ得ません。

10　紫の上 —— 源氏が最も愛した女性《ひと》

『源氏物語』には大勢の女性が登場します。光源氏が思いを寄せて交渉を持った女性も多く、その中には妻と呼べる人・愛人といった人・一度は関係を持ったものの離れていった人・あつい思いを持ちながら遂に妻にも愛人にもできなかった人、そういう大勢の女性たちがいます。『源氏物語』にはそういった女性たちの思いがよく描かれています。その女性たちの中でも、紫の上は特別な存在といえます。

光源氏と紫の上との出会いは、源氏が十八歳、紫の上はまだ幼く、十歳ぐらいの少女の時でした。

三月下旬、光源氏は瘧病《わらわやみ》に苦しんで、加持を受けるために北山の聖のもとを訪ねました。源氏は昼間の加持の合間に、所在なさの気晴らしに散歩をしていました。あちこちに散在する僧坊の中で、同じ小柴垣ながら、きちんと結い廻らしたこぎれいな僧坊に目がとまります。その僧坊にはこぎれいな女童《めのわらわ》や若い女房が出入りしています。この北山の山深い僧坊に女性たちがいることに源氏は興味を持ちます。夕暮れの大層かすんでいるのに紛れて、惟光だけを供にして、先ほどの小柴垣の辺りにたたずんで、垣根から中をのぞいてみました。すぐ側の西面の部屋で、脇息《きょうそく》の上に経巻を置いて大儀そうに読経している尼がいます。尼は色白く、ほっそりしているけれど、頬はふっくらとして、目元が涼しく、そして髪もきれいに切りそろえられていて、上品で美しい尼君でした。源氏がその尼君に目をとめていると、そこに走ってきた女の子がいます。その子は十歳くらいで、山吹襲の着慣れた表着を着て、髪は扇を広げたようにゆらゆらさせて、見るからにかわいらしい顔立ちです。その子は手で顔をこすったようで、顔を大層赤くして「雀の子を犬君《いぬき》が逃がしてしまったの。伏籠《ふせご》の中に入れておいたのに。」と、尼君に訴えています。その顔つきがまことにいじらしく、美しく感じられて、源氏はじっと見入って目が離せません。それは、片時も忘れられないあの藤壺の宮にこの少女が似ているからであると源氏は気づきます。

「源氏物語絵色紙帖」若紫
出典：ColBase（https://colbase.nich.go.jp）

　源氏はこの少女のことが気がかりで、挨拶に来た僧都に、何気なく夢の話にことよせて、少女のことを尋ねます。僧都は、「私には妹がおりまして、妹は按察使大納言の北の方になりまして、姫君を産みました。大納言は、その一人娘を宮中に宮仕え（入内）させようとして、大層大事にしておりましたが、その願いを果たさないまま亡くなってしまいました。それで、尼になった妹が一人でその娘・姫君の世話をしておりました。やがて、誰の取り持ちか、娘の所に兵部卿宮が通っていらっしゃるようになりました。けれども、兵部卿宮にはもとからの身分の高い北の方がおいでになり、娘は気苦労が絶えません。そうしたことが原因で、娘はとうとう幼い子を残して死んでしまいました。そういうわけで妹の尼君がその幼い子の世話をしております。」と、こういうことを語るのでした。

源氏は、「そういうことなら、あの子は藤壺の宮の血筋であったのか、だからあんなにも似ていらっしゃるのだ。」と、合点します。「私を幼い方のお世話役に考えて頂けませんか。思う子細があって決しておろそかな気持ちではありません。」と源氏は懸命に僧都と尼君に頼みますが、二人は「源氏の君は姫君をもっと大きいと思い違いをしていらっしゃるのであろう。」ととりあいません。二人は源氏が実際に姫君を目にしていることを知りません。また、藤壺への光源氏のあつい思いも知りません。「もう少し姫君が成長しても、そのお気持ちが変わらないなら、またそのお話を。」と、僧都も尼君も相手にしてはくれません。源氏は残念な思いの

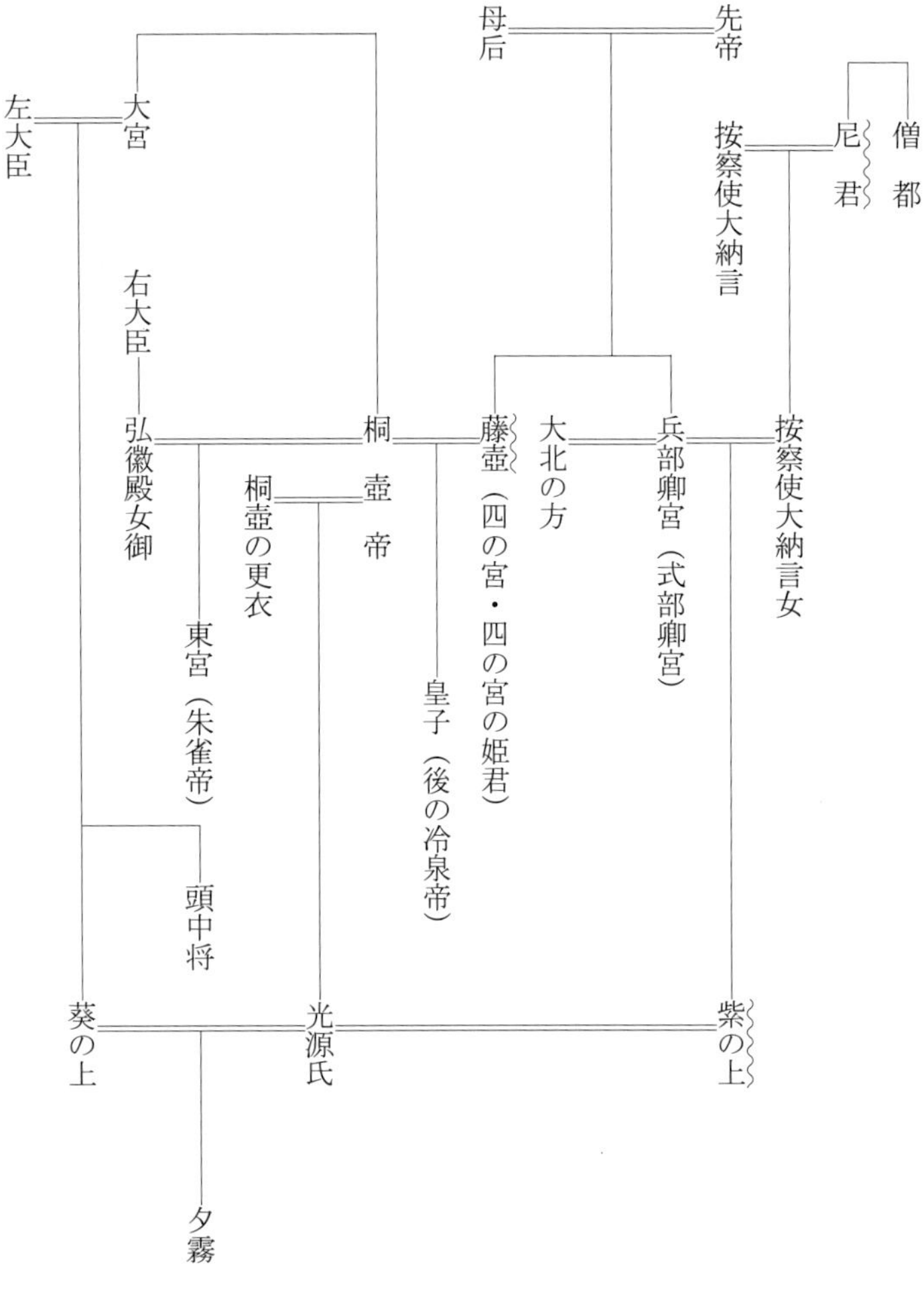

母后
先帝
僧都
尼君
按察使大納言
左大臣
大宮
右大臣
弘徽殿女御
桐壺帝
藤壺（四の宮・四の宮の姫君）
大北の方
兵部卿宮（式部卿宮）
按察使大納言女
桐壺の更衣
東宮（朱雀帝）
皇子（後の冷泉帝）
頭中将
葵の上
光源氏
紫の上
夕霧

まま北山から京に帰って行きます。見送る法師や童たち、奥にいる年老いた尼君たちも名残が尽きません。当の姫君は、幼心に源氏のことを、「何とご立派な方。父君より勝っていらっしゃるのね。」などと無邪気におっしゃっています。女房が「それならあのお方のお子におなりなさいな。」などと言うと、うなずいて、そうなったらどんなに素晴らしいことかと思う幼い姫君でした。

源氏は山を下り、久々に宮中へ参内します。葵の上の父、左大臣が待ち受けていて、源氏は左大臣と共に退出して左大臣邸に向かいます。邸は源氏の訪れに備えて、美々しく飾り立て磨き立ててあります。妻の葵の上は、いつもと変わらず、源氏が来てもすぐには迎えに出てこようともしません。ようやく出てきても、源氏に打ち解けようともしないので、源氏は気詰まりでおもしろくありません。葵の上の態度をおもしろからず思いつつ、源氏は寝所に入りますが、葵の上はすぐには源氏について寝所にお入りにもなりません。そうした葵の上を前にして源氏も言葉を探しあぐねて、ため息をついてねむたそうなふりをして、あれこれ考えに沈みます。そんな時あのかわいらしかった若紫のことがしきりに思われます。翌日、源氏は北山の人々に文を送ります。その源氏の文を受けて、僧都も尼君も姫の幼さを思って思案に暮れるのでした。

藤壺の宮が病気で宮中を退出しました。源氏はいても立ってもいられず、宮の女房の王命婦を責めて、とうとう王命婦の手引きで藤壺と逢うのでした。「逢う」とは、ただ「対面する」の意味ではなく、「男女が契《ちぎ》る・関係を結ぶ」ことを意味しています。源氏十八歳、藤壺は二十三歳でした。やがて藤壺は懐妊します。何もご存じではない帝は大喜びをなさって、その帝のすすめで藤壺は里から宮中に帰参します。藤壺と逢うことがますますむずかしくなった源氏の懊悩は深まるばかりでした。そんな折、あの山寺の尼君は、少し具合がよくなって、北山から姫君と共に帰京しました。しかし、源氏は藤壺恋しさで尼君や幼い姫君のことを考えるゆとりもなく時が過ぎていきました。秋の末ごろ、源氏は出かけた途中で荒れ果てた故按察使大納言の邸に気づいて立ち寄ります。その時に、図らずも無邪気な姫君・若紫の声を聞いて、いよいよ若紫に執心します。源氏はその思いを文で尼君に伝えますが、今までと同様に姫君の幼さを理由に相手にしてはもらえません。

十月に朱雀院への行幸があるために、源氏はその準備に追われて多忙な毎日を送っていました。尼君に無沙汰であったので久しぶりに使者を遣わしますが、それで、九月二十日頃に尼君が亡くなったことを知ったのでした。

当時は、祖父母の忌みは二十日間だったので、故尼君の忌みが過ぎて、姫君は北山から下りて京の邸で暮らしています。それを知った源氏は、自身でその邸を訪ねます。邸はみるからに気味悪く荒れ果てています。人気も少ないので、幼い姫はどんなに心細く思っているだろうと思わずにいられません。この邸では主の按察使大納言が亡くなり、娘の姫君が亡くなり、そして尼君までが亡くなって、幼い姫君が一人になった時、若い女房たちは一人去り二人去るなどして、今は行くところのない老女房や離れられない縁のある女房だけがひっそりと残って姫君に仕えているのでした。

源氏は姫君の乳母の少納言から尼君の臨終の様子やら、父君の兵部卿宮の事などを聞きます。乳母の少納言は、「姫君の母君は、生前兵部卿宮の北の方を、思いやりのないひどい方と思っていらっしゃったので、それを知っている尼君は、姫君がまるっきり幼いというのでもなく、また分別があるというのでもないどっちつかずの年ごろなので、その姫君を先方にお渡しになることを案じて心を痛めておられました。」と言うのです。姫君は尼君を慕って、泣きながら寝《やす》んでいます。「直衣を着た人がいらっしゃった。」と聞いて、父宮がおいでになったと思って起きてくると、父宮ではなく源氏なので、幼心に「まずかった。」と思って、乳母に「眠たいの」と身を寄せておっしゃいます。それがかわいらしく、源氏は姫君の手をとって一緒に奥に入ろうとなさいます。乳母が「それはあんまりなさりようです。」と止めると、源氏は「いくら何でもこんなに幼いのだからどうするものか。」と言いつつ、女房たちを近くに集めて、ものなれた様子で御帳の中にお入りになるので、乳母は気が気でなく、すぐ側に控えています。姫君は本当に恐ろしく、どうなることかと震えています。源氏は父宮が四十九日を過ぎた頃に姫君を迎えに来るということを聞いて、姫君に心を残して帰るのでした。

父宮の兵部卿宮が、姫君の住む荒れ果てた邸に訪ねてきました。古びた邸は今までより一層寂しい有様で、父宮は姫君をいたわしくご覧になって、今日明日にも姫君を自邸に引き取ることを約束して帰って行きます。

姫君はこれから先、自分の身がどうなるかは考えられず、ただずっと側にいた尼君が亡くなられたのが悲しくて、ひどくふさぎこんでしまうと、まわりの乳母たちも慰めかねて一緒に泣くのでした。

左大臣邸で源氏は惟光の報告を受けます。「姫君の父宮が今日明日にも姫君を自邸に迎えようとしている。」ということを知った源氏は、「姫君が父宮の邸に迎え取られたら、今まで以上に姫君を我が邸に迎えることが難しくなる。」と思って、先手を打って密かに姫君を自邸の二条院に迎えようとします。寝所で、源氏の側にいた葵の上は、事情は知らないものの、そわそわと言い訳をしながら、心ここにあらずという源氏の様子を不快に思います。

源氏は姫君の邸に行き、何も知らずに寝ている姫君を抱いて起こされるので、姫君は父宮がおいでになったかと寝ぼけ心に思っています。源氏は、父宮でないことに気づいて、怖がって泣いている姫君を軽々と抱いてお出になりました。それを見て惟光や乳母の少納言が驚いて、「これは何としたこと。」と、動転して言うものの、源氏を止める術もなく、少納言だけがあわてて姫君の供をして二条院についていくのでした。二条院は近いので、まだ明るくならないうちに着いて、西の対に牛車を寄せて、源氏は姫君を抱いたまま牛車から下ろすのでした。少納言は姫君がこれからどうなるのかと不安で、自然に涙が出てとまらないのを、傍目には婚姻にも見える姫君の新しい門出に、涙は縁起が悪く禁物であると必死にこらえるのでした。

西の対は普段はお使いにならない対屋《たいのや》なので、御帳などの調度品など何もありません。源氏は惟光に命じて御帳や屏風などを整えさせて、夜具も源氏が住む東の対から持って来させて、姫君と一緒にお寝みになるのでした。姫君は気味悪く、どうされるかと震えていましたが、源氏が優しく教え諭すと、姫君は泣きながら横になっていらっしゃいます。乳母は横になるどころではなく、どうしてよいかわからず起きたまま夜を明かします。

こうして姫君・若紫は二条院に連れて来られたのでした。翌朝には東の対から女童も呼び寄せられます。姫君は遠くで見ていたより大層気品高く美しいので、源氏は満足な思いで姫君をご覧になります。

姫君が御殿の端近に出てきて庭を見ると、庭は絵に描いたような風情があります。源氏は二、三日は参内もなさらないで姫君をなつかせようと、姫君と一緒に遊びますが、それは姫君を慰めるだけではなく、一方では、源氏自身の物思いを忘れさせる慰めにもなっていたのでした。

そんなことを全く知らない父宮・兵部卿宮は姫君を迎えに来ましたが、姫君がいないのを知って涙を流して落胆します。女房たちに尋ねても、はっきりせず手がかりがないので、さすがに姫君を思って恋しく悲しくなるのでした。宮の北の方も、姫君を自分の思うように扱う事ができるだろうと思っていたのに、あてがはずれて残念に思うのでした。

『落窪物語』は継子いじめの物語の代表的なものです。母親が死んで、後妻である継母は、後に残された姫君を落ち窪んだ粗末な部屋に住まわせ、継母の娘たちや、その婿君たちの着物まで縫わせるなどしていじめる話ですが、当時、複数の妻を持つ貴族の家では、こうした継子いじめは起こりうることだったのです。紫の上の話はもう少しで継子いじめの話になっていたかも知れません。幸運にも紫の上は邸から源氏に盗み出され、源氏の慈しみを受けて、だんだんこの二条院での生活になじんでいきました。源氏の君が他所から帰ってくると、姫君がまっさきに出迎えて、かわいらしく相手をし、源氏の懐に抱かれても少しも気兼ねしたり恥ずかしがったりなさらず、源氏の愛情をたっぷり受けて、源氏の心を慰める存在になっていくのでした。

青年光源氏は、死んだ恋人夕顔のことを、今も忘れられないで、夕顔の面影を追い求めています。秋、八月、源氏は噂を聞いて興味を持ち、邸の外で琴の音色を聞いて心をときめかせていた末摘花と、初めて逢瀬を持ちます。でも源氏は幼い紫の上に熱中して、末摘花のもとには途絶えがちです。ある雪の夜に末摘花邸を訪れた源氏は、その窮乏に同情します。翌朝、雪明かりで末摘花の顔を見た源氏は、普賢菩薩《ふげんぼさつ》の乗り物のような醜貌さに驚きますが、「自分以外の男がこうした女に辛抱してゆけるだろうか。」と考えて、末摘花を援助し続けます。まさに「色好み」の真骨頂ともいえるお話です。

源氏の、藤壺の宮へのあつい思いは変わることがありません。ただ、源氏がどんなに思い詰めようと、宮中にいる藤壺の宮に逢う術はありませんでした。藤壺の宮が里に退出しますが、藤壺に逢いたい一心の源氏は、藤壺に逢える機会をねらって邸の周りをあちこち歩き回っています。自然、妻の葵の上には足が遠のきます。すると、「源氏の君は、二条院に誰やら女をお迎えになったとか。」「だからこちらにお見えではないのですね。」などと、葵の上にあれこれ告げ口する女房がいて、葵の上はその二条院にいる女が、幼い少女であることを知らないで、おもしろからず思うのでした。

姫君若紫は源氏になじみ、源氏はまるで娘を育てるように、手本を与えて手習いをさせるなどして教育します。また、政所や家司《けいし》など係の者を定めて、若紫の生活に何の不安もないように仕えさせるのでした。若紫は時々死んだ尼君を慕うことはあっても、実の父君を慕うということはありません。邸内の召使いたちには、この姫君がどういう身分の人かわからないままですが、姫君のお部屋の設備なども立派に整え、大切にお仕えしています。

十二月末に姫君は、祖母尼君の服喪を終えて正月を迎えました。姫君も一つ大きくなったのですが、相変わらず人形遊びに熱中しています。源氏十九歳、紫の上（姫君・若紫）十一歳、源氏の正妻葵の上は二十三歳という年齢です。

乳母の少納言は思いがけない姫君の幸せと、この源氏とのなからいを、故尼君の、神仏への祈りの御利益《ごりやく》かと思わずにはいられませんが、その一方、姫君が成人した暁には、大勢の身分高いご婦人方の中で面倒なことがおこりはしないかと案じているのでした。源氏の北の方は左大臣家の姫君・葵の上であり、他にも源氏は、前坊の妃である六条御息所や常陸宮家の姫君・末摘花の所へも通っていらっしゃいます。そんな源氏のことですから、乳母の心配も無理はありません。無邪気に雛遊びに熱中している姫君に、乳母が「もう、婿君をもたれたのですから、もう少し奥方らしく落ち着いてご夫君のお相手をなさいませ。」と申し上げても、姫君は「それではわたしに、夫ができたのだった。」と、心の内に思うだけの幼さでした。

二条院にいる姫君が、夫婦のこともわからない幼い姫君であることを知らない葵の上は、源氏が宮中から久しぶりに左大臣邸に退出しても、「源氏は自分にあてつけるように、ことさら他の女を二条院に迎え取って大事にしている。」と思って、心が晴れず、源氏に対してすなおには振る舞えません。葵の上の周りに仕えている女房たちが、世間に流れて耳に入る様々な噂話を、忠義面をしながらいろいろ女主人に吹き込むのでした。

懐妊していた藤壺は十二月に出産予定でしたが、物の怪などの障りということで、ようやく二月十余日に皇子（後の冷泉帝）を出産します。何も知らない桐壺帝は大喜びをしますが、実は源氏と藤壺の宮の不義の子なのです。源氏と藤壺の宮は、自分たちの犯した罪の重さに苦悩します。四月、皇子は内裏に参内しました。藤壺の宮への帝の寵愛はいよいよあつく、そして藤壺と源氏はますます苦悩が深まります。

源氏は無邪気な若紫を相手にその苦悩を紛らわします。源氏が外に出かけようとして、若紫の寂しそうなかわいい顔を見て、時には出かけるのを見合わせる時もあるほどに、源氏にとってこの姫君の存在が大きなものになっていくのでした。笛を吹き鳴らし、琴を教えられ、一緒に絵をご覧になっての睦まじい二人の生活でした。

葵の上のいる左大臣邸では、二条院の姫君のことがよくわからないだけに、噂が一人歩きをして、噂を聞いた葵の上が不快に思うだけではなく、女房たちがあれこれ皆で取り沙汰する始末でした。その二条院の女君の噂は、とうとう帝がお聞きになるところとなって、帝は、「左大臣は源氏のために懸命に世話をしてくれた人であり、その左大臣の娘と源氏がしっくりいかないのは、左大臣が気の毒である。」と源氏に訓戒なさいます。源氏が恐縮の面持ちで何もおっしゃらないのを見て、帝は「源氏は左大臣の娘を気に入らないのであろう。」と、源氏をかわいそうにも思うのでした。

源氏二十歳の二月、宮中の南殿での桜花の宴で、源氏と頭中将は見事に詩作し、そして舞い、人々から絶賛されます。その夜、源氏は弘徽殿の細殿で朧月夜の君と邂逅《かいこう》（思いがけなく出会うこと）します。翌日、後宴の後、源氏は久しぶりに二条院に戻って、目に見えて美しく成長した若紫を見て満足するのでした。若紫（紫の上）十二歳のことです。

桐壺帝が退位し、東宮が即位して朱雀帝となりました。それに伴い藤壺中宮腹の皇子が東宮に立ち、斎宮・斎院が交替になります。新斎院の御禊《ごけい》の日、葵の上は久しぶりに物見に出かけます。葵の上の一行は、左大臣家の威勢にものをいわせて、前からいた六条御息所の車を乱暴にのかせます。乱暴と辱めを受けた六条御息所は深く傷ついて、それ以来物思いが一層つのりました。

賀茂祭の当日、源氏は十四歳になるかわいい若紫（紫の上）と同車して物見にでかけました。

懐妊中の葵の上は、物の怪に悩まされ続けています。心配した源氏が葵の上に付き添っている時、源氏は御息所の物の怪と不意に対面し、葵の上を苦しめる物の怪が六条御息所の生霊であると知るのでした。

やがて、葵の上は苦しみながら、男の子を出産します。その男の子が、夕霧です。ちょうど秋の司召の頃で、また、葵の上の状態が落ち着いていたので、源氏や左大臣家の人々は皆参内しました。その留守中に、葵の上は急逝します。長い間冷たい夫婦仲ではあったけれど、源氏は深く哀悼します。葵の上は二十六歳という若さでした。

六条御息所は自分が生霊となって葵の上を苦しめ、ついには死に至らしめたことを知って苦しみ、源氏からも京からも離れることを決意して、娘の斎宮と共に野宮に移り、そして娘と共に伊勢に旅立っていきました。

葵の上の四十九日が過ぎて、源氏は左大臣邸を涙ながらに辞去します。源氏が去って、葵の上の死後、ひっそりしていた左大臣邸の寂寥が更に深まるのでした。源氏が久しぶりに二条院に帰ってくると、二条院は明るく光に満ち、源氏を待っていた若紫の美しい成長ぶりに、源氏は今更ながら満足するのでした。

二条院に帰った源氏は、さすがに所在なく、ともすれば物思いに沈むのですが、忍び歩きも気が重く、出かける気にもなりません。姫君がまことに理想的に美しく成人していて、「これなら自分の結婚相手として不似合いではない。」と思い決めて、それとなく姫君の気を引いてみますが、まるで姫君はおわかりになりません。源氏は今までは、姫君に子ども子どもしたかわいらしさを感じて、結婚の相手としてはまだ思ってみなかったものの、今はそれまでの関係ではこらえきれなくなって、姫君がいたわしくはあるものの、ある朝、原文には、「男君はとく起きたまひて、女君はさらに起きたまはぬ朝《あした》あり。（男君・源氏は朝早くお起きになって、女君・姫君は一向にお起きにならない朝がありました。）」（「葵」巻）と書かれることになります。この文が源氏と姫君（紫の上）、二人の結婚を意味しています。具体的には何も書かれてはいませんが、読んでいて非常に印象的な書き方です。紫の上は思いも寄らない源氏からの仕打ちを、どうとらえてよいかわからず、あまりのことと、かけてあったお召し物を引き被ってお起きにならないので、何も知らない女房たちが心配するのでした。源氏は硯箱を紫の上が臥している几帳の中に入れて、ご自分の部屋にお帰りになります。部屋に誰もいなくなった折に、女君が頭をお上げになると、ひき結んだ手紙、これを結び文といいますが、それが置いてあります。開けてみると歌が書かれてあります。これは、男女が初めて結ばれた翌朝、男から女に贈る後朝《きぬぎぬ》の文なのでしょう。心構えもない初夜の経験に、驚き厭う処女らしい反応で、女君は心底怨めしく、源氏の語らいに一言も返事をなさいません。源氏は硯箱をそっと開けてみるけれど、中には女君の返事は入っていません。源氏は一日中御帳台《みちょうだい》の中に入りきりで女君を慰めますが、女君は機嫌を直しません。源氏はそんな女君が、ますますかわいいと思うのでした。その夜、亥の子餅を女君に差し上げます。源氏はまだ葵の上の服喪中だったので、表立ってではなく、風情ある様に餅をこしらえて女君に差し上げ、こっそりと惟光を呼んで「明日の暮れに、こんなに沢山ではなく餅を差し上げよ。」と命じます。惟光は結婚三日目に食べる三日夜餅であるとすぐに思い至って、自分の家で自分で手ずから作り、大層夜更けになってから香壺の箱に入れて「間違いなく枕元に差し上げて下さい。」と若い女房の弁に頼むのでした。翌朝、此の箱を下げさせなさったことから、親しく女君に仕える女房たちは思い当たることがあり、またお皿のかずかず、餅の趣向もじつに見事だったので、女君の乳母の少納言は、源氏の心遣いがありがたく感泣せずにいられません。このように結婚の儀式まで源氏がしてくれるとは思ってもいなかったのです。

源氏が紫の上と新枕《にいまくら》をかわしたこの時、源氏は二十二歳、紫の上は十四歳のことでした。

この二条院の姫君のことは、世間の人々もこの姫君がどういう素性の人であるかを知らないので、源氏は紫の上との結婚のことを父宮の兵部卿宮にも報せて、世間にも公表しようと思います。その前に、まだ行っていなかった紫の上の裳着のことを立派に用意するのでした。普通は裳着の儀式は十二歳ぐらいから十四歳ぐらいまでの間に、結婚を前提として結婚の前に行うことが多いのですが、紫の上の場合は逆で、父宮の兵部卿宮の認知と共に結婚を確かなものにしようとしたのでした。

今までわからなかった二条院の西の対の姫君の素性を知った世間の人々は、姫君の幸運を称賛します。姫君の父宮は、今まで行方がわからなかったこの紫の上と、今は思うままに文を交わし、源氏や紫の上と交流するのでした。継母の北の方は、実の娘と継子の紫の上の幸運を比較して、継娘の幸運を憎んで嫉妬するのでした。

源氏は紫の上との生活に満足しているものの、朧月夜尚侍との密会や藤壺中宮への思いはまた別物でした。桐壺院が崩御なさり、その四十九日が過ぎて、藤壺中宮は宮中から退出して自邸の三条宮にいらっしゃいます。源氏は、藤壺の宮の寝所に女房の手引きで近づきます。藤壺の宮は、源氏の自分への執心を東宮のためにも止めなければならないと、仏に祈禱までして源氏を遠ざけています。そうした宮に源氏は綿々と思いのたけを訴えるので、宮は懊悩して胸を詰まらせて苦しみだします。女房たちや藤壺の宮の兄の兵部卿宮も急ぎ参上して大騒ぎとなりました。源氏は女房に塗籠に押し込まれて隠され、出られなくなります。やがて宮も少し落ち着き、安心した周囲の人々が宮の側から退出して静かになった頃、源氏は塗籠からそっと出て、藤壺の部屋に入り、宮を覗いてみると、そのお顔はあの対の姫君・紫の上と少しも違ったところがなく、別人と見分けがつきにくいくらいの酷似を確認するのでした。

藤壺の宮は、六歳の幼い東宮を守るために出家を決意します。源氏は藤壺の宮との仲に絶望して、雲林院に参籠します。参籠の期間が終わって、雲林院から二条院に帰邸すると、紫の上がしばらく会わないうちに、女らしくいよいよ美しく成長しています。現世を逃れようかと思う源氏に、出家を踏みとどまらせる絆が紫の上なのでした。

朧月夜君と源氏との関係を苦々しく思っていた右大臣は、葵の上の死後考えを変えて、娘の朧月夜君と源氏との結婚を許そうとします。源氏の正妻なら、それも良いと思ったのでしょう。でも、朧月夜君の姉の弘徽殿大后はそれを許さず、あくまでも朧月夜君の入内を実現させようとします。そして朧月夜君は大后の思惑通りに尚侍《ないしのかみ》となって宮中に入り、朱雀帝の寵愛を得ますが、朧月夜君と源氏との仲はひそかに続くのでした。

十二月十余日、故桐壺院の一周忌の後の法華八講の結願の日に藤壺中宮は、兄の兵部卿宮にも源氏にも知らせずに落飾して出家してしまいます。藤壺中宮はまだ二十九歳という若さでした。源氏は藤壺中宮の出家に動転します。藤壺入道は三条宮に移り、訪れる人も少ないその邸の中は寂寥たる趣きです。生活が変わったのは藤壺の宮だけではなく、光源氏、そして源氏の後見役であり故葵の上の父の左大臣も役目を辞任せざるを得ませんでした。反対に、右大臣、弘徽殿大后方は飛ぶ鳥を落とす勢いで繁栄して、光源氏方への圧迫はひどくなる一方でした。物語にはこの時の紫の上については何も書かれていませんが、この時紫の上は十七歳、源氏に守られて表向きのことはわからないまま源氏を信じて二条院で穏やかに幸せに暮らしていたのでしょう。源氏にとってみても、二条院に帰れば源氏をひたすら頼り、美しい笑顔で待っている紫の上がいます。その顔を見る時、限りない慰めとくつろぎを感じたに違いありません。それでも、二十五歳の源氏は、二条院に逼塞することはできませんでした。

朧月夜尚侍が里下がりの折に、源氏は大胆にも右大臣邸にいる朧月夜尚侍と密会を重ねるのでした。ある雷雨の日、父右大臣に密会の現場を発見されて、弘徽殿大后にも知れる所となります。弘徽殿大后は激怒して源氏の放逐を画策します。源氏は自分を取り巻く政情を恐れて、自ら須磨に退去することを決意します。

源氏は、紫の上との別離を悲しみ、紫の上を一緒に連れて行きたいとも思いますが、いつ京に帰れるかもわからず、また心細い海辺に、このいたいけな姫君を連れていくことの理不尽さなどをいろいろ考えて、紫の上を連れて行くことを断念します。紫の上はどんな苦労も厭わない思いなので、源氏の決定を恨めしく思います。

源氏は、三月二十日余りに紫の上との別離を悲しみつつ、夜もふけてから、狩衣など旅装束も大層粗末になさって須磨に向けて出発しました。

須磨への下向に際し、源氏は仕えている人々を始めとして、邸内のこと、領している荘園や御牧（牧場）など、一切の管理を紫の上に委任するのでした。今の源氏にとって、紫の上こそがすべてを託するにふさわしい身内であり妻だったのです。

紫の上の父宮兵部卿宮は、娘の紫の上が源氏の妻となったことを喜んで、以来、文を交わし合うなど交際を続けていましたが、桐壺院が崩御し、藤壺中宮も出家し、弘徽殿大后や右大臣方の力が、抗する者がいないくらい強力になって、源氏の立場が危うい状態になってくると、世間の噂を気にして近寄らなくなりました。紫の上は実の父の冷淡さが人の手前も恥ずかしく、「こんなことなら、かえって私と源氏の君との仲を父宮に知られない方がよかった。」と思うのでした。継母の北の方は、「幸せがあわただしく逃げていくことよ。忌まわしいこと。あの人は、かわいがってくれる人に次から次にお別れなさる人ですね。」と、悪口を言うのを紫の上に伝える人がいて、紫の上はそれを聞いてひどく悲しく情けなくて、紫の上の方からもふっつりとお便りをさしあげなくなったのでした。

三月二十余日、源氏は紫の上を残して須磨に出発していきます。紫の上の思い詰めている様子を見て、源氏は万感の思いで紫の上と惜別の歌を贈答するのでした。源氏は道々女君の姿がずっと身に寄り添い、胸ふたがる思いのまま船に乗って午後四時頃には須磨に到着しました。

京に残った紫の上は、源氏からの便りを見ても、起き上がることもできずに源氏を思い焦がれて、源氏が常に使っていた手回り品や琴、お召し物などを見るにつけても、源氏がこの世を去ってしまったかのように嘆き沈みます。そしてまた、源氏が旅先で使われるであろう夜具や直衣、指貫などを調えて須磨に送るのでした。

東の対で源氏に仕えていた中務や中将といった召人や女房などは、源氏が須磨に退去して京を去った後は、皆こちらの紫の上のもとに移って仕えることになりました。こちらに移る当初は、「どうしてさほどの人であろうか。」と、たかをくくっていましたが、実際に紫の上にお目にかかって馴れて見ると、紫の上の好ましく美しい姿・人柄、周りの人々への配慮など、思いやり深くやさしくて、女房たちからも慕われていて、紫の上のもとを去る者はいないのでした。

人々は源氏の多くの女君たちの中でも、源氏の君が特に紫の上を寵愛なさっていたのももっともと思うのでした。

源氏が須磨にやって来た翌年の三月の初め、須磨では二十七歳になった源氏が海辺で禊をなさっています。その時、一天にわかにかき曇り暴風雨となって、その嵐はなかなか止まず幾日も続きます。京でも天候の異変が続き、宮中の政務も滞る程で、源氏を気遣った紫の上から、見舞いの文が、ぐっしょり濡れた下人によってもたらされます。

須磨では一向に雷雨が止まず、そのうち源氏が住まう邸の一部に落雷するのでした。居合わせた人々は正気もなく右往左往するばかりです。そんな折に、渚に小さな船をこぎ寄せて、住吉の神の導きで明石入道が須磨にやってきました。そして源氏を明石浦に迎えたのです。入道の住まいの風情は、京の邸に劣らず立派で、そこに源氏はようやく落ち着きます。そして、明石での生活が始まりました。源氏は京の親しい人々に文を書きますが、その中でも特に紫の上には涙をぬぐいぬぐいしながら心を込めて書いた消息を送ります。

明石入道は、「源氏が明石にやって来たのは、自分が深く信仰している住吉の神のお導きである。」と信じていて、源氏と娘を結ばせたいと願います。源氏は明石入道のたっての願いで娘に文を送りました。娘から送られてきた返書の筆跡などは、京の高貴な女人に比べてもひけを取るまいと思われるものでした。京の貴なる姫君という感じで、源氏はこのままこの娘に逢わずにはすまされまいと思います。それでも源氏は、女の方から源氏の部屋に来るなら、「召人にしてもよい。」と思いますが、女は気位高く、あくまでも貴婦人のように、自分から源氏のもとにくるようなことはありません。源氏は忌々しく思いつつ、日が過ぎました。

一方、京の朝廷では不穏なことが多く起こっていました。故桐壺院が朱雀帝の夢に現れて、それもひどくご機嫌が悪く、朱雀帝をにらまれたのです。その夢をまざまざと見て以来、帝は眼病を患い耐えがたく苦しまれます。また今は太政大臣になって権勢をふるっていた右大臣が亡くなり、弘徽殿大后も加減が悪く次第に弱っていきます。帝は「京のこの災難は、源氏が無実の罪で逆境に沈んでいるその報いなので、源氏をもとの位に戻しましょう。」と仰せになるけれど、大后の反対で、帝もご遠慮なさっているうちに月日がたって、帝も大后も二人の身体の具合の悪さは重くなる一方でした。

明石では、源氏が遂に入道の娘の住む邸を訪れます。初めて逢う娘は気位が高く、伊勢の御息所によく似ています。娘と契りをかわし、その後は時々娘のもとに通っていくようになりました。

明石の女君の有様を見るにつけても、京の紫の上が恋しく、この明石の君との契りのことを紫の上が風の便りに聞くよりはと、源氏は文で明石の君のことをほのめかします。そして月日が経つに連れて、源氏は明石の君をかわいく思う気持ちがつのっていきます。一方、不安な気持ちで源氏を待って月日を過ごしている紫の上を思うと、源氏は明石の君を訪れることができずに独り寝がちの夜を過ごすのでした。明石の君は、訪れない源氏の君に「やはり」という思いで嘆くのでした。

七月二十日過ぎに、帝から「京への帰還あるべし。」との仰せごとが下りました。源氏は明石の君を残してはこの明石の浦を立ち去りがたく、その頃は一夜も欠かさず明石の君のもとを訪れていました。明石の君は、六月頃から懐妊の兆しがありました。源氏は懐妊した明石の君といよいよ別れがたく、何とかしかるべく都合をつけて、この人を京に迎え取ろうと心に定めて明石の浦を去るのでした。紫の上と別れて京《みやこ》から須磨に出発してから、今日の帰京まで二年四ヶ月という年月がたっていました。

須磨へ出発（三月）	源氏　二十六歳・紫の上　十八歳
明石君と契る	源氏　二十七歳・紫の上　十九歳・明石君　十八歳
源氏帰京（七月）	源氏　二十八歳・紫の上　二十歳・明石君　十九歳

源氏が久しぶりに二条院に帰ってくると、紫の上がまことに美しく大人になって、容姿も整って成長されているので、その姿を見た源氏は安堵します。その一方で、源氏はいとしい思いのまま別れてきた明石の君のことが胸痛く思い出されて、明石の君のことを紫の上にお話になるのでした。お話になる源氏の面持ちがみるからに普通ではないので、紫の上はそれとなく歌で恨みます。そうした紫の上を源氏は今まで以上にいとしいと思い、「今までどうやって長い年月の間、このいとしい人と逢わずに居られたのだろう。」と思わずにはいられないのでした。

源氏が帰京した翌年の二月、藤壺の宮腹の若宮・東宮が、十一歳で元服なさいました。そして、即位されて冷泉帝となりました。源氏はそれに伴って内大臣になり、源氏一門は栄華の道を歩み始めます。

三月の初め頃に、明石の君に姫君が誕生しました。源氏は、久々のお子の誕生であり、それも女の子であると知って、喜びは並大抵ではありません。かつての宿曜《すくよう》の占いで、「御子は三人、帝、后必ずそろってお生まれになるでしょう。お子様の中で一番身分が低い方は太政大臣として位人臣を極めるでしょう。」といわれていましたが、それが一つ一つかなうようです。源氏は、后になるはずの娘のお産を、どうして京でさせなかったのだろうと残念に思います。

姫君の将来を考えた時、姫君のためにひとまず身分ある乳母を明石に遣わすことにします。

源氏は紫の上に明石の君のことを、言葉に出してはほとんど話していらっしゃらなかったので、女房たちなど他からお聞き及びになっては困ると思われて、「生まれて欲しいところには生まれないで、意外なところに生まれるとは残念です。それも女の子で、放っておいてもよいのですが、そうもできないので、そのうち迎えをやってあなたにもおみせしましょう。」と、できるだけ軽く紫の上に明石の君のこと、そして姫君誕生のことを話すのでした。紫の上は、「自分が京でひたすら源氏を思い、悲しく辛い日々を過ごしていたのに、源氏の君は例え一時の気の迷いであったとしても、他の女性に情けをかけていられたのか。」と、源氏の仕打ちを悲しみ嫉妬せずにはいられません。紫の上のその様子を見て、源氏は「他人に悪く思われまいと私があれこれするのは、ただあなた一人を思うからなのですよ。」とおっしゃりながら、紫の上に箏《そう》の琴を押しやってお弾きになることをおすすめになるけれど、明石の君が琴に優れていたことを聞くのも妬ましいからでしょうか、紫の上は琴に手も触れません。その嫉妬の様子が源氏にとってはかえって魅力があって、紫の上が腹をたてていらっしゃるのをかわいらしく見所があると思うのでした。

五月五日、ちょうどその日が姫君の五十日《いか》にあたるはずだと、源氏はこっそり数えて、「姫が京でご誕生ならどんなに嬉しいことだろうに、残念なことよ。」と姫君をいたわしくお思いになって、五日に着くように、姫君の五十日の祝いの使者を遣わします。明石の君からはねんごろなお礼の返書が届きます。何度も繰り返し文を見て、嘆息する源氏に、紫の上は心穏やかではいられません。源氏は紫の上に手紙の上包みだけを見せますが、その筆跡などは大層風情があって、高貴な方々でも困ってしまいそうなくらい見事なので、「このような方だから源氏の御執心が浅くはないのだ。」と紫の上は苦しくお思いになるのでした。

二条の東院が完成して、源氏は西の対に花散里を、東の対に明石の君を住まわせようと思案します。源氏から明石に絶えず消息があり、「是非とも上京するように。」とおすすめがありますが、明石の君は自分の身の程を思い、「源氏の寵愛がなくなったらどんなにか世間の物笑いの種となろう。」などと様々に考え悩んで、京へ行く決心がつきかねています。明石入道は、京の大堰川のほとりにあった尼君伝領の邸のことを思い出して、その荒れ果てた邸を修理して、そこに明石の君を住まわせようとします。これを知った源氏は、惟光に命じて情趣深く、また内部の飾りなども心遣いをなさって立派に修理して、腹心の何人かを明石の君と姫君のお迎えに明石に遣わすのでした。父の入道は一人明石に残ることを決めていたので、明石の君・姫君・尼君は、悩み嘆き悲しみつつも、明石入道と別れて、明石の浦を船で京に向けて出発します。

そして京に着いた明石の君一行は大堰の邸に入りました。源氏は一行が無事に到着した祝宴の用意などはさせますが、ご自身でのお出かけはなかなかできません。大堰の邸に行く口実をあれこれ考えているうちに幾日か過ぎて、明石の君は、「やはりくるのではなかった。」と明石の邸も懐かしく、寂しく琴を弾いて暮らすのでした。

源氏も心の中で落ち着いてはいられず、「早く大堰を訪ねたい。」という思いがつのって、人目を憚ってはいられず、とうとう大堰に行こうとされるけれど、まだ紫の上にこういう次第とはっきりお話していなかったので、例によって、「他からお聞きになってはよくあるまい。」と思って、「造営した嵯峨野の御堂・桂の院の仏の手当や、以前から会う約束の人に会わなければなりませんので行ってきます。あちらで二・三日はかかります。」という口実を紫の上に話すのでした。紫の上は、明石の人をそこに迎えたのかと、大堰に住まう明石の君を訪問する源氏に、不満を抱くのでした。源氏は紫の上の機嫌を取るうちに日が高くなってしまいました。源氏は紫の上を大切に思い、愛するが故に傷つけたくないので、隠してしまったり、嘘をつく。しかしやはり紫の上には、源氏に裏切られたという思いと、源氏の不誠実さだけがみえてしまうのです。

源氏が、明石の君との事情を知っている少人数の供だけを連れて大堰に着いたのは、夕暮れ時になっていました。久しぶりの明石の君や幼い姫君との対面に、二人がいじらしくいとしく、二人を二条院に移したいとお考えになるけれど、紫の上がどう思うか、それがまたいたわしくて紫の上に言い出すことができません。

源氏は大堰の邸を手入れし、尼君や明石の君と様々に語らい、心を残して二条院に帰りました。二条院に帰邸すると、紫の上に帰邸が延びたことを弁解なさるけれど、紫の上の機嫌は直りません。源氏はそれに気がつかない振りをして「あなたとは比べられないのですから、ご自分を相手とくらべるのはつまらないことです。自分は自分で特別と思っていらっしゃい。」と、慰めるものの、宮中へ参内する前に、紫の上に隠すようにして急いで心をこめて文を書いていらっしゃるのは、「大堰の方に差し上げる文なのであろう。」と紫の上には思われます。紫の上付きの女房たちは、「ひどい。紫の上様がお気の毒。」と思っています。その夜は宮中で宿直の予定でしたが、紫の上のご機嫌とりに、夜は更けてしまったけれど源氏は帰邸なさいました。そこにはさきほどの文への明石の君の返事がもたらされていました。源氏は紫の上の前でその文を隠すこともできず、ご覧になると、女君の気に障りそうなことも書かれていないので、紫の上に「この手紙はあなたが破って下さい。めんどうな。」と言って、脇息にもたれかかりながら大堰の御方を愛しく思っていらっしゃいます。その源氏の様子を見て、何も感じない妻がいるでしょうか。

あの、辛く悲しい須磨への別れの時に、源氏が別の女性との愛を育み、子どもまで授かったことは、子どもを欲しいと思っても授からない紫の上にとって、深く傷つくことでした。源氏は紫の上のそこまでの深い哀しみはわからないけれど、それでも悲しそうな紫の上の様子に、源氏は機嫌を取るように女君の側にそっと寄られて、姫君の引き取りと裳着のことを相談するのでした。それを聞いて紫の上は、手ずから姫君を養育したいと快諾します。源氏は、それでもなお、「どうしたものか。こちらに引き取ったものか。」と、迷いはつきません。源氏が大堰にお越しになるのはなかなか容易なことではなく、月に二度ぐらいの明石の君との契りなのでした。

冬になって大堰の邸の心細さは一層つのり、このままでは暮らしていけまいと、源氏は明石の君に入京を勧めますが、明石の君は思案にくれて承知しません。姫君が将来后の位につくと信じている源氏は、姫君の将来のために、心を鬼にして、「せめて姫君を二条院に。」と説得するのでした。姫君を手放しがたく思う明石の君に、源氏は紫の上の人柄などを語り、明石の君を納得させようとします。明石の君はあれこれと悩んで決心がつきかねるのでした。

明石の君の母である尼君は思慮深い人で、「姫君を手放すことは辛いことですが、姫君のためにはそれが幸せなよいことなのですよ。劣り腹の生まれは世間でも軽くみられるものです。父親の邸で大切に育てられた人こそ、それがもとになって、将来も大事に扱われるのです。この山深い所で御袴着の式をあげても何の見栄えがありましょう。」と、明石の君にさとすので、明石の君はついに姫君を手放すことを決心するのでした。源氏は明石の君の決心を聞いて明石の君を不憫に思いつつも、日取りなどを選ばせて、ひそかに姫君引き取りの準備をおさせになるのでした。

十二月の雪が少しとけた頃、源氏は明石の姫君を迎えに大堰においでになりました。姫君は無邪気でかわいらしく、母親との別れを知らないまま二条院に迎えられます。姫君は始めこそ母君の姿を探して、いじらしく泣き顔になりましたが、明け暮れ大事に姫君に接して育てていらっしゃる紫の上に、次第になついて紫の上を慕うので、紫の上もまた「大層かわいい人を得たものよ。」と、ひたすら姫君を抱きあやして可愛《かわい》がるのでした。

袴着の儀式は、ことさら仰々しくはないけれど、お支度も格別に執り行うのでした。紫の上は二十三歳。明石の姫君は三歳でした。源氏と紫の上が結ばれてから九年の歳月がたっています。でも現代に生きる私たちから見ると、まだ二十三歳の紫の上がもう妊娠することがないように書かれているのは理解がしにくい所です。紫の上にとってみても、源氏と他の女性との間には子がいるのに、二十三歳の自分にはできないというのはどんなに苦しかったことでしょう。

源氏は大堰の明石の君を気の毒にも愛《いと》しくも思って、ひっそりと寂しい大堰の邸を訪問します。紫の上は穏やかならない思いで源氏を送り出しますが、姫君の愛らしさに免じて「あちらの方はどんなに姫君を案じて、恋しく思っていることだろう。」と、明石の君への不快さも大目に見ようという気持ちになるのでした。

秋ごろから、斎院を退いた朝顔の姫君に執心する源氏に、紫の上は思い悩みます。朝顔の姫君は、故桐壺院の弟式部卿宮の姫宮です。この姫君は、源氏が若い頃から熱心に求愛していましたが、朝顔の姫君は、六条御息所が高貴な身分であるにもかかわらず、源氏に冷たくあしらわれているのを目の当たりにしていて、源氏の熱心な求愛に応じようとしません。この朝顔の前斎院が源氏のもとに妻としてきたなら、紫の上の今の立場は失われることでしょう。何といっても朝顔の前斎院は式部卿宮の正妻の娘であり、斎院に卜定されて斎院を務め上げた姫宮です。斎院に選ばれるのは内親王か、内親王がおられない場合は女王と定まっています。言い換えれば朝顔の前斎院は内親王格の方なのです。紫の上は親王の娘ではありますが、兵部卿宮の北の方の娘ではなく、また源氏との結婚も正式なものとはいえず、正妻格ではあるけれど、世間的には正妻とは見られていない、源氏だけが頼りの弱い立場です。源氏は朝顔の斎院に心奪われて、紫の上から夜離れがちになっていました。嫉妬の言葉も言えないくらいの辛さをこらえかねる紫の上の様子に、さすがに源氏は、朝顔の姫君との仲について終日弁明するのでした。雪の夜に、源氏は紫の上を相手に藤壺中宮など、女性たちを評します。紫の上については、嫉妬する欠点を措いては藤壺同様、絶対的な美質の持ち主と評するのでした。

源氏三十五歳の秋、かねてから構想していた四季の町からなる六条院が完成しました。彼岸の頃に源氏と共に紫の上は東南の町に移ります。東南の町は紫の上の好みから春の風情にしつらえられていました。養女である秋好中宮の里邸としては、母御息所の旧邸跡に新築した秋の風物を堪能する御殿が配されました。花散里は夏の町に、遅れて明石の君も冬の風情豊かな西北の町に入りました。絢爛たる六条院の生活の中で、源氏は、はかなくもあっけなく廃院の中で急死した夕顔のことが忘れられません。夕顔の侍女で、今は紫の上の侍女になっている右近もまた、「夕顔様が今も、ご存命ならば、明石のお方くらいの御寵愛を受けられただろうに。」と、悲しくも残念に思って、「せめてあの折にお別れした若君なりと御見つけしてお世話したいもの。」と、初瀬の長谷寺などに参詣しては、若君に会えることを祈願していました。

一方、乳母一行と九州から漸く京に戻ってきた若君は美しく成長し、今は二十一歳になっていました。京には戻ってきたものの頼りどころも当てもなく、途方に暮れて、石清水八幡宮や長谷寺に参詣して神仏に祈っていました。ちょうど初瀬の椿市に来合わせた右近と、夕顔の忘れ形見の若君・玉鬘は偶然に再会します。六条院に戻った右近から、玉鬘を見いだした初瀬詣でのいきさつなどの報告を、紫の上は源氏と共に聞きます。

やがて源氏は、花散里が住む東北の町の西の対の文殿を移して、そこを玉鬘の住まう場所と定めて、六条院に玉鬘を引き取ります。紫の上は源氏から夕顔の一件を初めて聞くのでした。光源氏十七歳、夕顔十九歳という若い時のはかない恋であり、当時紫の上はまだ九歳で、源氏との出会いはその翌年なので、夕顔と源氏の恋の話に嫉妬するということはないけれど、今まで源氏が紫の上に話すことなく、ご自分の心に留めて打ち明けてくれなかったことが恨めしいのでした。源氏は紫の上に、「数多くの女性たちと知り合ったが、あの夕顔のように一途にかわいい人はいなかった。もし今も生きていたら、北の町の明石の君と同じぐらいに扱ったことでしょう。」と語ります。紫の上は、「それでも、明石の御方ほどにはお扱いにはならないでしょう。」と過去の夕顔にではなく、現在の明石の君への嫉妬が抑えられず、明石の君の存在にこだわっています。側で、明石の姫君が可愛らしく無邪気に源氏と紫の上の話を聞いているのを見ると、紫の上は、「源氏がこの姫君の母君を大切になさるのも無理からぬことよ。」と思い直しになるのでした。

やがて、紫の上を始めとして、花散里、秋好中宮、そして明石の君も六条院に移り、玉鬘も東北の町の西の対に落ち着いて、六条院は華やかで、源氏の栄華の極みという様相を呈します。

六条院での初めての正月を迎えるにあたり、年末に源氏は女君たちに装束を調えて贈ります。装束の裁縫をする御匣殿《みくしげどの》で仕立てたものや、織物の職人たちが丹精こめて織り上げた細長や小袿、紫の上方で仕立てなさったものなど、すべてをとりださせて、あれこれお選びになって取りそろえ分けていきます。紫の上は、仕立てだけではなく色合いやぼかしなどの染めにも堪能であるので、源氏は紫の上を、「この世にめったにいない優れた方」と思っています。紫の上は衣装選びの場にたちあって、「その方によく似合うようにお見立てなさいませ。」とおっしゃって、源氏の選ぶその衣装を目にして、女君たちについて想像をめぐらさずにはいられません。明石の君に用意する舶来風の上品な衣装を見て、明石の君の気高さが思われて、心穏やかではいられません。六条院という同じ邸内に住まっていても、女君たちはお互いに顔も知りません。紫の上は、源氏が選ぶ衣装を見て、「この衣装が似合う方ならこうであろうか、ああであろうか。」と、想像を巡らすのですが、その紫の上の思いは複雑です。

元旦、六条院の初めての春です。紫の上の春の御殿は、庭も女房たちも申し分なく、祝い言をしあっているのも華やかです。源氏は明石の姫君、花散里、西の対に住む玉鬘、と女君たちの所を訪問して、夕方になってから最後に明石の君の住む西北の町を訪れます。そしてその夜は、新年早々、紫の上が不機嫌になるだろうと気兼ねされるものの、明石の君のもとに泊まってしまいます。「やはり明石の君への御寵愛は格別であることよ。」と、女君たちはおもしろからず思い、また紫の上に仕える女房たちは、皆心外に思うのでした。翌朝、空が白み始める頃、そそくさと源氏は南の御殿・紫の上のもとにお帰りになります。源氏は夜も寝ないで、自分が戻るのを待っているであろう紫の上の心を憚らずにはいられないので、「うたたねをしてしまって。」などと弁解をして、紫の上の機嫌を取りますが、すねている紫の上からの返事はありません。年の始めの元日に、源氏は他の女のもとに泊まってきたのですから、紫の上がすねて機嫌をそこねるのも、もっともといえるでしょう。

三月二十日過ぎの頃、春の御殿の庭のあり様は桜が咲き、山吹が咲き、花々が咲き乱れるという見事さで、その中を源氏は竜頭鷁首の船を池に浮かべ船楽を催すのでした。宮中からちょうど退出していた秋好中宮を招きたいものの、身分柄そうもならず、かわりに中宮の女房たちを春の御殿に招いて見物をさせるのでした。女房たちは春の御殿の美しさ、趣向にうっとりと感動して春の素晴らしさを中宮にも報告します。翌日、秋好中宮の季の御読経《みどきょう》に、紫の上は意匠をこらした供物を贈って、昨秋からの春秋競べに歌で応じて、勝ったのでした。この「胡蝶」巻に描かれる春爛漫の春の御殿の美しさは、紫の上の華やかな輝きとあいまって紫の上の幸せそのもののように思われます。この時源氏三十六歳・紫の上二十八歳の春のひとときのお話です。

華やかな六条院には八歳の明石の姫君がいるだけで、まだ幼い姫なので、恋を求めて貴公子が集まるということはありません。その意味では静かであったけれど、妙齢の二十二歳の美しい玉鬘を六条院に迎えたことで、若い貴公子たちが想いを焦がして集まるようになりました。それは源氏の思い通りの事柄でしたが、様子を見るという口実で玉鬘のもとを訪れるうちに、源氏自身が玉鬘に強く惹かれていきます。その玉鬘への源氏の執心ぶりから、紫の上は、玉鬘に対する源氏の心を察して、「あの玉鬘様は、心の底からあなたを信頼してお頼り申していらっしゃるとはお気の毒ですね。」と、チクリと釘をさします。源氏は紫の上がこうした推測をなさるにつけて、これから先この玉鬘との関係をどうしたらよいのかあれこれ考えたり、またご自分の無分別さを反省なさったりするのでした。紫の上は、玉鬘にひかれつつ揺れ動く源氏を間近で見ながら、「それでも、まさか玉鬘を妻の一人にすることはあるまい。」と、心の中ではまだ源氏を信じつつ暮らす、その紫の上の気持ちはどういうものでしょう。

源氏は玉鬘への抑えがたい恋情を持つ一方、玉鬘に蛍兵部卿宮への交際を勧めたりと、自分の気持ちをもてあましています。そんな源氏は自分の経験からか、十五歳になる息子の夕霧を紫の上には決して近づけません。

秋が深まり、激しい野分が六条院を襲った日、源氏と紫の上が住まう六条院の東南の町を見舞った夕霧は、思いがけず風がひどく吹いてきて、簾が吹き上がり、隔ての屏風も、風に備えて部屋の片隅にたたんで寄せてあるために、部屋の中まで見通しがききます。廂の間の御座所に座っている人、その人は見間違えるはずもなく気高く美しく、そこだけ花開いた感じがして「春の曙の霞の間より、おもしろき樺桜《かばざくら》の咲き乱れたるを見る心地す。（春の夜明けの空が明るんできた時、霞の間から美しい樺桜が咲き乱れているのを見る心地がする。）」（「野分」巻）という思いで、紫の上から目が離せません。御簾が吹き上げられるのを女房たちが必死に手でおさえていますが、どういうことでか紫の上がにっこり微笑まれるのが何とも美しく見えます。その紫の上を垣間見て、夕霧はその美しさ気高さに驚いて、心奪われて夢心地になるのでした。夕霧は父の源氏が、自分を紫の上に決して近付けないことを納得するのでした。野分見舞いから帰った夕霧は、垣間見たあの美しい紫の上の面影を忘れがたく思い続けずにいられません。

翌朝、夕霧は紫の上の部屋近くに行き、源氏と紫の上の睦まじい様子と、二人の間に交わされる言葉に心が乱れます。夕霧は父源氏の使者として秋好中宮を見舞います。源氏に復命しま

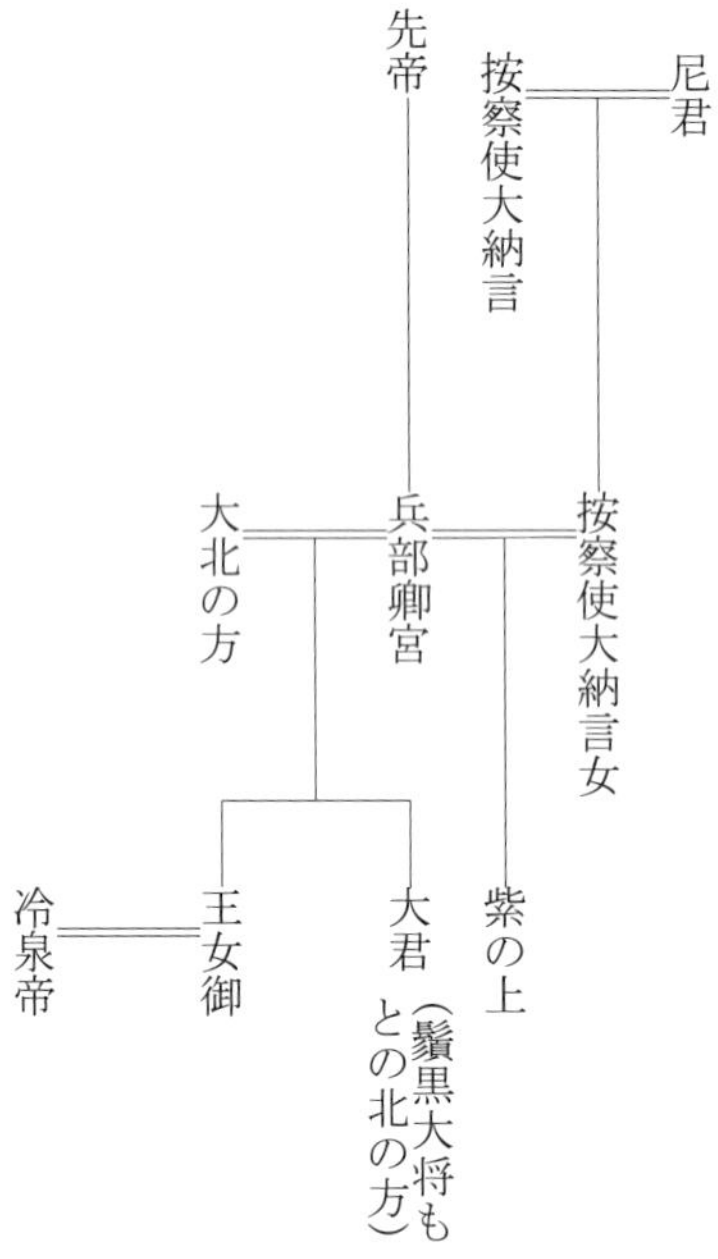

すが、紫の上を思い、ついぼんやりしてしまいます。その夕霧の様子を見て、源氏は夕霧が紫の上を見たのではないかと思います。紫の上の、比べるもののない美しさを充分に熟知している源氏は、息子といえども紫の上が自分以外の他の男に見られることは許せなかったのでしょう。

六条院に養われている玉鬘に、求婚する貴公子たちの中に鬚黒大将がいました。鬚黒大将は、北の方を無視して玉鬘に熱中します。侍女の手引きで玉鬘をものにした鬚黒大将は玉鬘のもとにいりびたりです。北の方を無視した鬚黒大将の振る舞いに、北の方の父である式部卿宮（紫の上の父宮）が怒って、娘であるこのもとの北の方を自分の邸に引き取ってしまいます。式部卿宮の北の方、大北の方は、玉鬘の保護者である源氏を、自分たちへの意趣返しであると憎みののしります。源氏が須磨へ退去した時、残された紫の上に援助もせず、冷淡に振る舞ったことへの復讐を、今、源氏がしているととらえているのです。鬚黒大将のもとの北の方は、紫の上の継母大北の方の娘であり、紫の上とは異母姉妹なので、紫の上は彼らに憎まれることが「辛い」と、嘆かずにはいられません。

明石の姫君の入内の準備が六条院では着々と行われています。その準備のための薫物合《たきものあわせ》に紫の上は源氏と調合の秘法を競いますが、この時の紫の上の梅花の香はことにすぐれていました。また、明石の姫君の習字の手本を選ぶ源氏は、当代の女性の仮名を論評して、紫の上を当代の上手の一人と認めるのでした。紫の上は衣装の仕立てや染に堪能なだけではなく、香や書、音楽など教養ゆたかな理想的な資質を与えられた人として描かれています。

入内に先だって、紫の上の養女である明石の姫君の裳着が行われるにあたって、腰結い役は秋好中宮が務めました。裳着の儀は大勢の上達部たちを迎えて盛大に行われました。その折に、紫の上は初めて、秋好中宮に対面しました。

明石の姫君の入内は、四月二十余日と決まりました。紫の上は姫君の行く末長い幸せと繁栄を祈念するためなのでしょうか、賀茂の御阿礼《みあれ》・賀茂別雷の神の降臨を迎える祭に、参詣するのでした。祭の日の明け方に参拝して、その帰途に、祭の行列を見物するために桟敷においでになるのでした。その有様は堂々として厳かで、大変な御威勢にみえます。ここで特筆したいのは、賀茂の御阿礼に参詣する女人は、『源氏物語』の中で紫の上ただ一人だということです。「藤裏葉」巻の、明石の姫君入内の際の箇所に、「御参りは北の方添ひたまふべきを、常にながながしうはえ添ひさぶらひたまはじ、かかるついでに、かの御後見をや添へまし、と思す。（姫君御入内には、北の方がお付き添いなさるのが慣例ではあるけれど、紫の上が長い間姫君にお付き添い申しているわけにもいくまい。実母の明石の君を後見役に付き添わせたらどうであろうか。）」と源氏はお思いになり、紫の上も実の親子が離ればなれでいることをよくないことと考えていたので、明石の君を姫君の後見役にすることを進めるのでした。

明石の姫君の入内の当夜は、紫の上が付き添って参内なさいました。紫の上は、姫君を実の娘のようにこの上なく大切にお育てになり、いとしく思ってかわいがっていらっしゃったので、この姫君を人手に渡したくはなかったけれども、三日間の婚儀の後、明石の君と交替して宮中を退出しました。退出時には輦車《てぐるま》の勅許をいただいて、女御の扱いと変わるところがありません。この折に、紫の上は明石の君と初めて対面しました。お互いに、その美しさ・人柄を心の中で称賛しあい、源氏の君に愛され、大事にされていることを納得するのでした。

この明石の姫君の入内後まもなく、源氏は准太上天皇になります。まさに光源氏の絶頂を表しています。この時、紫の上は「北の方」と書かれ、明石の姫君に付き添って参内した折も華やかで美々しく、その上輦車の勅許を頂いて、まさに光源氏の北の方として皆に認められて絶頂のようにみえます。この紫の上の地位が、突き落とされる出来事がこれから起きるとは、誰も予測できませんでした。

『源氏物語』を内容から大きく三部に分けますが、紫の上の人生においても、「藤裏葉」巻までと、次の「若菜」巻からは大きく変わっていきます。「若菜」巻は源氏三十九歳・紫の上三十一歳で始まります。

六条院行幸の後、朱雀院は重く病み、それに伴ってかねてからの出家の望みを実現しようと思いますが、それにつけても気がかりなのは女三の宮のことです。女三の宮の母君は、先帝の皇女でしたが源氏の姓を賜って、朱雀院がまだ東宮でいらっしゃった時に入内しました。本来なら高い位（中宮）におつきになるはずの方でしたが、しっかりした後見役もおいでにならず、女御としての待遇で、藤壺の女御と申し上げたのでした。朱雀院は、皇女が女御でいることを気の毒に思っていらっしゃいましたが、どうすることもできず、女御も我が身を不運に思いながら、早くに亡くなってしまいました。朱雀院は残された女三の宮を、お子様たちの中でも特に「いとしい者」と、大切にお育てになりましたが、ご自分が出家してしまったなら、この後見のいない女三の宮の将来がどうなるか心配で、ご自分が出家する前に何とか女三の宮を守り、後見してくれる人を定めておきたいと、あの人この人と思案するのでした。この時女三の宮は十三・四歳で裳着の儀式もまだなので、院は朝晩となく、この女宮のことを心配するのでした。

朱雀院は夕霧・柏木・蛍兵部卿宮など、いろんな人を女三の宮の婿として考えますが、どの人にも決めかねます。その結果、ついに朱雀院は源氏に親代わりのつもりで託したいと思います。源氏は始めは辞退するのですが、朱雀院が気の毒であること、女三の宮が心から慕い続けていた故藤壺中宮の姪であることなどを思うと、朱雀院の申し出でを断れずに承諾してしまいます。

紫の上は、朱雀院が女三の宮の婿選びで苦慮しているという話と、女三の宮が源氏へ降嫁なさるとの噂を聞きますが、「源氏の君は前斎院・朝顔の姫君に熱心に言い寄っていらっしゃったが、それでも最後まで思いを遂げようとはなさらなかったのだから。」と朝顔の姫宮の前例を思って、今度も大丈夫と楽観していました。紫の上は、源氏の女性たちのことで色々悩まされてはきましたが、心の底では源氏を信頼する気持ちはゆるぎないものがありました。

女三の宮の降嫁を受諾した源氏は、邸に帰る途中、何となく気が重く、あれこれ思案せずにいられません。「自分の気持ちは紫の上から他へ移るなどあろう筈もなく、かえって紫の上への情愛がまさろうが、それが紫の上にはっきりとわかって頂くまで、どんなに紫の上は苦しんで私をお疑いなさることだろう。」と、次第に不安な気持ちになって、邸に戻ると、紫の上に朱雀院のお気の毒な様子を縷々語って、そして女三の宮の降嫁についても語るのでした。紫の上は、降嫁決定を源氏の口から知らされて、内心いたく動揺しますが、努めて平静をよそおいます。「女三の宮様御降嫁のことは、源氏の色恋沙汰からでたことではなく、止めだてするすべがないことで、仕方のないことだったのだ。自分が物思いに沈んだりして世間に笑われないようにしよう。継母の大北の方がこのたびのことを知ったら、どんなにかそれ見たことかとお笑いになることだろう。」と内心では悲しく思い続けながらも、表面はまったくおおらかになさっています。

二月十余日、女三の宮の六条院への輿入れがありました。入内なさる女君に準じて、お輿入れの儀式の盛大な様子は素晴らしいものでした。内親王が臣下に降嫁する場合は、婿君が出迎え、牛車から内親王を抱き下ろしなさるのが常でしたが、源氏は准太上天皇であるので、そこまでする必要はありませんでした。が、源氏はご身分を卑下なさって、寝殿の階《きざはし》に寄せられた牛車まで迎えに出られて、女三の宮を抱き下ろしたのでした。婚儀の続く三日の間、盛大でまたとない雅《みやび》を尽くす中で、紫の上は平静ではいられず居心地悪く思わないではいられません。それでも表面は何気なく振る舞って、悲しみを抑えて源氏に協力するのでした。紫の上は十歳の頃、邸から掠われるように光源氏の住む二条院に連れて来られて育ち、その後初めて源氏と契った時も、何もわからないままでした。源氏は三日夜の餅は内々に惟光に命じて用意させたものの、父の式部卿宮も一切のいきさつを知らないまま、露顕《ところあらわし》の儀式など、正式な結婚の儀式もなく源氏と結ばれたのでした。そんな紫の上にとって、身分高い正妻を迎える夫の婚儀を手伝う苦しさが思いやられます。

新婚の三日間、源氏は夜離れなく女三の宮のもとに通いますが、紫の上はこれまで長年の間、このような続けての夜離れの経験がなかったので、こらえようとするものの、苦しくまた切なく、苦悩を深めるのでした。源氏の数々のお召し物に香をたきしめさせながら、ぼんやりとうち沈んでいる姿がいじらしく美しい紫の上でした。源氏はそうした紫の上を見るにつけて、「どんな事情があっても、どうして他に妻を迎える必要があったか。」と、後悔なさるのでした。源氏がなかなか紫の上のもとから女三の宮の所へ行きがたくてぐずぐずしているのを、「私が困ってしまいますから。」とせき立てて、源氏を女三の宮のもとにいだしやる紫の上の心中は穏やかではいられません。この紫の上の心中を勝手に推測する女房の、お節介な物言いを紫の上はたしなめて、あえて平静をよそおって機嫌よく女房相手に話などをなさっています。それでもやはり眠ることはできないで、夜遅くまで起きていらっしゃいます。あまり夜更かしをしても、「常と違う。」と、人に思われはしないかと気が咎めるので、紫の上は寝所に入りますが、寝つかれずにいるのを、また近くに控えている女房たちに、変に思われはしないかと、身じろぎ一つなさらないのも悲しい紫の上の立場なのでした。

　このように紫の上が思い悩んで苦しんでいたからでしょうか。源氏は紫の上を夢に見て、暁ごろに急ぎ帰ってきます。源氏が、紫の上の夜具を引きのけなさると、紫の上は涙で濡れた単衣の袖をそっと隠して、ことさら恨む風情ではないものの、すっかり許していらっしゃるのでもないその紫の上の高雅な様子がこの上なく美しく見えます。源氏は思わず子ども子どもした女三の宮と比べずにはいられないのでした。宮は痛々しいくらいに幼くいらっしゃって、源氏は幼稚な女宮に比べて、紫の上の立派さ素晴らしさを改めて思わずにいられません。

　山寺に移った朱雀院は、女三の宮が幼稚であることを心配して、六条院にたびたび女三の宮を依頼するお手紙を寄せます。紫の上にもわざわざ自筆のお手紙が寄せられたのでした。この時の登場人物たちの年齢は、源氏は四十歳、紫の上は三十二歳、紫の上を悩ます女三の宮はまだ十四・五歳です。お子様の明石の女御が十二歳ですから、女三の宮は妻というより子どもといったほうがふさわしいのでした。そういう意味では、女三の宮にとっても不幸な結婚でした。夕霧との結婚、あるいは二十二歳になられる冷泉帝への入内であったなら、女三の宮は幸せになっていたかも知れません。

このように紫の上を悩ませ、苦しめている源氏は、末摘花への見舞いを口実に、朧月夜の君を訪問しようとします。全く、どうしようもない色好みの男ですね。朧月夜尚侍の君を訪ねようとする源氏に、紫の上はそれと察しても以前のように嫉妬の表情をお見せになりません。

大層人目を忍んでお戻りになった源氏の寝乱れ姿を紫の上は待ち受けて、朧月夜の尚侍の君との密会を、「そういうことであろう。」と、おわかりではあったけれど、何も知らない風を装っているのでした。その紫の上の態度は、源氏にとっては嫉妬して嫌味を言われるより辛く、「紫の上はこうまで自分を見限ってしまったのか。」と、不安にならずにいられません。そうした紫の上を慰めようと、あれやこれやと弁解を交えて話をなさるうちにすっかり白状してしまうのでした。源氏の口から実際に聞かされてみると、さすがに紫の上は涙ぐむのでした。

女三の宮は、源氏が訪れないことについて何とも思わないのでしたが、女三の宮付きの女房たちは不満を言い合うのでした。女房たちの存在は、女君たちにとってみて、味方であると同時にいろんな事を複雑にしてしまう存在でもあるようです。

明石の女御は、東宮の寵愛も深く、東宮がなかなか里への退出をお許しにならないので、里下がりも思うようにできませんでしたが、懐妊のためようやく里下がりをなさいました。女三の宮がお住まいの六条院の東南の町の、寝殿の東面《ひがしおもて》に、明石の女御のお住まいが用意されました。明石の女御は実の母君よりも紫の上を慕っています。紫の上は明石の女御と対面のついでに、中の戸を開けて女三の宮への挨拶をしたいと源氏に願います。源氏は素晴らしい紫の上と比べてあまりに幼い女三の宮の有様を、紫の上にはっきり見られることをきまりが悪く思いますが、二人を対面させます。二人は親しく言葉を交わし、以後、文通などの親密な交際をするようになります。それまでは、「紫の上はどんなお気持ちでしょう。源氏の殿の御寵愛もいままでのようにはいかないでしょう。」などと女房たちに取り沙汰されていましたが、そうした世間の悪い噂も自然と立たなくなりました。源氏の、紫の上への愛着はますます深まる一方です。逆に、紫の上の源氏に対する信頼は次第に薄れていくようです。

　年が改まり、源氏は四十一歳、紫の上は三十三歳、明石の女御は十三歳になりました。二月頃から明石の女御の容態が変わってお苦しみになることもあるので、いたいけなお歳での出産を、源氏も紫の上も心配して、実母の明石の君のもとに女御の住まいを移します。三月十余日、明石の女御が、東宮の第一皇子である男御子を無事に出産なさいました。紫の上もこちらにおいでになり、白一色の装束をお召しになって、いかにも女御の母親といった様子で若宮をお抱きになっている様子が大層美しいのでした。ご自身は出産の経験がないので、子ども好きの紫の上にとって若宮はかわいく、その世話にいそしむのでした。六日目に女御は東南の町・紫の上のもとにお帰りになりました。翌、七日の夜、帝からも御産養《うぶやしない》を賜わります。若宮は日に日に成長し、紫の上は若宮をかわいがって幼児の魔除けとして枕元に置いた天《あま》児《がつ》なども紫の上ご自身でお作りになるのでした。この若宮のおかげで、紫の上と明石の君との仲も円満に運ばれるのでした。

明石の女御への東宮の寵愛は深く、東宮からは明石の女御母子が早く宮中へお帰りになるようにと、催促なさるお使いが幾度もきます。紫の上はそれが我がことのように嬉しくて、宮中へ戻ることを促します。紫の上が実の我が子のように明石の女御の面倒を見、若君を可愛がるのを見て、源氏は明石の君に紫の上を称賛します。明石の君は紫の上に対して謝意を述べながら、心の中で、「自分は姫君を産んで、今こうして姫君とも一緒にいられる。何と幸せなことか。」と、紫の上より幸運の我が身を思うのでした。

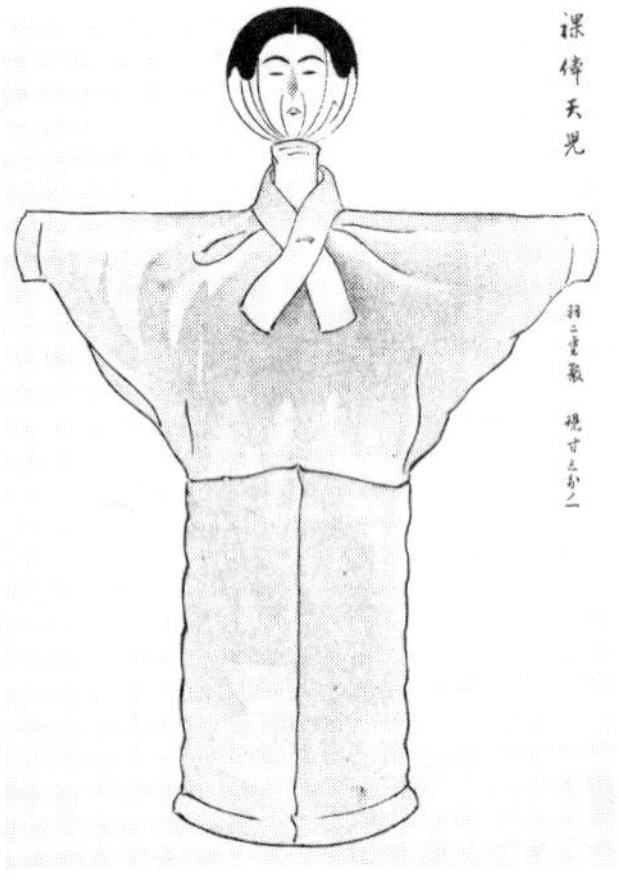

羽二重製の裸体天児
久保田米斉編『雛百種』上　山田直三郎　大正4　国立国会図書館デジタルコレクション（https://dl.ndl.go.jp/pid/967143）

冷泉帝が退位なさり、東宮が今上帝になりました。治世の交代で、明石の女御腹の一の宮が立坊（皇太子に立つこと）します。紫の上は、今のそれなりに落ち着いた源氏との仲に不足はないけれど、胸に空いたむなしさはどうしようもなく、ときおり出家の意志を漏らすのですが、それを源氏は決して許そうとしません。源氏にとって紫の上との別れは考えられないものだったのです。

今上帝からの寵愛あつく、宮中で並ぶ者のない勢いの明石の女御は、養母である紫の上を実母のように慕っています。源氏が行う住吉参詣には、明石の女御は紫の上と同車し、紫の上は社前の美景に感動して、女御や侍女と歌を唱和します。傍から見れば押しも押されもしない六条院の実質的な女主人ともいえる紫の上ですが、その紫の上は念願の出家さえできず、より所のない我が身に寂寥を感じ、明石の女御腹の女一の宮の養育に気を紛らわすことでしか胸の奥の闇に対する術はありませんでした。

女三の宮は朱雀院から琴《きん》の琴を習っていましたが、まだ習熟しないうちに父宮と別れていましたので、源氏は「朱雀院が女三の宮にお会いになる時に、女三の宮の琴をお聞かせして、その上達ぶりをお目に掛けよう。さぞお喜びになることだろう。」と、熱心に女三の宮に琴の琴を教えるのでした。主に皇族に伝承されていた琴の琴は、紫の上は源氏に習ってはいません。

紫の上の父親の式部卿宮からも、習ってはいませんでした。父宮とは共に暮らすことがなかった紫の上ですから、源氏からの伝授がなければ上手く弾くことはできなかったでしょう。紫の上は源氏が熱心に教えた女三の宮の琴を聞きたいと願います。その心の中は、「自分は、とうとう源氏に琴の琴を教えてはもらえなかった。」という寂しさが、積もっていったと思われます。

　正月二十日頃、女三の宮方で女楽が催されます。琴の琴は女三の宮、紫の上は和琴《わごん》を弾き、箏《そう》の琴は妊娠中の明石の女御、琵琶《びわ》は明石の君が担当します。源氏も夕霧もその場に同席して、紫の上の和琴を称賛します。そして源氏は、紫の上を「花ならば桜」とたとえます。その演奏の後、今度は楽器を取り替えて打ち解けた演奏

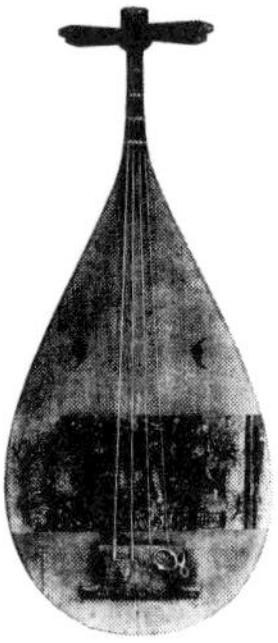

琵琶
『正倉院御物図録』第16　帝室博物館　昭和3-19　国立国会図書館デジタルコレクション（https://dl.ndl.go.jp/pid/1015469）

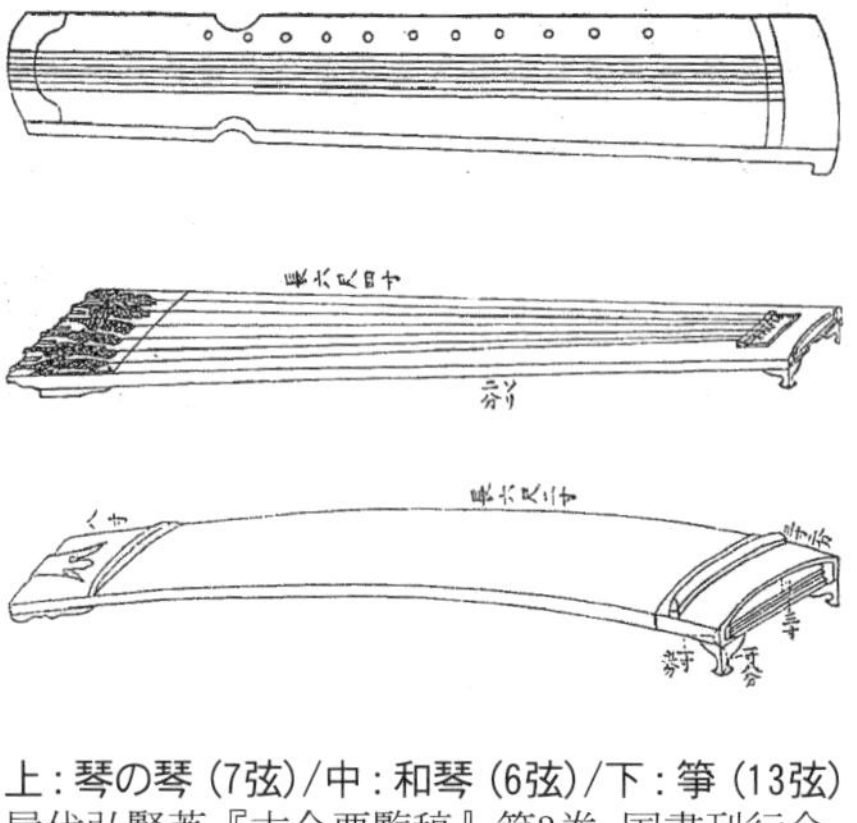

上：琴の琴（7弦）/中：和琴（6弦）/下：箏（13弦）
屋代弘賢著『古今要覧稿』第3巻　国書刊行会　明38-40　国立国会図書館デジタルコレクション（https://dl.ndl.go.jp/pid/897548）

に入りますが、その時紫の上が弾いた箏の音《ね》にも、夕霧は感動するのでした。源氏は見事にこなす紫の上のたぐいまれな美質を重ねて確認して、美しい理想的な人の短命を懸念するのでした。源氏は自分の特異な生涯を述懐しながら、紫の上に変わらぬ誠意を誓いますが、紫の上は「苦悩こそ我が生きる支えであった。」と、ここでも源氏に出家を願います。源氏は決して許そうとはしません。源氏は、紫の上の無類の人柄を称賛し、紫の上を自分から手放せないことを確認するのでした。

その夜、紫の上は突然発病します。女三の宮方にいた源氏は驚いて紫の上のもとに帰ってきて、熱心に看護します。しかし、今までの心労が大きかったためでしょうか、紫の上の病は癒えず、三月には、とうとう静かな二条院に移ることになりました。六条院で療養するには人の出入りも多く、心労も多いのに対して、二条院は紫の上にとっては幼い時からの心落ち着く居場所だったのです。紫の上と共に、源氏も看護のために二条院に留まり続けるのでした。源氏と紫の上のいない六条院は寂寞となりました。紫の上は、看護に訪れた明石の女御に、死を覚悟した発言をします。源氏や明石の女御の懸命な看護にもかかわらず紫の上は日ごとに衰弱していきます。四月、賀茂祭の日、紫の上は危篤に陥り、女三の宮方にいた源氏も、女三の宮のもとから二条院に馳せつけます。必死の加持祈禱の甲斐があったのか、ようやく紫の上は蘇生したのでした。源氏には紫の上のこの病は六条御息所の死霊の所為とわかります。

紫の上が死去したという報は、瞬く間に広がり、その報を聞いた人々が見舞いに駆けつけます。紫の上はそんな中、ようやく意識を取り戻しました。紫の上は、今までも再三にわたって出家の希望を源氏に表してきましたが、いままでは決して承知しなかった源氏も、紫の上の延命を切願して、ここでついに五戒（仏教で在家の信者が守るべき五種の禁戒）をうけることだけは許すのでした。

五月、物の怪がしつこく紫の上から離れ去らず、源氏は故六条御息所と思われる物の怪の罪障を救うために、毎日法華経を一部ずつ供養します。その甲斐あってか紫の上は六月になってようやく小康を得たのでした。しばらくの間六条院を留守にしていた源氏のもとに、女三の宮が不例との知らせが入ります。紫の上のすすめもあって、源氏は女三の宮を見舞いますが、その二、三日の間も、紫の上のことが気がかりで、源氏はひっきりなしに次々と紫の上に文を寄せるのでした。

源氏は、久しぶりに帰った六条院の女三の宮の褥《しとね》のへりに、柏木から女三の宮に宛てた懸想文を見つけてしまいます。何気ない風を装って源氏はすべてを読み取ってしまいます。二条院に帰ってからも柏木と女三の宮の不義に苦悶する源氏を見て、紫の上は女三の宮の具合が悪い故に、宮への気がかりで悩んでいると察して、源氏に、宮を見舞うように勧めるのでした。現実世界での源氏との生活を、諦めにも似た心の静寂の中で、紫の上は出家への思いをいよいよ募らせて、源氏から朧月夜の君の出家や朝顔の姫君の仏道専念ぶりを聞くと深く羨望して、朧月夜の君の法服を心を込めて調進するのでした。

紫の上の重態や、故葵の上や故弘徽殿大后の御忌月（命日のある月）などで、延び延びになっていた朱雀院の五十の賀が、女三の宮の懐妊八ヶ月での御不例があったりして、またまた延期されていましたが、ようやく十二月に予定されて、その試楽を機会に紫の上は六条院に帰ります。

回復の様子もないまま重態に陥った柏木衛門督の最後の手紙が女三の宮のもとに届いた頃、その夕方から女三の宮は産気づき、翌朝男子を出産しました。盛大な産養の儀式を源氏は執り行いますが、その一方、源氏は暗澹たる思いをかみしめるばかりです。女三の宮も、自分自身の衰弱に加えて、自分に丁重ではあるけれど冷淡な源氏の態度に絶望して、今後のことを思うにつけても、出家を源氏に申し出ます。源氏は女三の宮を許そうという思いと、かえって女三の宮が出家した方がいいのではないかという思いとの間で、悩みが深まるばかりです。朱雀院は常々女三の宮のことを心配していましたが、あれこれ思案の後に、ついに泣きながら宮を尼にしたのでした。夏、蓮の花の盛りの頃に、女三の宮の持仏開眼供養が営まれました。その供養に、紫の上は仏具や法服などを用意するのでした。その用意の趣味の良さが人々から誉めたたえられます。女三の宮が出家したその本当の理由、また源氏の苦悩の本当の意味は紫の上にはわからないものの、紫の上は心の奥底では女三の宮の出家をどう思ったのでしょう。「これでまたもとのように、女三の宮が来る前に戻れる。」と思ったのでしょうか。あるいはもう、正妻とか、妻の権威とか意地とか、一切遠くのものとして、紫の上には感じられなくなってしまったのでしょうか。あの堅物の夕霧と、故柏木の正妻落ち葉の宮の噂に、心痛する源氏に接しても、紫の上は女の運命の不幸を痛感せざるを得ません。明石の女御腹のかわいい女一の宮の、女として生まれて、女の不幸を背負いつつ生きてゆかねばならない将来をも不安に思うのでした。

　昨年の大病以来、紫の上はめっきり衰弱して、どこが悪いというのではないけれど病がちのまま年月が重なり、いよいよ弱っていくので、源氏の君のご心痛はこの上ないものでした。紫の上自身の気持ちとしては、「この世には、もう何も望むことはなく、気がかりな何の絆すらない我が身であるから、これ以上無理に生きながらえたい命ではない。」と、思いながらも、「長年連れ添ったこの源氏の君とのご縁を断つことで、源氏の君を深く嘆かせ申すことになる。」

と、しみじみと思うのでした。後生の功徳のために、紫の上は絶えず出家を切望していますが、源氏は決して許そうとはしません。出家を許してくれないことに対して、紫の上は「恨めしい」と、不満を感じるのでした。紫の上は長年、内々の発願としてお書かせになっていた法華経千部の供養を二条院で行います。帝、東宮、后の宮（明石の女御）を始めとして大勢の方々から御誦経やお供物のことがあり、夜もすがら尊い読経の声に合わせて鼓が打ち鳴らされ、楽の音がにぎやかに聞こえてきます。親王方や上達部たちが秘術を尽くして演奏なさって、人々が打ち興じている楽しげな様子を見るにつけ、残り少ない自分の命と悟っている紫の上の気持ちは、万事につけてしみじみと悲しく、一人感慨に沈みます。紫の上はいつになく起きておられたせいか、今日は大層苦しく臥せていらっしゃいます。集まった方々は法会が終わって、皆それぞれ帰ろうとなさるけれど、死期の近きを感じる紫の上は、永久の別れのようで誰彼となく名残惜しく思わずにいらっしゃれないのでした。

夏になり、紫の上の衰弱が甚だしく、それを心配した明石の中宮は、見舞のために宮中を退出して紫の上に対面します。紫の上は久しくお会いになっていらっしゃらなかったので、大層喜ばれて懇ろに思いのこもるお話をなさるのでした。紫の上は心の中で何かと考えることは多いけれど、不吉な遺言めいてはおっしゃらず、何かのついでに、長年仕えてくれた女房たちのことを、「私が亡くなりました後に、お忘れにならず目をかけて下さい。」と、お頼みになるのでした。紫の上がいつもかわいがっている明石の中宮腹の三の宮（匂宮）に、「大人になったらこの二条院に住んで、紅梅・桜をいつくしんで下さい。」と遺言すると、三の宮は紫の上をじっと見つめてうなずいています。紫の上はこの三の宮と、姫宮（女一の宮）をとりわけかわいがってお育てしていたので、これからお世話することができないことを、残念で悲しく思わずにはいられません。

ようやく待ちかねた秋になって、少し涼しくなったので、紫の上のご気分も多少さわやかに感じられるようですが、やはり、すぐにぶりかえして悪くなります。中宮は宮中にお帰りになろうとしますが、紫の上は自分の容態から、死期の近さを予感して、中宮と離れがたく思っているその姿が、弱々しく痛々しく思われます。紫の上は自分がいよいよという時には、源氏の君がどんなにお嘆きかと思うとしみじみと悲しい気持ちになります。源氏の君と中宮と三人で歌を詠み交わして、紫の上は中宮に、「もう宮中にお帰りなさいませ。苦しくなってきましたので。」と、几帳を引き寄せて臥せられるその様子がいつもと違って頼りなく、泣く泣く中宮がお手を取ると、消えてゆく露そのままの様子で、紫の上はまもなく臨終に陥り、翌八月十四日の朝、露の消えゆくように息絶えたのでした。御誦経の使者が大勢差し向けられる騒ぎとなり、以前もこのようになってから生き返られたので、その時にならって、一晩中さまざまの手を尽くされたけれど、その甲斐もなく、夜が明け果てるころにお亡くなりになったのでした。

嘆き悲しむ源氏は、生前紫の上が切望していた出家を、せめて臨終の折にかなえてやろうと、夕霧に落飾のことを相談すると、夕霧は「本当に息を引き取られた後に御髪だけをおそりになったところで後生のための明るいお導きともなりません。ただ目の前の私たちの悲しみだけがまさることでしょう。」と、申し上げて、夕霧は源氏と共に紫の上の死に顔に見入るのでした。そこに横たわる紫の上の、比類のない美しさに夕霧は驚嘆するのでした。

八月十五日の早朝、紫の上の葬送が行われました。源氏は悲しみの中で、自分も昔からの念願である出家を遂げる折だと思います。また、過去を追憶しつつ、紫の上を嘆かせた過去を悔恨するのでした。紫の上は四十三歳でした。源氏は五十一歳。二人が初めて出会ったのは源氏十八歳、紫の上十歳頃という幼さでした。そこから三十年を超える年月を二人は笑ったり、悩んだり、嫉妬したり様々な経験をしながら手を携えてきたのでした。紫の上の人生は、やはり幸せだったのでしょうか。光源氏にとっては、自分の愛は変わることはないのだからと、自信を持っていましたが、紫の上を傷つけ深く悲しませていたことには気づかなかったのでしょうか。

紫の上は聖なる北山で源氏に見いだされ、導かれて源氏のもとにやってきました。美しく、人々から敬われ、愛されて六条院の女主人として、何一つ不足のない生活の中で生きていました。紫の上は実子には恵まれず、また頼りとする源氏の女性関係に最後まで悩まされた生涯でした。この紫の上を考える時、作者は究極にはどういう女性として紫の上を描きたかったのでしょうか。そう考えてみますと、他の女君たちとは違う設定が見えてきます。『源氏物語』の女君の中でただ一人紫の上は賀茂神社の御阿礼《みあれ》（賀茂祭の前儀として行われる神事）に参詣しています。明け方に参詣して、その後、賀茂祭の桟敷に行っています。また八月十四日に亡くなり、十五日に煙となって天にのぼっていったという設定です。これらをみると、作者は斎宮や斎院だけではなく、ヒロインの紫の上をも聖なる女性《ひと》のイメージで造型したのではないかとも思われます。

11　玉鬘――放浪の姫君

玉鬘は、頭中将（内大臣）と、あの廃院で物の怪に取り殺されて亡くなった、夕顔との間に生まれた娘です。玉鬘が幼い時、頭中将は「なでしこ」と呼んで、母親の夕顔ともども二人を愛《いと》しく思っていました。でも夕顔は、頭中将の訪れが間遠である時に、頭中将の正妻、四の君の嫌がらせを恐れて、娘を連れて姿を隠したのでした。

このお話は「帚木」巻で、俗に「雨夜の品定め」といわれる頭中将の体験談として語られました。その話を聞いていた源氏は、頭中将の話にいたく興味をひかれたのでした。

実は頭中将の前から姿を隠した時、母の夕顔は娘と共に西の京の乳母の所に移ったのでした。

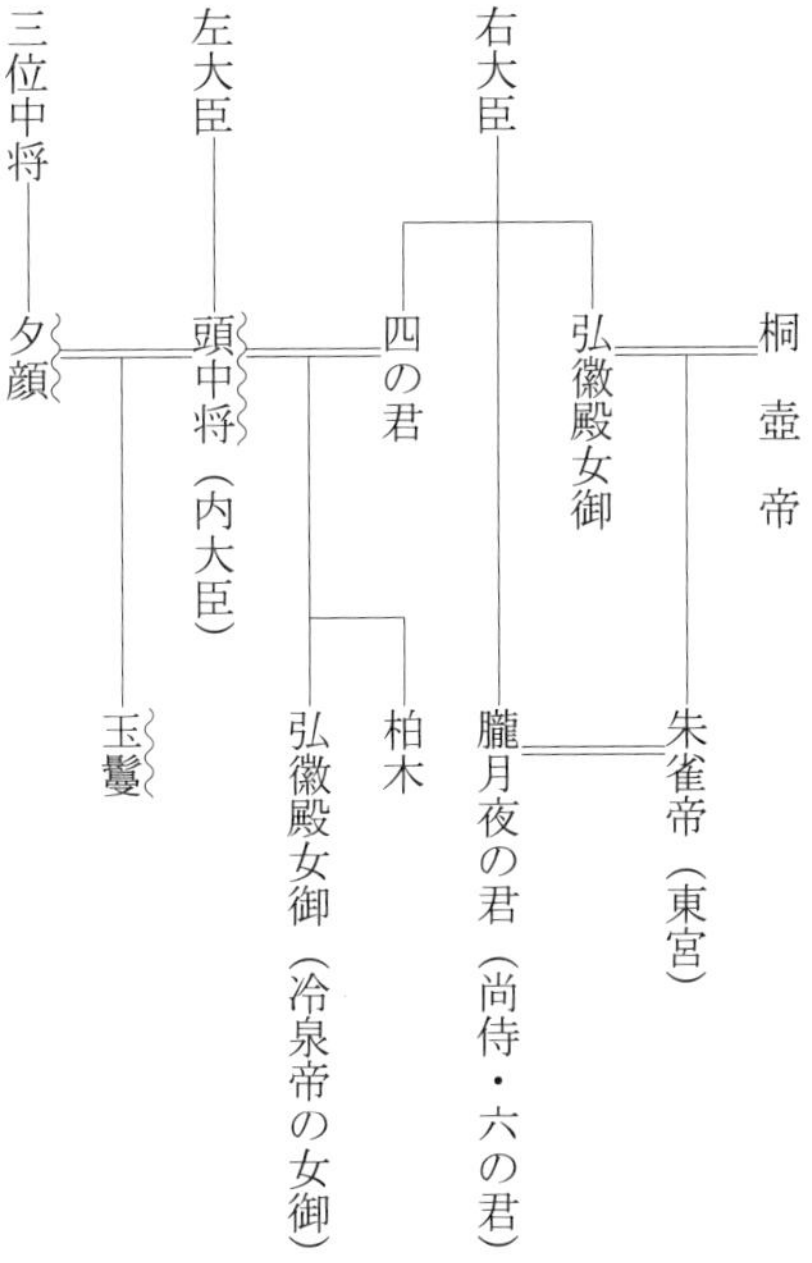

でもそこは見苦しく、住みにくい所だったので、山里に移ろうとしていました。それが方違えで、五条の粗末な宿に移ることになりました。そこで源氏に見初められたのです。

その時、源氏は十七歳です。六条御息所のもとに忍び通っていました。その途次、源氏の乳母《めのと》である大弐の乳母の病が重いことを聞いて、病気を見舞おうと立ち寄ろうとします。大弐の乳母は源氏の腹心の家来である惟光の母親です。門の開くのを待つ間に、あたりを見回した源氏は、夕顔の花咲く隣家に住む女に興味を抱きます。やがて源氏はその女のもとに通い始め、次第に女に耽溺《たんでき》していきました。その女・夕顔の住まう家は粗末で、隣の家の生活の音までが枕元に響いてきて落ち着きません。そこで女を静かな、普段使われていない廃院に連れていったのです。

八月十五日深夜、その院に物の怪が出現して、夕顔を取り殺してしまいます。源氏は、東山で夕顔の遺骸と決別し、邸に帰りますが、その後長く病に臥してしまいました。

一ヶ月後くらいにようやく源氏は病が癒え、夕顔の侍女右近に夕顔の素性を聞きます。そんなこととは知らない乳母や、残された夕顔の幼い姫君は、母君の行方もわからないまま、取り残されて途方にくれるのでした。その時姫君はまだ三歳という幼さでした。

やがて、母君の行方がわからないまま、姫君が四歳になった時、乳母の夫が大宰少弐（大宰府の次官・大弐の下）になったので、姫君は乳母夫婦に伴われて筑紫（福岡県）へ下向したのでした。世間には、少弐の孫と偽って乳母夫婦に大切に育てられます。

筑紫で六年の歳月が経ち、少弐は任期が終わって姫君を連れて京へ上ろうとしますが、京まではるか遠い道のりであり、実直な少弐には格別な財力もなく、ぐずぐずしているうちに少弐は重い病にかかってしまいました。病は重く、「姫君を大切にして、京に必ずお連れすることを忘れてはいけない。」と、妻や娘・息子たちに遺言して、亡くなってしまいました。姫君は十歳になっていました。

姫君は立派に育っていきます。成人するにつれて、母君（夕顔）にもまして美しく、父君（内大臣）の血筋まで加わって、気品高く申し分のない姫君でした。やがて、姫君の評判を聞いて、大勢の田舎人が姫に思いを寄せて、懸想文を送ってきますが、中でも、肥後国（熊本県）の土豪・大夫監《たゆうのげん》が強引に求婚してきます。その強引さを恐れ悩んだ乳母は「姫は見た目は美しいが体は不自由です。」と偽って断り続けます。それでもしつこい大夫監から逃れて、大夫監に味方する他の息子たちにも告げず、母に味方する娘たち、そして長男の豊後介と共に、逃げるように京に向けて船出するのでした。やがて一行は早船で上京して九条に落ち着きます。

玉鬘主従は、父の内大臣（頭中将）に早く会えるように、また行方のわからない母夕顔に早く会えるように石清水八幡宮に参詣します。さらに霊験あらたかな長谷寺に詣でますが、椿市までたどり着いた時、かつて夕顔の侍女で、現在は紫の上の女房になっている右近と偶然に再会します。右近は夕顔の遺児の姫君に会いたい一心で、長谷観音に祈っていたのでした。長谷寺に行く途次にこうして姫君に会えたのです。右近は姫君の美しさが、紫の上や明石の姫君にも比肩しうると嬉しく思うのでした。

右近は六条院に戻り、早速源氏に玉鬘との邂逅を報告します。源氏は玉鬘が美しいことを聞くと、自分には子が少ないところから、玉鬘を六条院に養女として引き取って、「六条院を華やかにしよう。好色な貴公子たちの心を引こう。」と、もくろみます。玉鬘がどの程度の姫君であるかその素質教養を確かめるために、さっそく手紙を送ります。その返事を見て源氏は、教養と品の良さに、満足して好感を抱きます。実父の内大臣への申し入れを留保して、玉鬘は源氏に引き取られることになりました。玉鬘は右近の里で女房を集め、衣装を誂えて六条院入りの準備を整えます。

十月、玉鬘は六条院の花散里の住む夏の御殿の西の対に入りました。花散里の後見を受ける事になったのです。その夜源氏は、玉鬘のもとを訪れて、夕顔によく似たその面影を見て、満足するのでした。

年末、源氏は正月用の衣装を整えて、源氏ゆかりの女君たちに同等にお配りになります。紫の上の「お召しになる方の器量に似合うように見立てておあげなさいませ。」の言葉もあり、源氏は真っ赤な表着に山吹の花模様がある細長を、西の対の姫君（玉鬘）に選びます。それを見て紫の上は、「玉鬘という人は華やかな美しい人だ。」と、推測するのでした。正月、源氏は女君たちのもとを訪れ、西の対の玉鬘のもとにも訪れます。玉鬘は美しく、源氏は満足しますが、玉鬘は、実父ではない源氏に気を許しません。

男踏歌の後、玉鬘は紫の上とも文を取り交わしています。玉鬘は人柄も良いので、皆から好意を持たれ、また西の対の姫君・玉鬘の評判を聞いた懸想人も多いのでした。夕霧は、姉弟らしく振る舞いますが、姉弟ではないことを知る玉鬘は、それも恥ずかしく、また柏木等、実の兄弟が自分に心を寄せるのも苦しく思うのでした。早く実父に、自分が娘であることを知られたいと思うものの、口にだしては言えません。

四月、西の対の姫君・玉鬘に懸想文が日ましに多く寄せられます。源氏がそれを見つけて玉鬘に返事を書くことを勧めます。ところが、そうした生活をしているうちに、源氏自身が玉鬘を懸想し始めたのです。そうした源氏の気持ちの変化に紫の上が気づかないはずがありません。紫の上はやんわりと源氏に釘をさします。でも源氏は、時折西の対の玉鬘を訪れ、夕顔の思い出にかこつけて恋情を告白するのでした。玉鬘は源氏の態度に困惑し苦悩します。人気がない折などに、源氏は玉鬘に、苦しい胸の内を訴えるので、玉鬘は胸のつぶれる思いをするのでした。

源氏の弟の蛍兵部卿宮からの消息を見つけた源氏は、玉鬘に返事を書くことを強く勧めますが、玉鬘は自分では書こうとしないので、源氏は女房に命じて返書を書かせます。玉鬘の部屋近くまで来た蛍兵部卿宮は、姫君の気配に心惹かれて、口に出して、姫君を思う心の深さを訴え続けます。その様子が格別に趣きがあり、源氏は「おもしろい風情よ。」と感じ入り、蛍を集めて姫君の部屋の中に放ち入れます。蛍火によって姫君の姿は蛍兵部卿宮にほの見られます。その美しさに心をとらわれた蛍兵部卿宮は、ますます熱心に言い寄るのでした。

一方、姫君の実父の内大臣は、玉鬘がまさか自分の娘とは思わず、評判の姫君を愛育する源氏がうらやましくてなりません。あの夕顔の遺児撫子の姫君を思い出して懐かしく、何とか探し出したいと思っています。

源氏は養女の玉鬘を懸想することの外聞の悪さに、さすがに人目を憚り、また心のやましさから自制して、姫君に会うことを懸命に控えて、文を絶えず送るのでした。また琴を教えることを口実にして、姫君のもとにでかけて行くのでした。姫君は、源氏が言いよりはするもののそれ以上の無体な振る舞いは自制していることに次第に慣れて、以前ほど源氏の君をひどく嫌がることはなくなりました。

内大臣が源氏に対抗して見つけ出した娘、近江の君の悪評を聞いた源氏は、内大臣の、娘に対する扱いの思いやりのなさを批判します。玉鬘も、自分が九州から京に出て、すぐに内大臣のもとに参っていたら、きっと恥ずかしい目にあっていただろうと思うのでした。玉鬘は内大臣に比して源氏の心用意の深さを知って、次第に源氏に心を許すようになります。

初秋の頃、源氏は玉鬘に琴などを教えて玉鬘の部屋で一日中過ごし、琴を枕に二人で一緒に寄り臥したりします。それ以上に無体な行為には出ませんが、ただ恋情をしきりに訴えるのでした。人目を憚って帰ろうとする源氏の耳に、夕霧のもとに来ていた柏木と弁少将たちが奏する楽の音が聞こえてきます。源氏は西の対に皆を招いて、そこで合奏になりますが、玉鬘は兄弟の奏楽を図らずも聞いて感慨もひとしおになるのでした。

秋も深まり激しい野分が六条院を襲います。夕霧は野分の見舞いに六条院の南の御殿を訪れます。その折に、風がひどく吹いて、はからずも紫の上を垣間見て、その美しい、まるで春の曙の霞の間から、見事な樺桜が咲き乱れているような風情に魅せられて、目が離せません。それ以来夕霧は、紫の上を忘れられなくなりました。源氏は六条院の女君たちを順次見舞いますが、夕霧もそれに付き従います。夕霧は玉鬘の部屋で、玉鬘に戯れかかる源氏の親らしからぬ姿を見て、不審さと厭らしさを感じますが、夕霧の見る玉鬘の美しさは、八重山吹の咲き乱れている盛りに露がかかって、それに夕日があたっている風情があるというものでした。

源氏は玉鬘の処遇について悩んでいます。妻の一人にしたいけれど、紫の上ほどには愛せないであろうことを思うと、玉鬘が気の毒でもあり、宮仕えも考えに入れつつ、苦慮し続けていました。

十二月、冷泉帝の大原野行幸が行われました。行幸の列には親王、左右大臣、内大臣、納言以下の人々も残らず飾り立てて帝のお供をしています。それを大勢の人々が見物に出かけてきて、物見車がぎっしりと並んで、立錐の余地もない状態です。

西の対の姫君、玉鬘も見物に出かけました。初めて父の内大臣を見、蛍兵部卿宮や鬚黒大将等を目にしますが、冷泉帝の美しさは格別で、源氏が勧める尚侍《ないしのかみ》の就任について心が動くのでした。源氏は玉鬘の入内の準備として、玉鬘の裳着を急ぎます。実父の内大臣に腰結役を依頼して、その折に親子の対面をさせようと図ります。内大臣は玉鬘が自分の娘とは知らず、母大宮の病を口実に断ってきました。源氏は大宮のお見舞いに出かけて、大宮に玉鬘を引き取った経緯を打ち明けて、内大臣への仲立ちを頼むのでした。母大宮の招きでやってきた内大臣は、玉鬘の件を知って裳着の儀の腰結役を引き受けます。

そして二月、玉鬘の裳着が盛大に行われて、玉鬘は実父と対面しました。真相を知った夕霧や求婚者たちの思いは複雑で様々でした。

玉鬘は、源氏が勧めるように尚侍として入内するにしても、「源氏の養女である秋好中宮や、父内大臣の娘で、自分の妹である弘徽殿女御と、冷泉帝の寵愛を競うことになったらどうしよう。」と、悩みはつきません。源氏は前にもまして恋慕の情をあらわにします。裳着後まもなく薨去した大宮の喪が明け、玉鬘の入内は十月に決まりました。懸想人たちはあせりますが、玉鬘は蛍兵部卿宮にだけ返歌をします。源氏三十七歳、玉鬘二十三歳のことです。

源氏や蛍兵部卿宮、玉鬘本人の思惑や悩みを抜きにして、玉鬘の侍女の弁のおもとの手引きで、玉鬘を手中にしたのは、玉鬘の意にそまない鬚黒大将でした。それを知った源氏は残念に思いながらも、既成事実をいかんともしがたく鬚黒大将を婿として迎える決心をして結婚の儀式を執り行うのでした。冷泉帝も大変失望しましたが、内大臣は冷泉帝の側には娘の弘徽殿女御もおり、鬚黒大将は東宮の伯父にあたり、ゆくゆくは外戚として力を持つことが約束されていることを考えると、玉鬘と鬚黒大将との結婚は宮仕えよりもかえってよいと喜びます。

鬚黒大将には長年連れ添った北の方がいます。この人は、式部卿宮の娘で紫の上の異母姉妹ですが、この北の方の嘆きをよそに、鬚黒大将は邸内を磨き立てて玉鬘を自邸に迎え取ろうとします。玉鬘は鬚黒を厭い、源氏や蛍兵部卿宮の優雅さを懐かしんでふさぎこんでいます。玉鬘二十三歳、鬚黒大将三十二・三歳、鬚黒大将の北の方三十五～七歳です。

鬚黒大将の北の方は思い煩い、病んで時々常人のようではなくなってしまう時がありました。

ある日、鬚黒大将が美しく装っていそいそと玉鬘のもとにでかけようとする時、その鬚黒に、北の方は火取りの灰をかけてしまいます。鬚黒は北の方を厭い、玉鬘のもとから帰らなくなりました。

北の方の状態を聞いた父親の式部卿宮は怒り、そうした北の方を自邸に引き取ります。北の方の娘の真木柱は、母北の方と共に式部卿宮邸に引き取られます。今まで北の方に仕えていた女房たちも別れ別れになって、皆嘆き悲しみます。その事態を女房たちから聞いた玉鬘は、ますます憂鬱になっていきます。鬚黒の北の方は、紫の上の異母姉で、式部卿宮の北の方（大北の方）は玉鬘の面倒を見ている源氏夫婦、特に紫の上を恨みます。

やがて、玉鬘は尚侍として参内しました。局は承香殿の東面で、西側には式部卿宮の娘の女御（王女御）がいます。冷泉帝が自ら局を訪れて、玉鬘の三位加階を告げ、鬚黒の妻となってしまったことへの恨み言をおっしゃいます。玉鬘は困惑せずにはいられません。鬚黒は玉鬘のことが心配で、宿直所（陰明門内南廊）で様子を窺っていましたが、不安を抑えきれず、口実を設けて無理に玉鬘を自邸に退出させるのでした。

源氏から鬚黒邸に消息がありました。玉鬘は、今は源氏が慕わしく、鬚黒の見ている前では返事が書けません。鬚黒が玉鬘の代わりに返事を書きます。

鬚黒大将に引き取られた、鬚黒ともとの北の方の間にもうけた男の子たちと、玉鬘は親密になって、その子どもたちに慕われます。やがて十一月に、玉鬘は男子を出産しました。尚侍の仕事は鬚黒邸で行っていましたが、子どもを産んでからは沙汰止みとなりました。玉鬘は二十四歳、鬚黒は三十三・四歳のことです。

源氏四十歳の正月、玉鬘は若菜を献じて祝います。四十歳になると四十《しじゅう》の賀（当時初老は、四十歳の異称）を行います。この四十の賀とは長寿を願う賀の祝いで、四十の賀から始めて十年ごとに五十の賀、六十の賀と祝っていきますが、源氏は大がかりに自分の賀の祝いをする事を固く辞退していました。玉鬘は今は源氏を慕わしく思いながらも、立て続けに鬚黒の子（現在三歳と二歳の男子）を産んでいるので、源氏に対して恥ずかしくもあるのでした。

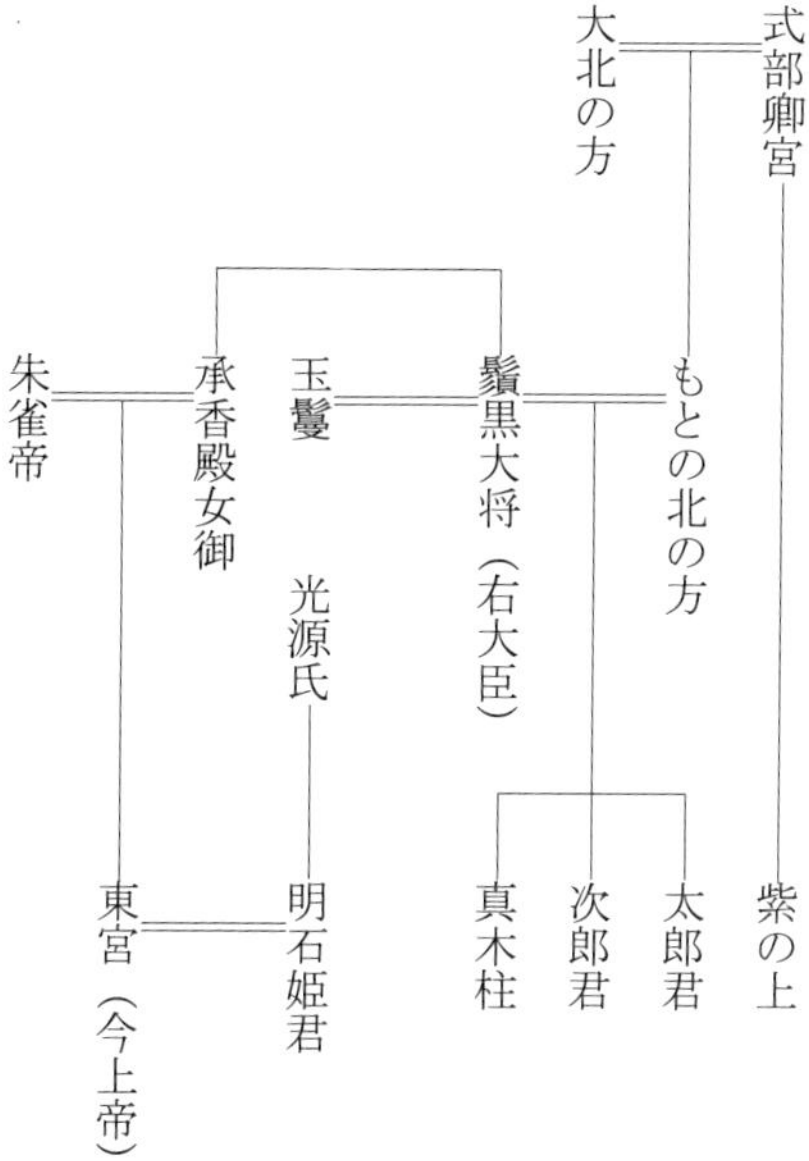

引き取った鬚黒の子を含めて、子どもが男子ばかりなので、玉鬘は式部卿宮の邸にいる真木柱を引き取りたいと思いますが、式部卿宮が許しません。

真木柱は蛍兵部卿宮と結婚しますが、どうしたわけか夫婦の仲はあまりよくありません。その噂を聞くにつけ、北の方との過去が思われて、継娘真木柱のために玉鬘は心を配るのでした。

冷泉帝が譲位し、朱雀院と承香殿女御との間に生まれた東宮が今上帝になりました。帝の伯父にあたる鬚黒大将は今は右大臣になり、六条院に参上して、源氏との仲も親密になりました。鬚黒の北の方である玉鬘も、今では落ち着いた年齢となり、また源氏の懸想もなくなって、何かの折々に玉鬘は六条院を訪れて、紫の上とも親しむこの頃です。

柏木は女三の宮の代わりに女二の宮と結婚しましたが、やはり女三の宮を諦めきれません。女三の宮が源氏のもとに降嫁なさってから、今は大凡《おおよそ》七年という年月が経っています。女三の宮も、二十一から二十二歳という女盛りになっています。どうしても女三の宮を諦めきれない柏木は、女三の宮の侍女小侍従の手引きで、六条院に忍び入り、とうとう源氏の正妻女三の宮と、密通をしてしまうという大事件を起こしてしまいます。それはあってはならないことで、絶対の秘密でしたが、柏木は女三の宮への恋慕の情を抑えがたく、女三の宮に懸想文を送り続けます。女三の宮も柏木も罪の意識に懊悩し続けますが、やがて女三の宮は懐妊しました。女三の宮の体調が思わしくないことを知った源氏が、久しぶりに六条院に帰ってきて女三の宮を見舞います。宮の懐妊を知った源氏は、その年月に不審をいだくのでした。源氏は、女三の宮が褥《しとね》の下に隠しておいた柏木からの懸想文を見てしまいます。二人の密通を知った源氏は、女三の宮に比して思慮深かった玉鬘の人柄を思わずにいられません。

玉鬘が、兄弟の中でも一番親しかった柏木は、女三の宮への許されない恋慕の情と、秘事を知られてしまった源氏への恐れと、今後の絶望などで、病がだんだん重くなっていきました。やがて女三の宮の男子誕生を聞くと、その子の顔を見ることもなく、まるで泡の消えるように亡くなってしまいます。玉鬘は無論のこと、柏木の姉妹である弘徽殿女御（冷泉帝女御）や雲居雁（夕霧北の方）、それにもまして柏木の父の致仕の大臣（太政大臣・内大臣・頭中将）や親友の夕霧は、深く柏木の死を悲しむのでした。

柏木の死から三年後、ずっと不調の続いていた紫の上の病がいよいよ重くなり、まるで消えゆく露のごとくに亡くなります。紫の上四十三歳、源氏は五十一歳になっていました。

翌年「幻」巻で、源氏は紫の上の一周忌を営み、十二月には涙ながらに、最後まで源氏が大切に取っておいた紫の上の文を焼いてしまいます。それ以後、源氏は物語に登場しません。源氏の逝去は記されていないのです。

玉鬘の夫・鬚黒大将は「竹河」巻によると、太政大臣にまで出世して、源氏逝去の前後に亡くなったようです。物語には詳しく書かれてはいませんが、鬚黒は玉鬘一人を妻として大切に守り、二人の間には沢山の子どもが生まれて、玉鬘は幸せであったと思われます。源氏が亡くなり、夫の鬚黒が亡くなり、玉鬘は後見を失って心細さを身にしみて感じます。

夫、鬚黒の死後、すっかり物寂しくなった邸内で、玉鬘は男三人、女二人（大君・中の君）の子ども等と共にひっそりと過ごします。そうした中で夕霧だけは今も親しく訪れてくれるのでした。鬚黒が生前、娘の入内について帝に奏上していたため、帝からは大君の入内の督促があります。同時に、今もって玉鬘を忘れぬ冷泉院や蔵人少将（夕霧と雲居雁の子息）からも、大君は求婚されます。玉鬘は思い悩みます。冷泉院はかつての玉鬘への未練を捨てきれず、その娘の大君を切望するのでした。

玉鬘邸は三条宮に近く、今は四位侍従になっている薫が頻繁に訪ねてきます。玉鬘は内々薫を娘の婿にしたいと思っています。しかし玉鬘の息子たちは、帝への入内を勧めます。玉鬘はあれやこれやと思い悩み、結局冷泉院のもとに大君を参内させることにしました。

大君が冷泉院へ参内する時、夕霧は息子の失意を知っていましたが、後見のいない玉鬘を気遣って、車や御前駆の人々などを用意して、大勢、玉鬘邸に差し向けるのでした。夕霧の妻、

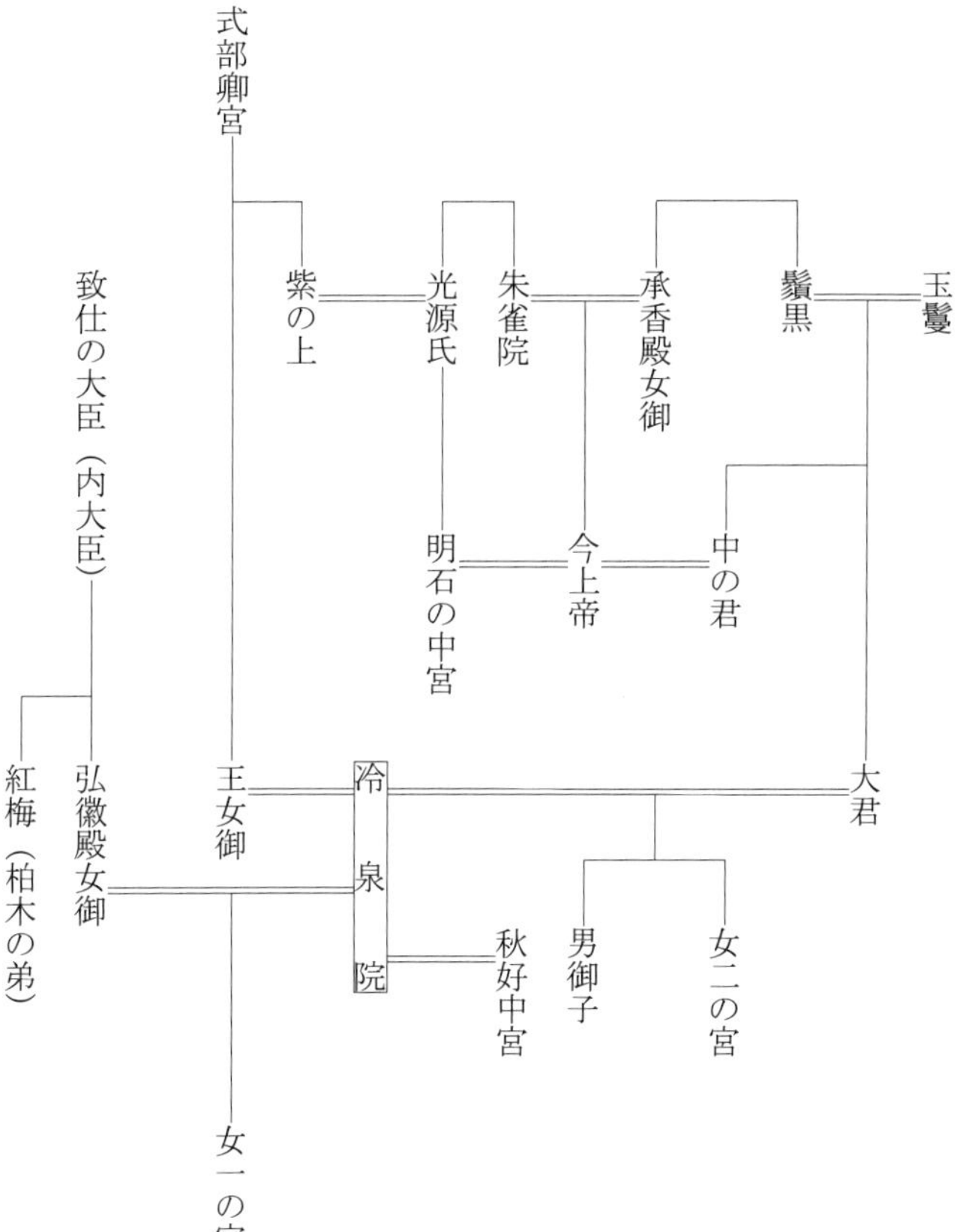
式部卿宮
紫の上
光源氏
朱雀院
承香殿女御
鬚黒
玉鬘
致仕の大臣（内大臣）
明石の中宮
今上帝
中の君
紅梅（柏木の弟）
弘徽殿女御
王女御
冷泉院
大君
秋好中宮
男御子
女二の宮
女一の宮

雲居雁は、息子（蔵人少将）の大君恋慕の願いが断たれたので、恨めしく思いますが、それでも数々の引き出物を玉鬘邸に贈ります。そして娘の大君と共に母親の玉鬘も、冷泉院に参院します。冷泉院は、評判通りに若く美しい大君に満足して、大君をご寵愛なさいます。そして玉鬘に、少しでも長く院にとどまるようにと望みますが、玉鬘は冷泉院が自分に執着しているその心を知っているので、そっと冷泉院を退出してしまいます。玉鬘の退出を知った冷泉院は、情けないことと玉鬘を恨めしく思うのでした。

玉鬘は大君を恋慕していた蔵人少将に、妹の中の君をと、それとなく縁談を申し入れますが、少将は大君を思っているのでその話を受け入れません。

今上帝は、玉鬘が大君を内裏に入内させずに、院に参院させたことをお怒りになって、玉鬘の息子左近中将にその事情を尋ねます。事情を知らない左近中将は母の玉鬘を責めるのでした。大君が四月に女宮を出産します。冷泉院は非常に喜んで、出産のために里の玉鬘邸に帰っていた大君に、「早く院に帰参するように。」との仰せがしばしばあって、大君は急いで参院します。院には弘徽殿女御との間に女一の宮がいましたが、お子様の誕生は久しぶりであり、また他にはお子様はいらっしゃらなかったので、院は大変お喜びになってますます大君を寵愛なさるのでした。そのご寵愛が深いだけに、弘徽殿女御方の嫉妬を危惧して、玉鬘は困惑せずにいられません。一方帝は、中の君を懇望なさいます。熱心な帝の要請を受けて、玉鬘は中の君を帝のもとに出仕させることに決心しました。大君のように、人々の嫉妬で苦しませたくなくて、また今上帝の中宮、明石の中宮との確執を避けるために、玉鬘は自分の尚侍の地位を中の君に譲るという形を取って、中の君を入内させることにしました。

娘たちも、ようやくそれぞれの生きる道ができて、安心した玉鬘は出家を考えますが、息子たちに諫められて果たせません。玉鬘は、中の君がいる宮中には行きますが、大君がいる冷泉院には、院の自分への執着心を憚って行くことができません。周りからの嫉妬を受けて苦しんでいる大君は、そんなこととは知らず、母が妹・中の君をひいきしているから宮中には行くけれど院には来てくれないと母を恨んでいます。

このように、それぞれが暮らすうちに数年が経ち、この度、大君は男子を出産しました。初めての男子誕生に冷泉院は喜んで、大君をますます寵愛なさいます。周囲も皆「院の御在位中であったら。」と残念がるのでした。院の大君に対するご寵愛が深くなるにつけても、女御方の女房たちだけではなく、女御方ご自身もおもしろくなく、大君（御息所）と女御方との間に次第に軋轢がひどくなり、大君は気苦労が多く、宮仕えの煩わしさから里がちになっていきます。

中の君は尚侍として、宮中で華やかに屈託がなさそうです。二人の母である玉鬘は、宮仕えの難しさをしみじみと思い、また玉鬘邸のすぐ東の、紅梅邸のにぎやかな大饗を見るにつけ、世の変転に感慨を抱くのでした。また、息子たちの昇進の遅れに、「故殿（鬚黒）が生きていてくれたら。」と思わずにはいられないのでした。

玉鬘の人生をもう一度振り返って見ますと、父親のもとにも帰れず、母は行方がわからず、乳母たちと九州をさまよって、漸く京に戻って、光源氏の世話になり、大勢の貴公子に恋慕され、養い親の光源氏にまで言い寄られたそのあげく、実際には嫌いな鬚黒大将の妻に強引にさせられて、そのことによって、自分の存在が一人の女を不幸に陥れてしまう。そしてまた、冷泉帝に執着されて、その執着が自分の娘にまで影響を及ぼしていく。華やかに美しい女性玉鬘の人生は、果たして幸せであったといえるのでしょうか。実父との縁は薄かったものの、光源氏や夫の鬚黒大将が生きていた間は、ずっと二人に守られていましたが、二人がいなくなって後、後見もなく心細く、それでも必死に、娘二人の結婚と息子たちの出世を心配しながら生きていかざるを得ませんでした。女性が親や、兄弟、夫、それも本当に親身になる後見がいなくなった時、女が独り立ちして生きていく事は、とても難しいことだと考えさせられます。

12　明石の君 —— 住吉神の加護を受けた女性《ひと》

明石の君は、明石の入道の一人娘で、母は明石の尼君です。後に光源氏と結婚して、源氏にとってはたった一人の姫君（後の明石の中宮）を産む女性です。

明石の君の登場は、物語の中で随分早く、紫の上（若紫）の登場とほぼ同じ頃です。

源氏十八歳の三月下旬、源氏は瘧病《わらわやみ》の治療のために北山の聖《ひじり》のもとに赴きました。その折に、供人から明石入道父娘の噂を聞きます。それは父入道が、娘に自家繁栄の夢を託して、そ

【明石一族】

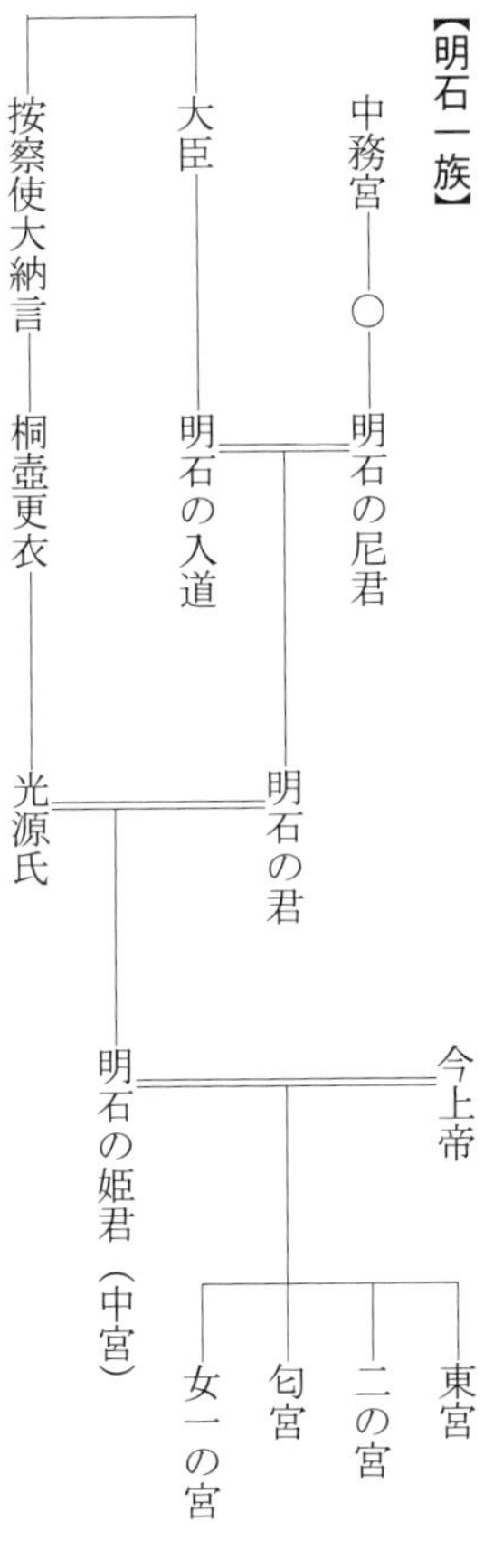

のための良縁を願っていて、熱心に大切に娘を養育しているというものでした。源氏はおもしろくその話を聞いて、明石一族のことが印象に残ったのです。

ちょうど同じ頃、その北山で源氏は恋してやまない藤壺の宮にそっくりな紫の上（若紫）を見いだしました。そこから紫の上との話が始まるのです。

源氏は、兄の朱雀帝が帝位につき、右大臣一派が勢力を伸ばしても、父の桐壺院が生きていらっしゃるうちは無事に過ごしていました。やがて庇護者である父桐壺院が崩御されると、右大臣や弘徽殿大后の、ますますの権力拡大のもとで、源氏は身の危険を感じます。そうした危うい時に、入内が予定されていた、右大臣の娘朧月夜の君と密会している現場が右大臣に見つかってしまいました。弘徽殿大后の激しい怒りを買って、源氏は自ら須磨に退去せざるを得なくなります。

明石入道は、源氏の須磨流離は、「源氏が娘の明石の君と結ばれる宿世ゆえ」と考えて、源氏と明石の君二人の結婚をもくろんで、源氏を明石に迎えようとします。

明石一族が信仰した住吉神社（住吉大社）は底筒男命《そこつつのおのみこと》・中筒男命《なかつつのおのみこと》・表筒男命《うわつつのおのみこと》の三神を祀った神社で、海上守護と開運の神として信仰されています。また、住吉は松の名所で、和歌の神としても名高い所です。

須磨に退去した源氏は、わびしい生活が続いています。源氏はある人から「三月初めの巳の日に、悩みごとのある人は禊をするのがよい。」と聞いて、海辺に出て禊をしました。その時、今までの晴天が一変して、突如暴風雨に襲われます。源氏一行は生きた心地もしません。雷が落ち、嵐はいつまでも続いています。

ようやく雨風が静まり、源氏はひどく疲れてうとうとした時に、源氏の夢に父の故桐壺院が現れて、「住吉の神のお導きに従って、早々に須磨を船出してこの浦を立ち去れ。」と、仰せられたと見て、胸もふたがる思いになりました。そうした時に、須磨の浦の渚に、小さな船をこぎ寄せて二・三人の人が、源氏の君の宿りを目指してやってきました。それは明石入道の一行でした。「夢に告げ知らせてくれるものがおりまして、信じがたいこととは思いましたが、お告げの通りに参りました。」と言うのです。源氏は勧められるままに船に乗り、不思議な風に導かれて明石に着いたのです。

明石に移った源氏は、入道から手厚く世話を受けます。初夏の月夜の晩に、源氏は琴を弾き、入道と語り合います。入道は琵琶を大層見事に弾きます。そのうまさに源氏は驚き、入道の卑しくないその出自を知ります。

入道は源氏に、住吉の神に祈願した長年の夢を打ち明け語ります。明石入道の、住吉の神への祈願は『源氏物語』のずうっと後ろの方で明らかにされますが、それは入道の妻（後の尼君）が明石の君を身ごもったところから始まります。

明石の君が生まれる年の二月のその夜の夢に、入道は「帝釈天や四天王が住む須弥山《しゅみせん》の左右から、月日の光が明るく射し出でて世界を照らす。」という不思議な夢を見たのです。不思議なことにちょうどその頃、妻の尼君が身ごもったのでした。夢に現れた「日」とは天皇を意味し、「月」とは中宮を意味しています。入道は、その夢で、「生まれるのは女の子で、その娘が後に中宮に立つ女の子を産み、そしてその子が国母となって東宮を産む。」と、確信するのでした。

明石入道は、夢のお告げ通りに女の子が生まれた時、夢のお告げが成就すると信じて、女の子をそれはそれは大切に、京のどの姫君にも引けを取らないように育てたのでした。そしてその女の子にふさわしい結婚相手は、京の正しい血筋の貴公子でなければなりません。光源氏の須磨流離は住吉の神の導きと喜んだのもうなずけます。

入道は夜が更けるまで身の上を語り、娘との結婚を希望します。

源氏は入道の願いを聞いて、娘の住む岡辺の家に文を遣わします。父の入道は娘に返事をせきたてますが、娘は源氏の身分と自分との、あまりの隔たりに返事を書けません。業を煮やした父親の入道が娘の代筆をして返事を書きます。普通は母親か、経験豊かな女房が代筆するものですが、入道は娘と源氏との結婚に必死です。娘の所からきた返書を見て、源氏はまた娘に文を書きます。娘はこれまでと同様、誘いに応ずる気持ちはありませんが、父親に強いられて返事を書きました。娘の返事を見ると、筆跡や言葉遣いなど、京の高貴な女性に比べてもひけを取るまいと思われる書きぶりです。

この明石入道の娘の筆跡・態度を見ていると、源氏は京のことを思い出さずにはいられません。源氏は、娘の返事を興味深くご覧になって、続いて娘に文を遣わすのでした。娘は思慮深く、気位を高く保っていて、源氏はこのままこの娘に逢わずにはすまされまいと思わずにいられません。しかし、娘に懸想している現播磨の守の子息で、今は源氏に従っている良清のことを思うと、以前まるで我が物のように語っていた良清の、長年の執心を取り上げることになるとそれも気の毒であり、また、「女の方から進んで私のもとに来るなら召人にしてもよい。」と思うけれど、女は気位高く、女の方から来る気配はありません。源氏も娘も意地くらべの体で日が過ぎるのでした。普通、身分ある人の結婚は男が女のもとに通う通い婚でした。「女の方から進んで男のもとにくる」というのは、この娘が、もと国司風情の娘であり、「侍女という身分のまま主人の情を受ける「召人《めしうど》」としてならこの娘を受け入れてもよい。」と源氏が考えていることになります。
一方京では、雷や大雨、大風と不穏なことが多く続いています。ある夜、故桐壺院が朱雀帝の夢に現れて、帝をにらみつけなさいました。朱雀帝はその夢をご覧になって以来、眼病を患って苦しまれるようになりました。そればかりか、あの太政大臣（右大臣）が亡くなり、弘徽殿大后までが加減が悪く弱っていらっしゃいます。これらの出来事は、源氏を流した報いであると、帝はお思いになって、源氏を京に呼び戻そうとお考えになりますが、大后が厳しく戒めるので、帝は大后に遠慮なさって、源氏を呼び戻すことができないでいるうちに日が経ってゆきました。

秋になり、明石では、源氏は独り寝が心底物寂しく、入道に娘を自分のもとに寄こすように言います。源氏は、「自分から娘の所へ行くなどとんでもない。」という気持ちですが、娘の方もまるでその気持ちにならないのです。「源氏の君とはお手紙のやりとりをさせて頂くことだけで充分幸せ。」と思っているのでした。父親の入道は、長年の思いがかなうと嬉しく思いながらも、その一方源氏と娘が結ばれて後、娘が人並みに扱ってもらえなかったらどうしようかと思い迷っています。

八月十二、三日の夜、源氏は初めて入道の娘を訪います。娘の住む家は、念入りに美しくしつらえてあって、月の光のさしこむ木戸口が思わせぶりに押し開けてあります。

突然の源氏の訪れに娘は、「こんなに近くでお目にかかりたくなかった。」と、無性に悲しく、心を閉ざして固くなって、源氏を拒絶しています。源氏は、「まるで身分の高い女《ひと》のようではないか。自分がうらぶれているので見くびっているのだろうか。」と後にはひけない思いで、明石の君をかきくどくのでした。

ほのかに感じられる娘の様子は伊勢の御息所によく似ています。娘は何の用意もなく気を許している所へ、このような思いがけない事態になったので、娘は近くの部屋に入って固く閉ざしてしまいました。「源氏は無理押しはなさらないご様子である。」と書かれていますが、その後には「されど、さのみもいかでかあらむ。(けれども、どうしていつまでもそのようにしていられようか。)」と書かれていて、はっきりした描写はないものの、二人の契りがそこであったようです。

娘と無理強いの契りを結んでから後は、娘へのいとしさもひとしおで、忍びの逢瀬が重なっていきます。

源氏は娘(明石の君)の有様を見るにつけて、京の二条院の紫の上が恋しく思い出されて、もし紫の上が風の便りにでも、自分と明石の君とのことを知ったら、どんなに悲しむであろうと紫の上が気の毒で、紫の上への手紙に明石の君のことをちらとほのめかすのでした。

紫の上からの返事には、「約束をなさっていたのだから、よもや浮気心などをお持ちになることはあるまいと信じておりましたのに。」と穏やかならず書かれています。源氏はその紫の上の手紙を、しみじみといつまでも手にとって眺めています。

紫の上を思う源氏の足は、明石の君から遠のきます。明石の君は「やはり案じていた通りのことになってしまった。」という思いで、源氏と契る前は知らなかった苦しみに嘆かずにはいられません。

月日が経つに連れて、こうした明石の君をかわいいと思う気持ちが次第につのるけれど、一方、京で源氏を気にかけ心配しながら不安な思いで過ごしている紫の上が痛々しく思われるので、源氏は明石の君の所へは行かず、独り寝がちの夜をお過ごしになるのでした。

八月の月の光の美しい頃に、明石の君と初めて契ったのですが、その時源氏は二十七歳、明石の君は十八歳、そして京で一人待つ紫の上は十九歳でした。

翌年、この頃源氏は、一夜も欠かさず明石の君とお逢いになっていました。六月頃、明石の君に懐妊の兆しがあります。ちょうどそうした頃に、京から源氏に赦免の宣旨が下りました。源氏との別れに明石の君は深い悲しみに沈んでいます。源氏は別れの時がせまるからでしょうか、明石の君へのいとしさがいよいよまさります。「二度とこの地を訪れることもあるまい。」とお思いになるにつけて、心を痛めるのでした。

源氏の出立が明後日ぐらいという日になって、源氏は明石の君のもとに、いつものように夜がそう更けないうちにおいでになりました。今まではっきりとはご覧になっていなかった明石の君の容貌などを改めてご覧になると、風情があり、気品高く素晴らしい様子なので、「すばらしい女《ひと》であった。何とか京へ迎え取ろう。」とお思いになるのでした。源氏はその気持ちを明石の君に約束をして慰めます。二人は別れに際して源氏は琴《きん》の琴を弾き明石の君は箏《そう》の琴を弾くのでした。その琴《きん》の琴を次にかき合わせるまでの形見として、源氏は明石の君に贈ります。

源氏が帰京の朝、源氏と明石の君は歌を詠みあい、涙ながらに別れるのでした。明石入道は悲しみをこらえて、京への源氏の出立を盛大に用意を調えて、やはり涙ながらに源氏を送ります。

京では二条院の紫の上が美しく大人になって待っていました。源氏の帰京に邸中で、嬉し泣きの声がまがまがしいくらいに聞こえます。足掛け三年ぶりに再会した紫の上は二十歳になっていました。

源氏は美しい紫の上とようやく再会したのです。そして源氏は参内して、朱雀帝と親しく語り合い、幸せを感じますが、その一方、涙で別れた明石の君の、悲しむ様子が思い出されて、胸が痛くなるのでした。早く京に明石の君を迎えたい源氏は、明石の君のことを紫の上に隠さず話します。紫の上は源氏の話を聞いて心穏やかではいられません。紫の上は思わず、源氏を恨めしく思います。まもなく、源氏は権大納言に昇進しました。

源氏は、絶えず気にかかっている身重の明石の君にあてて、源氏の側にいる紫の上から袖で隠す様にして、こまごまと文を書きます。紫の上は横目でそんな源氏の様子を見ながら、胸つぶれる思いを味わっています。

それにしても、京から切り離された辺鄙な明石の地での、源氏の孤独や疎外感はわからないではありませんが、そうした源氏の行為は、明石の君と紫の上という、美しく素晴らしい二人の女性たちを苦しめ、悲しませるものでした。源氏は裏切る積もりも、悲しませる積もりも全くなく、その時々その瞬間は、まことに誠実に振る舞っていたのですが、結果的には女性たちを苦しめるものでした。

源氏は、「明石の浦のあの女《ひと》はその後どうしているだろうか。」と、少しも忘れる時とてなく明石の君を思っていましたが、公私共に忙しく、明石までお訪ねになることはできませんでした。三月初めの頃、ようやく明石に使者をお出しになりましたが、宿曜《すくよう》の予言通りに、明石の君に女の子が誕生していました。

宿曜の占いは、「源氏の御子は三人で、帝、后が必ずそろって生まれるでしょう。三人の中の身分の低い方は、太政大臣として臣下の位を極めるでしょう。」というものでした。源氏には、誰も知らない秘密であるけれど、藤壺の産んだ東宮がいます。後の冷泉帝です。今、東宮として十一歳という年齢です。次に、正妻の故葵の上が産んだ夕霧八歳がいます。夕霧はまだ幼いのですが、出自は他のどの貴公子よりも良く、ゆくゆくは太政大臣に上ることでしょう。すると、このたび生まれた姫君は将来后となり、国母（天皇の母）となる娘ということになります。ただ、不思議なのは、子どもを産んだ明石の君と紫の上の年齢は一つ違いで、今紫の上は二十歳です。源氏はどうして紫の上には子どもは生まれないと思ったのでしょう。紫の上とは長年一緒に暮らしてきたのに今までできなかったからと諦めていたのでしょうか。物語では、確かに紫の上は子どもを授かりませんが、この二十歳という若い段階で決めつけてしまうのはどうしてなのか疑問を感じます。最も宿曜の予言は「源氏の御子は三人」とあるので、予言を信じる源氏にとって、今後紫の上が子どもを産むということは、もはや話の埒外《らちがい》なのでしょう。

源氏は、この女の子の誕生を考えた時、「これはすべて住吉の神のお導きによるもの。そういうことであるなら、明石のような辺鄙な田舎で生まれたということは、もったいなくおいたわしいというもの。何とか京にお迎えしよう。」とお思いになって、お住まいの二条院に、東の院を早く造らせようと急がせるのでした。また源氏は、あの明石のような田舎には、しっかりした乳母はいなかろうと、姫君のために由緒正しい身分ある乳母を選んで、明石に遣わします。

乳母一行は、御佩刀《みはかし》やしかるべき品々を沢山持って、急いで明石の浦にたどり着きました。入道は待ちかねるように乳母一行を喜び迎え、乳母の派遣や、源氏からの物品の贈与を受けて、源氏の心遣いを感謝します。

姫君はまことに、不吉なくらいに可愛らしくいらっしゃいます。乳母は京を出立した時は、明石のような田舎に行くことを、惨めで情けなく思っていたのですが、姫君に会って、姫君が誠に可愛らしく、あの情けなかった思いも消え失せて姫君をお世話するのでした。

源氏はこれまで明石の君のこと、姫君が生まれたことなどを、紫の上に詳しくは口に出して打ち明けてはこなかったので、紫の上に、「生まれて欲しい所に生まれず、意外な所に生まれるなんて残念です。」と、明石の君に女の子が生まれたことなどを打ち明けるのでした。

姫君の五十日《いか》の祝いに、源氏の使者が明石の邸に来訪します。その頃には、明石の君は乳母にも親しみ、また源氏が姫君の五十日の祝いを忘れずにしてくれることに心が慰められます。

秋、住吉神社にいつものように明石の君が船で参詣しました。偶然にも源氏一行も願ほどきのために参詣をしていました。源氏一行は、上達部や殿上人が大勢供奉し、その威勢は素晴らしいものでした。その豪勢な参詣を、明石の君は船の中から目の当たりに見て、我が身の程の低さを思い知らされて嘆かずにはいられません。結局、その日は参詣をしないで、難波に退いて、祓えだけをすませて、明石に帰る他はありませんでした。

源氏は、明石の君が船の中から、源氏一行の大層な威勢を見て、住吉神社に参詣もしないで立ち去ったことを腹心の惟光から聞かされて、「不憫な」と思わずにいられません。源氏は畳《たとう》紙《がみ》（折り畳んで懐に入れておく紙）に、「みをつくし恋ふるしるしにここまでもめぐり逢ひけるえには深しな（身を尽くしてあなたを恋しく思うそのかいがあって澪標《みおつくし》のあるこの地で会った縁は深いのです。）」という歌を書いて明石の君に届けさせます。

源氏は、何とかこの愛しい明石の君母子を京に迎えたく思い、上京を促します。上京を強く勧める源氏の消息に接しながら、明石の君は自分と源氏との不釣り合いな身分に対する不安から、京に行くことを思い悩みます。

源氏は明石の君母子を思い起こさない折とてなく、「京に迎えたい。」と消息を何度も送るのですが、明石の君は「自分のような身分のものが、京に出ていったなら、世間の物笑いの種ともなって、きまりの悪い思いをすることが多いことだろう。またこの姫君の顔汚しになるに違いない。」と、なおも決心がつかないのでした。

一方、姫君がこうした片田舎で育ち、そのため成人した後に世間から人並みに扱ってもらえないのではないかと、姫君の将来が心配にもなります。そうした時入道は、尼君が祖父の中務宮から伝領した邸で、大堰川のほとりにあって今は使われないまま、管理人に任せてある邸を思い出したのです。

入道は、娘の明石の君のために、この邸を修築して、明石の君母子と尼君を住まわせることにします。そして入道は一人明石に残る決心をしたのです。

明石の君母子と尼君は、車を連ねて大げさになることを避けて、船で忍びやかに明石の浦を出立して、大堰のひっそりとした邸につきました。大堰の邸は風情があり、明石の海辺によく似ています。源氏は親しい家司に命じて、明石の君一行の無事到着を祝って、祝宴の準備をさせますが、源氏自身は、なかなか訪れることができません。幾日か過ぎ、明石の君は遠く明石の浦にいた時よりも、こんなに近く源氏の君の側にいながら会うこともできず、かえって物思いのたけを味わって日を送ることになってしまいました。明石の君は所在なさに、母の尼君と共に明石の浦を思い、源氏との別れの際に頂いた形見の琴《きん》の琴をかき鳴らすばかりです。

源氏は、明石の君母子のことを思って気が気ではありません。何とか口実をつけて、ようやく大堰の邸に来訪します。明石の君母子に会った源氏は、かわいい姫君を見るにつけ、姫君への執着を深めるのでした。これ以後は、月に二度ほど源氏は明石の君のもとを来訪するようになりました。大堰の邸でひっそりと暮らす明石の君母子を見ていると、源氏は二条院に呼び寄せたいと思いますが、明石の君は、二条院のような身分のある方々が住まう所に出て行く気がしません。源氏は、せめて明石の姫君を手元に引き取りたいと、紫の上に相談します。紫の上は子ども好きなので幼い姫君を引き取って我が子として養育することを喜んで了承します。

冬、姫君を紫の上の養女にともくろむ源氏の意向を聞いた明石の君は、判断することができず思い悩むのでした。明石の君の母の尼君は、思慮深く、「劣り腹の子どもは、いくら父親の身分が高くても、世間からも軽く見られるものですよ。姫君に会えないことは辛いことですが、姫君のためには紫の上にお渡しすることがよいのですよ。」と、明石の君に勧めます。その尼君の説得に、明石の君は姫君を手放すことを決意するのでした。

十二月、雪が少し解けた頃、源氏が姫君を迎えに来ました。明石の君は姫君を手放すことを覚悟はしていましたが、こらえきれずに泣いてしまいます。その姿は胸うたれる痛ましさです。明石の君は身をさかれる思いで、姫君を源氏に引き渡します。姫君は母君と別れることになるとも知らずに、ただ無心に牛車に乗って、母君に向かって「早く、早く」と、せかします。その姫君の姿を見るにつけて悲しさは一通りではありません。

姫君は二条院に迎えられ、始めこそ泣きべそをかいて、母君をさがす様子でしたが、紫の上が明け暮れ大切に愛育するうちにすっかり紫の上を慕い、二条院での生活に慣れていきました。

姫君の袴着の儀が二条院で行われます。明石の姫君三歳、明石の君は二十二歳です。姫君の袴着の儀に、実母である明石の君を列席させられないことを源氏は不憫に思いますが、姫君の将来のためにはできないことでした。

一方、大堰の里の明石の君は、いつまでも姫君のことが恋しくて、姫君を自分でも納得して手放したとはいえ、悔やんだり、嘆いたりして寂しく暮らしています。源氏は姫君と別れた明石の君が不憫に思われて、年の内に大堰を訪れます。

やがて、年が改まり、源氏はひっそりと寂しい大堰の里の、明石の君のことが始終気にかかり、時折訪問なさるのでした。明石の君はその訪問だけをひたすら待ちながら暮らしています。

昨年の秋に造営が始まった六条院が、約一年経って八月に完成しました。完成した六条院は大きく四つに区分されて、明石の君はその西北（戌亥）の町・冬の町に配されることが予定されました。明石の君が大堰に移ってから四年という歳月が過ぎています。源氏は三十五歳、明石の君も二十六歳になりました。

秋の彼岸の頃（八月十日頃）に、源氏・紫の上・花散里などがそれぞれ六条院に移りました。十月、他の女君たちに遅れて、明石の君も六条院冬の町に移ってきました。源氏は姫君の将来を考えて、実母である明石の君のお住まいの設備も、他のご婦人方に劣らないように整えて、重々しく明石の君をお扱いになります。紫の上は、何かにつけて明石の君にこだわらずにいられませんが、姫君のかわいらしさを見ると、源氏の大臣が姫君の母君を大切になさるのも無理からぬことと思い直されるのでした。

年の暮れ、源氏はご婦人方に正月用の衣装を整えて贈ります。明石の君には、梅の折枝に蝶や鳥が飛びちがっている模様の舶来風の白い小袿に濃紫に艶のあるのを重ねて、高雅な人柄が思い遣られるような衣装が贈られました。紫の上はそれをおもしろからぬ気持ちでご覧にならずにいられません。

正月、源氏は、姫君のもとに実母の明石の君から、沢山の贈り物があるのをご覧になり、また歌を見た時に「不憫なことよ。」と強くお思いになるのでした。源氏は正月の挨拶として、花散里、玉鬘と訪れ巡り、暮れ方に明石の君を訪ねます。明石の君は手習歌に独り心を慰めていましたが、源氏はそれを見て明石の君の優美さに改めて心惹かれます。結局、その夜は明石の君と一夜を共にするのでした。正月の始めに明石の君の所に泊まってしまったのですから

「やはり源氏の君の御寵愛は格別であるよ。」と、ほかの婦人方や女房たちは心外に思います。源氏は、紫の上の思惑などが気になるせいか、空が白み始める曙の頃に急いでお帰りになります。明石の君は「そうお急ぎにならなくても」という思いで、共に一夜を過ごしただけに切ないのでした。

五月、長雨が例年より長く続いて六条院の女君たちは所在なく、絵や物語に熱中しています。明石の君は、姫君も退屈しているであろうと、姫君に趣向をこらした絵物語をさしあげます。明石の君にとって、同じ六条院に暮らしているとはいえ、姫君ははるか遠くて会えません。それでも明石の君は姫君が絶えず気がかりで、何かせずにはいられない親心なのでした。

季節が移り、激しい野分の翌朝、源氏は明石の君を見舞いますが、早々に帰っていくのを不満として、明石の君は独り歌を詠まずにはいられません。

六条院で薫物合わせが行われました。明石の君は薫衣香を調合します。その優美さは際だっていて、また趣向が実に優れていて、源氏を感心させます。

明石の姫君の東宮への入内が決まり、その前に裳着が行われました。腰結い役は秋好中宮が務め、盛大な裳着の儀になりました。源氏は、姫君の実母の明石の君が、姫君の裳着の儀に出席できないことをいたわしく思いながらも、世間への顧慮から、やはり明石の君を列席させることができません。

姫君入内の際には普通、母親が娘に付き従って世話をやくものですが、明石の姫君には紫の上が母親として付き添って宮中に参内しました。でも紫の上がずっと姫君に付き添っているわけにもいきませんので、紫の上の賛同もあり、源氏は明石の君を姫君の後見役に決めました。

四月二十余日、明石の姫君は入内します。紫の上が付き添い、新婚の行事の奉仕をして、その三日後、紫の上は宮中を退出しました。輦車《てぐるま》の宣旨を頂いて女御待遇で退出します。紫の上に代わって明石の君が参内して、姫君に侍します。その際に、紫の上と明石の君は初めて対面しました。二人ともそれぞれが、「素晴らしい人だ、源氏が寵愛なさるのは無理もないことだ。」と互いに納得し、互いを認め合うのでした。姫君はまだ十一歳、紫の上は三十一歳。明石の君は三十歳でした。

明石の君の姫君のお世話は、あらゆることに対して万事行き届き、非の打ち所がありません。そのため、明石の姫君の実母の身分が高くはないことを女房たちは知っていても、そのことが明石の女御（明石の姫君）の妨げになるものではありませんでした。

やがて、明石の女御が懐妊しました。宮中でお産はできません。明石の女御は早く里の六条院に退出したかったのですが、明石の女御に愛着する東宮のお許しがなかなかでなかったので、退出が延び延びになっていましたが、ようやく六条院に退出してきました。明石の君も女御に付き添って六条院に退出してきました。明石の女御のお住まいは、春の町の寝殿の東面《ひがしおもて》にしつらえられました。中の戸を挟んで寝殿の西面《にしおもて》には源氏の正妻女三の宮がお住まいです。一人は東宮妃であり、一人は内親王という身分で、そのご身分が寝殿というその住まいに現れています。

源氏が四十歳を迎えました。本来なら老人の仲間入りである四十の賀を、准太上天皇にふさわしく華々しく行うはずですが、大げさなことはしたくないという源氏の強い意向で、帝《みかど》主催の儀式は固く辞退し、一月には玉鬘が、そして秋には紫の上主催の賀宴が開かれました。六条院の婦人方は、めいめいしかるべき役を受け持って、進んで源氏の四十の賀に奉仕なさいましたが、明石の女御担当の装飾は、明石の君が担って趣向をこらした装飾を造らせたのでした。そして十二月には、秋好中宮が、その後冷泉帝の命をうけた夕霧中納言が、それぞれ華々しく源氏の四十の賀を行うのでした。

年が返って、いよいよ明石の女御の出産が迫り、女御の容態が変わってお苦しみになります。女御はまだ十三歳といういたいけな年齢なので、源氏もまわりの人々も皆心配して修法を絶え間なくおさせになります。陰陽師たちが「女御のお住まいを移して御用心なさった方がよいでしょう。」というので、明石の君が住む冬の町の、中の対にお移しすることになりました。当時の出産は、産室を別に設けて、そこで出産するのが普通でした。

明石の君の母君である大尼君は、大堰の邸でお別れして以来この十年、お会いする事もなかった明石の女御に、はからずも女御が冬の町においでになったので、お会いすることができて、その感動から我を忘れて、女御の出自を明かしてしまいます。女御のもとに折しも参上した明石の君は、女御の心の動揺を思いやって、時期尚早と尼君をたしなめます。明石の女御は、今まで自分はこの上なく大事に人々にかしずかれて暮らしていたが、そのような出自であったのかと感無量です。

三月十余日、明石の女御に東宮の第一皇子が誕生します。紫の上は若宮がいとしくて、しっかりと若宮をお抱きになっています。明石の君は、湯殿の世話などをして奉仕をします。湯殿の儀式は産児《さんじ》に湯を浴びさせる儀式ですが、皇子誕生の時は一日二回、七日間行われます。「御湯殿《おゆどの》」とその補助役の「御迎え湯《おむかゆ》」の女房が中心となって若宮に奉仕します。この明石の女御の第一皇子出産の時には、東宮の宣旨である典侍《ないしのすけ》が「御湯殿」役を勤め、明石の君が「御迎え湯」を勤めました。明石の君が勤めたこの役は、普通は女房がするものなので、明石の君が喜んで勤めている姿をみて、典侍は内々、明石の女御の出自の経緯を知っていたので、明石の君の謙虚さを目の当たりにして、「なるほどこういう方だから素晴らしいご運がおありなのだ。」と感じ入ります。

御子誕生から三、五、七、九日の夜には産養《うぶやしない》という祝宴が催されます。「産養」というのは、この時代においては産婦や乳幼児の死亡率が非常に高かったので、生まれた子どもの無事息災と将来の多幸、そして産婦の無事と無病息災を祈って、親族などの縁者によって催される祝宴です。『栄花物語』や『紫式部日記』などの記事を参考に考えますと、誕生後三日目の夜は、関係する役所の役人、五日目の五夜は産婦の父親、七日目が一番重々しい方々からのお祝いがあるというのが通常のようです。この『源氏物語』でも、人々が待望する東宮の第一皇子の誕生なのですから、盛大な産養が行われます。ただこの明石の君の冬の町は、「人目につかない裏側の」「奥深くない所」なので、盛大な産養をするにはふさわしくない場所だったのです。「産養」のような儀式には家の威勢の程がはっきり現れます。皇子の誕生六日目に女御は紫の上のもと（春の町）に帰りました。七夜の産養のためといえます。若宮誕生から七日の夜、帝からも御産養を賜りました。三夜・五夜のことは物語に書かれていませんが、五夜は父親の光源氏が主催して、やはり盛大に行われたものと思われます。

若宮は日に日に成長なさいます。明石の君は、若宮の祖母として我が物顔に振る舞うという

ことも なく、その謙虚な態度は周りの人々に褒め称えられます。明石の君は、今では紫の上とも仲睦まじい関係です。

明石入道から、「若宮誕生によって、大願が成就されたので、自分は安心して、深山に籠もろうと思う。」という最後の消息が願文《がんもん》と一緒に送られてきました。それを読んだ明石の君は、大尼君と共に自分たちの悲喜こもごもの運命に泣くのでした。

紫の上が、明石の女御のもとからお住まいの東の対にお帰りになった後、明石の君は入道の願文を女御に託して、養母紫の上の厚志を忘れてはならないことなどをしみじみと話します。折から、女御のもとにやってきた源氏に、明石の君は入道から届いた願文を見せて、源氏と共に入道のことを語り合うのでした。

源氏は、明石の君と語り合いながら、女御を立派に育てた紫の上を称賛します。明石の君は我が身を思い、卑下して紫の上への謝意を述べつつも、己が産んだ姫君が東宮の女御となり、その上第一皇子を産むという、紫の上とは比べられない程の望外の幸運を思うのでした。

やがて、冷泉帝が譲位なさいました。それによって明石の女御の夫である東宮が即位なさり、今上帝になりました。そして明石の女御腹の第一皇子が東宮となりました。東宮は六歳です。女御は紫の上を実母のように慕っています。実母の明石の君は蔭のお世話役として、今まで同様に控えめに暮らしています。源氏は四十六歳、紫の上は三十八歳、明石の女御は十八歳、明石の君は三十七歳になりました。

十月二十日、源氏は、願ほどきに住吉参詣をすることにしました。明石の女御や紫の上・明石の君それに尼君も「どうしても行く」と同行するのでした。女御と紫の上が一つ車に乗り、明石の君と尼君、それに乳母が同車して、そしてまた、沢山の女房たちの車が連なって、それはそれは華やかな住吉詣でした。

正月、女楽が催されました。明石の君は琵琶（四弦・五弦）を、紫の上は和琴（六弦）、明石の女御は箏《そう》の琴（十三弦）、女三の宮は琴《きん》の琴（七弦）を奏します。試楽後、源氏は明石の女御を咲き誇る藤の花に、紫の上を桜に、明石の君を花橘に喩えます。この時が、六条院の一番華やかで幸せな時だったといえましょう。

紫の上がまた発病し、病状は思わしくありません。六条院は、人も多く病気療養には適さないと、紫の上は二条院に移ることになりました。源氏も紫の上の看病のために六条院を留守にします。源氏も紫の上も不在の六条院は灯が消えたようです。四月十何日かのことです。賀茂の御禊《ごけい》を明日に控えて、斎院のもとに手伝いに遣わすため、女三の宮付きの女房十二人が宮の側を離れ、他に若い女房や女童なども、晴れ着を縫ったり、身仕舞いをしたりして、皆、祭見物に出かける用意にかまけて、女三の宮の周辺は人少なになっていました。柏木から女三の宮への接近を強く求められていた小侍従は、今が好機ととらえて、柏木を女三の宮のもとへ手引きをして、女三の宮は心ならずも柏木と密通してしまうという事件がおきます。柏木と女三の宮は、それぞれ犯した罪の重さに深く悩みます。やがて、女三の宮と柏木の密通は、女三の宮の不用意さによって源氏の知る所となってしまいました。そして源氏は、女三の宮以上に苦悶することになります。

十二月、明石の女御が三の宮（後の匂宮）を出産しました。翌年の春、女三の宮が男子（薫）を出産しました。源氏は、かつての藤壺との自己の過失をも思い、苦悩します。女三の宮は出産の後、出家を望みます。女三の宮を憂慮して下山した父の朱雀院は、女宮の哀訴によってついに女三の宮を授戒させました。

紫の上は、数年前の大病以来、健康が思わしくありません。いよいよ病重く、出家を望みますが、源氏はどうしても許そうとはしません。紫の上発願の法華経千部の供養が二条院で開かれました。明石の君も二条院に出向きます。

夏、紫の上のお見舞いに明石の中宮も二条院においでになって、紫の上と話をかわして歌を唱和しますが、その後、紫の上の病勢が急変して、紫の上は消えゆく露のごとくに逝去したのでした。源氏は五十一歳、紫の上は四十三歳でした。

紫の上の死後、源氏は深く悲嘆して出家の志を固めます。でもそれもままなりません。源氏は紫の上を嘆かせた過去の様々なことを思い、ますます悲しみにくれるのでした。女三の宮や明石の君を訪れて、様々な昔話をしますが一向に心は慰みません。

源氏の死後、明石の君は孫宮たちの養育に余念がありません。

明石の君の人生を『源氏物語』での登場の初めから、源氏の死後の、明石の君の晩年まで見てきましたが、この明石の君の人生は、実にドラマチックで紆余曲折《うよきよくせつ》がありました。明石の君は紫の上や花散里、秋好中宮たちとは異なり、受領階級の娘として明石に育ちました。須磨に退去した源氏を明石に迎え、神の導きと父入道の努力によって源氏に愛されるようになりました。そして女の子を産んだが故に、それ故の喜びと悲しみや苦労を身に負いました。たった一人の愛する姫君は、后がねとして育てるには、母の身分が卑しいので、姫君がまだ幼い頃に紫の上の養女となって、胸が裂けるような悲しい思いで引き離されました。明石の君も納得の上で姫君を手放しましたが、それから何年も会うことすらできませんでした。やがて、その姫君は源氏と紫の上の子として入内して女御となり、後には中宮となります。そして、実母の明石の君は中宮の母であり、帝の祖母となって人々から敬愛されます。そう考えた時、明石の君はその人生の中で様々な悲しみや卑下、忍従があったけれど、やはり、平安時代の女性としては、まれに見る恵まれた幸せな人であったといえるのでしょう。

13　女三の宮 ―― 源氏の正妻

女三の宮は朱雀院が愛する姫宮で、後に、光源氏の正妻として降嫁する女性です。どういう経緯で光源氏のもとに降嫁したのか。源氏の正妻になって、この女宮は幸せだったのか。どんな生活を送ったのか。ここでは、女三の宮を取り上げたいと思います。

女三の宮の母は藤壺女御と申されました。藤壺女御は、朱雀院がまだ東宮でいらっしゃった時に入内しました。女御は先帝の皇女で、源氏姓を賜った方です。藤壺女御の母君は先帝の更衣で、宮中内でのしっかりした後見もおらず、心細い様子で宮仕えをしていました。

朱雀院は、先帝の血を引くこの女御を、女御のままでおくのは、心の中では気の毒で不憫だと思っていましたが、どうすることもできないうちに、女御は世の中を恨むようにはかなく亡くなってしまいました。女三の宮はそういう方を母としてこの世に生をうけたのでした。父の朱雀院は、この母のいない内親王を、多くの御子たちの中でも、一番に大切な愛しい御子とし

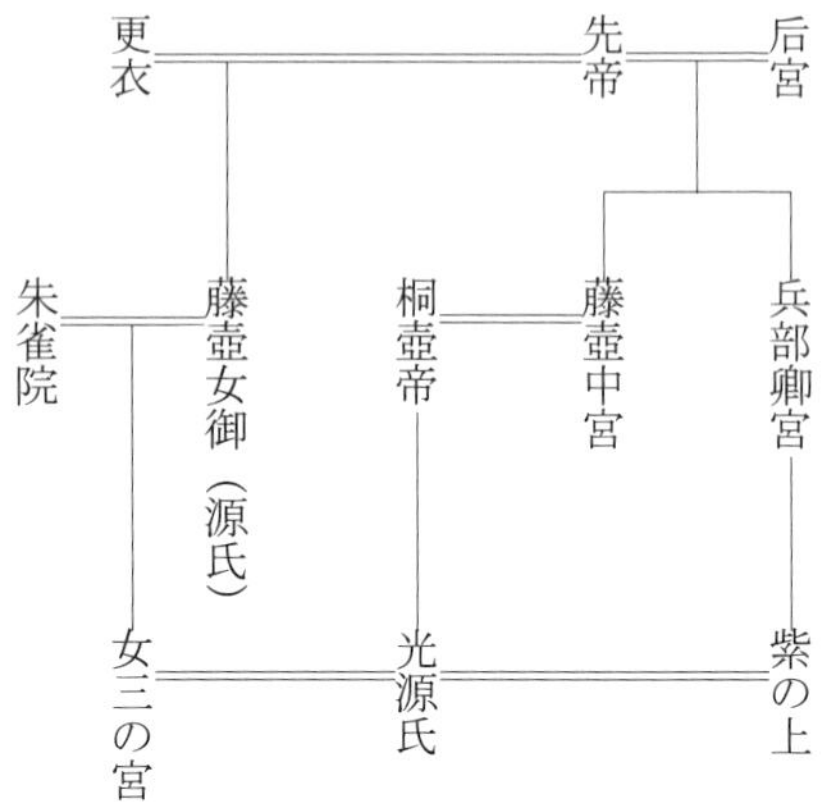

て大事にお育てになりました。

朱雀院は六条院への行幸の後、病がちになり、そのまま回復のきざしもなく、心細く思われて、かねてからの出家の本意をかなえようと思います。そうお思いになるにつけても、母もなく、自分が出家をした後の後見もいない女三の宮の将来が気がかりでなりません。女三の宮を安心して託せる婿君が欲しいと、夕霧や冷泉帝などを候補に上げてみますが、いずれもしっかりした正妻がいて、女三の宮を懇ろに扱ってもらえるかどうか気がかりで、院は思い悩みます。あれやこれやと思い悩まれた朱雀院は、女三の宮の乳母たちにまで相談し、意見に耳を傾けます。婿候補として太政大臣の息子の柏木衛門督、院の弟の蛍兵部卿宮、藤大納言なども名乗りを上げますが、様々な経緯と院のお考えから、朱雀院の内意は源氏に定まっていったのでした。

朱雀院から話を聞いた源氏は、一旦は辞退したものの、女三の宮が、紫の上と同じく、忘れられない故藤壺中宮の姪にあたることに、心が動かぬでもなく、正妻としての降嫁・後見の話

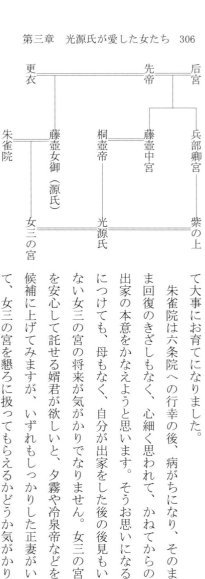

を承引してしまいます。この時、源氏は三十九歳。それに対して女三の宮は十三・四歳という幼さでした。

紫の上は、女房たちなどからの噂で、女三の宮降嫁のことをうすうす耳にしていましたが、「まさか、源氏がご承引にはならないだろう。」と、気になさらないように振る舞って、つとめて平静な態度をとっていました。そんな紫の上を見て、源氏は女三の宮降嫁を承引したことを後悔するのでした。

源氏は紫の上を傷つけまいと懸命に、紫の上に女三の宮承引の経緯を語ります。紫の上は源氏の話を聞きながら、心の内の動揺を必死に抑えて、冷静におおらかに振る舞います。

明けて正月、源氏は四十歳になりました。この当時、四十歳は「初老」といい、老人の域に入りかけた歳とされています。長寿の賀の祝いを行いますが、この四十の賀から十年ごとに、五十の賀、六十の賀などと長寿を祝いました。

やがて、二月十余日、女三の宮は源氏の正妻として六条院に迎えられました。この時、女三の宮は十四・五歳、源氏の娘である明石の女御は十二歳、紫の上は三十二歳です。

この女三の宮輿入れの儀式が盛大なことはいうまでもありません。女三の宮が住まう寝殿はもとより、女房の局々まで入念に飾り立て、女三の宮を六条院に迎えたのでした。儀式は、源氏が准太上天皇であるので、入内なさる女君の儀式に準じて、朱雀院方からも立派な調度類が女三の宮のお住まいに運ばれます。

いよいよ、宮の乗るお車を寝殿に寄せると、源氏は自らお迎えに出て、女三の宮を抱き下ろします。源氏は准太上天皇であり、「源氏」という臣籍にあるとはいえ臣下ではないので、このようなことはなさらなくてもよかったと思われますが、源氏は朱雀院や、内親王である女三の宮に敬意を払って、女三の宮を迎えられたのでした。

新婚三日の間、源氏は夜離《よが》れなく女三の宮のもとにお通いになります。紫の上は苦しさをこらえて、源氏の数々のお召し物に香をたきしめさせたりして、源氏の世話をやきますが、そうしながらもふっと物思いにとらわれて沈んでしまいます。源氏はそうした紫の上の様子を見て、紫の上が痛々しく、「どんな理由があったにせよ、この人以外の妻を迎えねばならない理由があったのか。」としきりに後悔するのでした。

こんなにまでして紫の上を苦しめて迎えた女三の宮は、子ども子どもしていて幼い様子で、昔、源氏が紫の上を二条院に引き取った頃の、あの若紫と自然思い比べられて、源氏ははりあいなく失望せずにいられません。

夏の頃、明石の女御が懐妊のために気分がすぐれず、ようやく東宮の許しが得られて、お里の六条院に退出なさいました。お部屋は寝殿の東面です。紫の上は明石の女御に対面なさって、その折に女三の宮にも初めて対面なさいます。源氏は女三の宮のあまりに無邪気な幼さを、紫の上にはっきり見られるのもきまりが悪いけれど、せっかくの折と思って二人の対面を許すのでした。

翌年三月十余日、明石の女御は東宮の第一皇子を無事に出産なさいました。源氏や紫の上の喜びはひとしおです。三月末のうららかな晴れた日に、六条院には蛍兵部卿宮や柏木衛門督などが参入しています。夕霧が花散里の東北の町で大勢の人に蹴鞠《けまり》をさせてご覧になっているとお聞きになって、「こちらへ」と寝殿の東面の庭に誘ったので、人々はにぎやかに蹴鞠をするのでした。興にのって、夕霧大将も柏木衛門督も仲間入りなさいます。その足さばきは二人とも見事で、桜の花が雪のように二人に降りかかります。夕霧が、たわんでいる桜の枝を折り取って、御階《みはし》の中の階段の辺りにお座りになると、それに続いて柏木も座り込みます。女三の宮を諦めきれない柏木は、夕

「源氏物語絵色紙帖」若菜上
出典：ColBase（https://colbase.nich.go.jp）

霧と共に御階に座りながらも、女三の宮がおられる寝殿が気にかかります。その時、小さなかわいらしい唐猫を、少し大きな猫が追いかけてきて、いきなり御簾《みす》の端から走り出たのです。女房たちはびっくりしてざわついています。猫には綱が長くつけてありましたが、それを物にひっかけて、綱が猫の身体にからまるので、猫は逃げようと必死に引っ張ります。それで、御簾の端が、内部が丸見えになるくらいまでひきあけられましたが、女房たちは動揺して誰も御簾を直そうとはしません。その時、袿姿《うちぎすがた》で立っていらっしゃった女三の宮の、気高くかれんな姿、お召し物に髪がふりかかっていらっしゃるその顔立ちが、夕霧や柏木に丸見えになってしまいました。夕霧は、女房たちにそれを気づかせようと咳払いをします。さすがに女房も気がついて女三の宮は奥に入られ、御簾も直されてしまいました。一方、柏木は女三の宮の姿に胸がいっぱいになって女三の宮の猫を招き寄せて抱きしめるのでした。それ以来、柏木は女三の宮への思慕がさらに深まり悶々と思い悩みます。女三の宮への慕情がつのる一方の柏木は、女三の宮の乳母子《めのとご》である小侍従を介して、恋心を綿々と綴った文を送ります。

それから四年が経ち、冷泉帝が譲位なさいました。東宮が今上帝に、明石の女御腹の第一皇子が東宮となりました。女三の宮は二品に叙されました。朱雀院は五十歳におなりになり、五十の賀に女三の宮との対面を望みます。源氏は朱雀院の賀の準備をしますが、その一環としてまだ未熟な女三の宮に琴《きん》の琴を熱心に教えます。朱雀院との対面に、琴の琴を披露して女三の宮の成長ぶりをお見せしようとの考えからです。

正月十九日、朱雀院との対面の前に、六条院で、女三の宮は琴の琴、紫の上は和琴、明石の女御は箏の琴、明石の君は琵琶を、それぞれが担当して女楽が行われました。四人の演奏はそれぞれ素晴らしく、源氏は女三の宮の琴にも満足するのでした。すべてを聞いていた夕霧は、紫の上の和琴の響きを、感動しながら聞いていたので、称賛せずにはいられません。

女楽の後、源氏は紫の上を相手に、かつての女性関係を回想して、女性たちを論評します。そして紫の上のような素晴らしい人柄の女性はいなかったと、今更ながら紫の上の素晴らしさに気づきます。

夕方、見事に琴の琴をひいた女三の宮に、朱雀院への思惑から感謝の思いで、源氏は女三の宮のもとに出かけていきます。女三の宮は、子どものように無心に琴に熱中しています。

東の対の紫の上は、源氏がお泊まりにならない夜は、女房たちに物語をお読ませになるのが常でした。今日も紫の上は、やるせない思いで眠れないまま夜更けてからようやくお休みになったのでした。

明け方から紫の上はひどく胸をお苦しみになります。女三の宮のもとにいる源氏に知らせようとする女房たちを止めて、紫の上はじっと我慢なさっています。朝になって明石の女御からのお使いに、女房が紫の上のお苦しみを知らせると、女御も驚いて源氏に連絡します。源氏は女御の知らせで、慌てて紫の上のもとに来ました。紫の上は熱もあり、ひどく苦しそうです。大騒ぎになりますが、紫の上の容態は、沢山の祈禱や加持の効験も現れず、一向によくなりません。そのうち、この六条院では騒がしく、紫の上も落ち着いて療養できないだろうということで、紫の上が育った、あの二条院に紫の上をお移しすることになりました。紫の上が去った六条院は火が消えたようになりました。

蹴鞠の際に見た、女三の宮をずっと忘れられない柏木は、女三の宮の姉君にあたる女二の宮を北の方としてお迎えしています。柏木は更衣腹のこの女二の宮を多少軽んじる気持ちがあって、女二の宮を得ても、女三の宮への恋心はやはり変わりません。

柏木は女三の宮の乳母子で、女三の宮の側近くに仕えている小侍従を呼び出しては、「今は女三の宮の周辺はひっそりしているであろう。宮のお側近くに参上して、この思いの一端なりを女三の宮に伝えられるようにはからってくれ。」と、説得します。なぜ、柏木はこのような大それたことを小侍従に頼めたのでしょうか。それについては次の系図を見て頂けるとおわかりになると思います。女三の宮の乳母と柏木の乳母は姉妹であったのです。その関係で、柏木と小侍従の二人は、おそらく幼い頃からの知り合いで、乳母を通じていろんな女三の宮の状況や事情が、それとなくわかっていたのでしょう。

姉乳母（柏木の乳母）——弁
侍従乳母（女三の宮の乳母）——小侍従

小侍従は、始めの内は「とんでもないこと。」と断っていたものの、柏木に毎日責められて、とうとう人が少ない適当な機会を見つけ出して、柏木に連絡してしまいます。

賀茂祭（葵祭）は陰暦四月の中の酉《とり》の日、現在は五月十五日に行われます。祭といえば、当時はこの祭を意味していて、大勢の人々が見物に集まり、大変なにぎわいをみせました。また、祭の前の午《うま》か未《ひつじ》の日に御禊《ごけい》が賀茂川で行われました。「四月十余日ばかりのことなり。御禊明日とて、」と、『源氏物語』の原文に書かれていますが、それによると、御禊の日の前日、斎院御所へ奉仕のために女三の宮方から女房十二人を出したのです。女三の宮の周りには大勢の女房がいるとはいえ、十二人もいなくなり、側に残った女房たちも皆、祭見物に着る衣装を縫っていたり、化粧に余念がなく祭見物の用意にかまけています。宮のすぐ傍らにいるはずの按察の君も、時々通ってくる男に呼び出されて、女三の宮の側にいません。小侍従だけが控えているのでした。小侍従はその好機を逃さず、柏木を女三の宮が寝ていらっしゃる御帳《みちょうだい》台の東面の御座所《ござしょ》の端の所にまで導き入れてしまったのです。普通はいくら何でもそんな所までは、男性を入れることはしないでしょう。でも小侍従は人に見とがめられることを恐れて、それで御帳台のすぐそばにまで柏木を入れてしまったのです。

女三の宮は男の気配に気づきますが、光源氏がおいでになったと思っています。柏木は、宮を御帳台の下に抱き下ろしました。宮が目をあけてご覧になると、源氏とは別人ではありませんか。恐ろしくなって女房を呼ぶけれど、誰もやって来ません。宮はわなわなと震えて気を失いそうになりますが、柏木はその宮の姿をいじらしいと眺めながら、必死で、今までいかにお慕い申していたかを切々とかきくどきます。宮は心外で、「恐ろしい事」と、返答もできません。柏木は目の前に見る宮が、威厳があって気後れするようなお方ではなく、かわいらしく、ただなよなよとしていらっしゃる御様子に、思い詰めた心の一端を申し上げるだけという分別も自制心も失せて、「宮をどこかにお連れ申して、自分と共に行方をくらませてしまいたい。」とばかりに惑乱するのでした。

行為のことは、はっきりとは書かれていません。ただ柏木がうとうとした夢の中に、猫が鳴きながら近寄ってきたという夢を見て目覚めた、と書かれています。それが女三の宮との契りを表しているのですが、行為が終わった後、宮はあまりのことに茫然として正気を失っていらっしゃいます。

ここまで見てきますと、女三の宮、いや女三の宮だけではなく、高貴な女性の生き方が何とも気の毒になってきます。女房の手引きで、男がすぐ側にまで入れられた場合、そして女君に味方する女房がすぐ側にいない場合、女がそこから逃げるのは大変難しかったと思われます。空蟬はすんでのところで気づき、着ていた小袿を源氏の手に残して逃げ去りました。また宇治の大君も薫大将のはっきり漂う香によって、中の君を残して隠れてしまいますが、執拗な男から逃げられなかった女三の宮を一方的に責められない気がいたします。女三の宮は「源氏の君にどうして会えようか。」と、悲しく心細くてまるで幼子のように泣くばかりでした。

「宮が具合が悪くいらっしゃる。」との知らせを受けて、源氏は驚いて宮のもとにお越しになります。宮は柏木との過失におびえる余りなのでしょう。恥ずかしそうにうつむいてばかりで、源氏の顔を見ようともなさいません。源氏は、「自分が長らく留守をしていて、女三の宮をかまってあげなかったからすねていらっしゃるのだろう。」と思って、様々に言い慰めますが、宮は、源氏が何も気づかないでいらっしゃるにつけても、申し訳なく、辛く、人知れず涙ぐまれるばかりでした。

柏木も、なまじ宮との契りをとげたばかりに、前にもまして、病人のような様子で苦しんでいます。源氏は紫の上のことを思うと気が気ではないものの、すぐには立ち帰ることもおできになれず六条院に留まっているうちに、「紫の上が亡くなられた。」との知らせを受けて、源氏は分別も失って飛ぶように二条院に向かいました。二条院に帰ってからは、六条御息所の物怪が現れたり、数々の修法・大勢の人々の見舞いなどの大騒ぎの中で、紫の上はようやく息を吹き返したのでした。源氏は、何とか紫の上のお命を助けたいと、夜昼心を痛めて看病するのでした。

五月になり、暑さが増すようになると、紫の上は時々息が絶えたようになり、いよいよ弱っていくので、源氏の心痛はこの上もありません。六月になってから紫の上は多少、頭を持ち上げることがあったので、源氏は喜びますが、それでもやはり紫の上が心配で、六条院には全くお出かけになれません。

女三の宮は、柏木との一件以来、具合が悪くいらっしゃいましたが、それでもたいした病状とも見えませんでした。ところが、先月からは何も召し上がらず、青ざめてやつれが目立つようになってきました。『源氏物語』の本文には、「立ちぬる月より物聞こし召さで、いたく青みそこなはれたまふ。（先月、五月以来物をお召し上がりにならず、ひどく青ざめて、おやつれなさっていらっしゃる。）」と書かれています。その後の文には、

かの人は、わりなく思ひあまる時々は、夢のやう見たてまつりけれど、宮は、尽きせずわりなきことに思したり。

（あの人・柏木は、どうにも宮が恋しくて我慢できない折々は、夢の中のようにお逢い（密会）申していらっしゃったけれど、宮は、この上もなく辛くお思いであった。）

と、あります。「見たてまつりけれど」の「見る」の意味には様々な意味があります。「人と顔をあわせる」とか「会う」意味もあります。そこから転じて「男女の交わりをする」とも「見る」は意味しています。すると、四月十余日の初めての契りと同じように、小侍従の手引きによって柏木は女三の宮のもとに忍んでいたのでしょうか。紫の上の容態が悪く、その騒ぎで、源氏も六条院には来ず、人々の多くが二条院に行っているとはいえ、そんなに勝手に柏木が六条院に入り込めたのでしょうか。

柏木は病人のような様子で苦しみ、懊悩していたと書かれていますが、一途な思いが危険を

犯すほどに柏木を駆り立てたのでしょうか。それにしても、女三の宮はどうなのでしょう。初めての過ちは、女三の宮の意志はまるで考慮されることなく逃れられようのない状況でなされたもので、女三の宮を責めるのは酷に思われます。女三の宮は「わりなきことに思したり」とあって、決して自分から喜んで柏木を迎え入れたとは思えません。それならどうして、小侍従を遠ざけるとか、他の乳母や、信頼できる女房を側に置くとか、自分を守る算段ができなかったのでしょうか。小侍従が女三の宮自身の乳母の子どもであり、幼い時から親しみ、信頼していたからとか、女三の宮の側にいるべき女房が、恋人と自分の部屋で会っていたからとか、いろんな事情がありますが、それでも女三の宮が女房教育をしていなかったという点でも、そこが、「心用意が足りない、幼稚だ。」と源氏に女三の宮が批判されるゆえんなのでしょう。

女三の宮はずっと苦しみ続けています。そんな時に乳母たちは宮の懐妊に気づいたのでした。何も事情を知らない乳母たちは、疑うことなく、源氏のお子を宮が身ごもったと喜びます。そしてそうした女三の宮を、源氏がたまさかにしか訪れないことを恨むのでした。

女三の宮のご気分が優れず、具合が悪いことをお聞きになった源氏は帝や朱雀院の手前もあり、女三の宮のもとにお越しになりました。宮は気がとがめて、お目にかかるのも恥ずかしく気づまりにお思いになって、源氏が問いかけても、何もお返事をなさいません。女房を呼んで尋ねると、女三の宮のお悩み（身体の具合の悪さ）は懐妊のお悩みであることを初めて聞いたのでした。源氏は女三の宮懐妊の話を聞くと、「結婚してから七年も経つ今になって」とか、「自分はあまり六条院に来て泊まっていないのに」とか、不審に思いながらも、それ以上は聞きませんでした。

柏木は、源氏が女三の宮のもとにお越しになっていると聞くと、嫉妬の気持ちを抑えられず、宮のもとにその気持ちを書き連ねて、小侍従を介して文を差し上げます。小侍従は人目を忍んでこっそりと女三の宮のもとに文を持ってきて、宮にお目に掛けようとしますが、ちょうどその時に、誰かが近寄ってくるので、その文を女三の宮に渡したまま急いで立ち去ってしまいます。宮が途方にくれている所に源氏が入ってこられたので、宮はその文をあわてて褥《しとね》の下にはさんでおいて、自然と忘れてしまいました。

源氏は宮と話をなさりながら、宮の可憐で初々しい姿に、紫の上が気になりながらも、お帰りになれず、とうとう泊まってしまいました。朝、二条院にお帰りになろうと扇を探しておられると、宮の褥の、少し乱れているへりの所から、手紙の巻いてある端が見えるので、何気なく引き出してご覧になると、男の筆跡であり、その筆跡が柏木のものであることがわかりました。それで、二人の秘密をすべて知ってしまったのです。

小侍従は「あの手紙は、いくら何でも宮がお隠しになったに違いない。」と思いつつも胸がドキドキして落ち着きません。一方宮は、何もお気づきではなく、まだお休みでいらっしゃいます。源氏は、「案じていた通りだ。まるでたしなみのないお人柄を気がかりに思っていたが、他の人が見つけでもしたら大変であった。」と柏木と女三の宮の不義を怒るよりも、そんな大変な文をしっかりと隠さないで不用意に置いておく心用意のなさを怒るのでした。源氏はこの事実を「どうしたものか。」と思案にくれます。宮は痛々しく、ずっと気分もすぐれずにいらっしゃるので、源氏は宮を見放すこともできず、宮に対しての厭わしさといたわしさの気持ちがせめぎあい、それ以来宮へのお扱いは、これまで以上に大事にお世話されるものの、お二人水入らずの時は、源氏はどうしても疎々しい気持ちがぬぐえないのでした。人前では体裁をつくろっているものの、内心では、思案にあまっていらっしゃるのでした。

女三の宮は、源氏があの事件を責めるでもなく、文を目にしたこともはっきりとはおっしゃらず、以前と変わらず自分を丁重に扱って下さるけれど、どこか疎々しさを感じるだけに、「自分はどうしたらよいのだろう。」と、誰にも相談できずに宮はひとり苦しんでいます。

柏木は自分の文が、不注意にも源氏に発見されたことを小侍従から知らされ、秘密の露顕に驚愕するのでした。源氏に知られたことは、もはや自分の人生は終わりであると、柏木は深く懊悩し寝込んでしまいます。柏木の病は、回復のきざしもないまま、柏木は自分の死を思います。それでも女三の宮への執着は断ち切ることができません。小侍従を介して密かに女三の宮への消息を頼みます。そしてそれが柏木の、女三の宮への最後の文になってしまいます。女三の宮はその日の夕方から産気づき、翌朝男の子が誕生しました。事情を知らない朱雀院や帝、女房や世間の人々は喜んで、盛大な産養の儀式が執り行われました。源氏は暗然たる思いをかみしめて、かつての、藤壺中宮との罪の報いを思います。一方女三の宮は、産後の衰弱に加えて、源氏の冷たい隔て心を感じて、悲嘆と絶望に、出家の願いを強く訴えます。源氏はさすがに驚いて、必死に制止しますが、女三の宮の意志は変わりません。宮は、女三の宮を心配して六条院を訪れた父の朱雀院に、出家の志を必死に訴えたのでした。ついに、源氏の反対を押し切って、女三の宮は朱雀院の手で得度を受けるのでした。女三の宮の出家を知った柏木は、重態に陥り、まるで泡が消え入るように息を引き取ります。宮は、柏木を厭わしく思っていましたが、さすがに死去の報に悲嘆にくれます。

源氏の死後、女三の宮は、朱雀院から伝領した三条宮に移り住み、息子の薫だけを頼りに仏道に専心しました。

女三の宮の長い物語でしたが、ここで思うのは、やはりこの時代の女性の生き方のはかなさです。内親王という、女性の最高位に生まれ、父親の思惑で源氏の正妻となり、幼いながら六条院の中で沢山の妻妾の一番上に立ちました。何もわからないまま生活し、大勢の女房たちに囲まれて、結局小侍従という女房の手引きで、柏木衛門督に犯されてしまう。女三の宮にそれを回避できる道があったのでしょうか。紫の上ならうまく回避できたのでしょうか。

出家して、仏道に専心することで、ようやく平安を得られた女三の宮が哀れに思われてなりません。

『源氏物語』について、『精選版日本国語大辞典』の解説には、「仏教的宿世観を基底にし、平安貴族の理想像と光明が、当時の貴族社会の矛盾と行きづまりを反映して、次第に苦悶と憂愁に満ちたものになっていく過程が描かれ、「もののあわれ」の世界を展開する。」と、あります。引用した箇所は解説の一部分ですが、本居宣長が『源氏物語』を通して「もののあわれ」を指摘して以来「もののあわれ」論が定着します。しかし、源氏を取り巻く女君たちの一人一人の人生を追ってみた時に、女性たちのどうにもならないもだえや叫び、哀しみや恨みが感じられてなりません。確かに『源氏物語』は「もののあわれ」の文学でありますが、「愛と哀しみの文学」「恨みの文学」と評したら言い過ぎでしょうか。

おわりに

平成七年（一九九五）、今から二十九年前になりますが、東京都の公開講座の一環として『源氏物語』を読む」を開講したのが、そもそもの始まりでした。山岸徳平校注『源氏物語』（岩波文庫）を各自購入して、注も口語訳もない原文を読みながら、口語訳やそれにまつわる解説をしていく。そんな講義に、五十名ほどの参加者が、暑い日も寒い日も熱心についてきてくれました。

高等学校の校舎の中での講座でしたが、受講者の熱意に支えられて、それが十年程続きました。私が転勤になったため、「この『源氏物語』を読む」も一旦終わりにせざるをえないか。」と、思っていた時に、その講座の参加者の中から、「『源氏物語』を読む会」という独立した会を立ち上げよう。」という声が上がり、会長以下役員が選ばれて、『源氏物語』を読む会」が発足しました。

『源氏物語』を共に読んでいく、という同好の士の集まりですが、一ヶ月に一度の会に集まって、共に学ぶようになりました。会にはうるさい規定もなく、無理をせず、参加できる人が参加して学ぶというものでした。一番困ったのは、定まった会場がないということでした。役員が足立区の公共施設に申し込み、時には抽選に漏れて、仕方なく別の施設を探す。そのような苦労を物ともせず役員は頑張って場所を整えてくれました。

新しく会が発足してから十九年という年月が経ちました。講師である私も歳をとりましたが、熱心に参加して下さる方々も歳をとり、初め五十名で発足した会も、家庭の事情や本人の病気など様々な理由で、現在は三十五名になりました。「無理をせず、勉強できる時に『源氏物語』を楽しもう。」をモットーに、皆の熱意に押されて現在も会を続けています。

平成三十年（二〇一八）からは、ＮＨＫのカルチャーで「『源氏物語』の女性たち」として『源氏物語』の中で生きる女性たちに視点をあてて、講義をするようになりました。そこでも、『源氏物語』に熱心に取り組む受講生がいます。その方たちを見ていると、年代を超えて惹き付ける『源氏物語』の魅力を考えさせられます。

私は東京都の高等学校で四十三年という長い年月、若い生徒たちに国語を教えてきました。またその後は、教員志望の大学生に特別講師として教科の実践や教育を話してきました。この本は、私自身が教えてきた生徒・学生たち、現在「『源氏物語』を読む会」に参加して共に学んでいる方々、カルチャーの受講者、そういう方々に読んで頂けたらとの思いでまとめたものです。まとめるにあたって、少しずつ書き足しながら執筆したために長い時間がかかってしまいました。長い目で見守ってくれていた夫や娘には感謝しつくせません。またこの本を出版するにあたり、新典社の岡元学実社長や、今回もまた編集を引き受けて下さった編集部の原田雅子様にこころから御礼申し上げます。

折しも中秋の名月が刊行日となりました。

皆様に心からの感謝をこめて。

原　槙　子

原　槙子（はら　まきこ）
1944年　横浜市に生まれる
1966年　國學院大學文学部文学科卒業
2006年　法政大学大学院人文科学研究科日本文学専攻修士課程修了
2012年　法政大学大学院人文科学研究科日本文学専攻博士後期課程修了
学位　博士（文学）
職歴　元東京都立高等学校教諭・元大東文化大学特別講師。現在，市民講座「『源氏物語』を読む会」・NHKカルチャー「『源氏物語』の女性たち」講師。
著書　『斎王物語の形成―斎宮・斎院と文学―』（新典社，2013年），『神に仕える皇女たち―斎王への誘い―』（新典社，2015年）
主要論文　「掃墨物語絵巻」（三谷栄一編『体系物語文学史 第五巻・物語文学の系譜Ⅲ』有精堂出版，1991年），「『源氏物語』と斎王」（『日本文學誌要』第75号，法政大學國文學會，2007年），「伊勢物語六十九段考―斎王物語の形成」（後藤祥子編『平安文学と隣接諸学6　王朝文学と斎宮・斎院』竹林舎，2009年），「『源氏物語』と斎王―紫の上は何故北山で見いだされたのか―」（『紀事』第33号，日本文学風土学会，2009年），「斎宮女御徽子女王―六条御息所母子への投影―」（『法政大学大学院紀要』第65号，法政大学大学院，2010年）他

源氏物語《げんじものがたり》　女性《じょせい》たちの愛《あい》と哀《あい》　新典社選書124

2024年9月17日　初刷発行

著　者　原　　槙子
発行者　岡元　学実

発行所　株式会社　新典社

〒111-0041　東京都台東区元浅草2-10-11　吉延ビル4F
TEL　03-5246-4244　FAX　03-5246-4245
振　替　00170-0-26932

印刷所　惠友印刷㈱　製本所　牧製本印刷㈱

ISBN 978-4-7879-6874-6 C1395
https://shintensha.co.jp/　E-Mail:info@shintensha.co.jp